오늘도 먹고 자고, 씁니다

KUTCHA NETE KAITE

©Fuminori Onodera 2020, 2023

First published in Japan in 2020, 2023 by KADOKAWA CORPORATION, Tokyo.
Korean translation rights arranged with KADOKAWA CORPORATION, Tokyo
through Danny Hong Agency.

이 책의 한국어판 저작권은 대니홍 에이전시를 통한 저작권사와의 독점 계약으로 주식회사 오 팬하우스에 있습니다. 저작권법에 의해 한국 내에서 보호를 받는 저작물이므로 무단전재와 복제를 금합니다.

오노데라 후미노리 지음
황국영 옮김

오늘도 먹고 자고, 씁니다

차례

3월의 요코오 세이고 · 7

4월의 이구사 나타네 · 22

5월의 요코오 세이고 · 40

6월의 이구사 나타네 · 92

7월의 요코오 세이고 · 145

8월의 이구사 나타네 · 171

9월의 요코오 세이고 · 207
10월의 이구사 나타네 · 236
11월의 요코오 세이고 · 273
12월의 이구사 나타네 · 290
1월의 요코오 세이고 · 324
2월의 이구사 나타네 · 349

일러두기

- 고유명사 표기는 국립국어원 외래어표기법을 따랐으나 관용적으로 굳어진 표현은 살려두었습니다.
- 본문에 등장하는 도서는 겹낫표(『』)를, 단편소설과 영화는 홑낫표(「」)를 사용하였습니다.

3월의 요코오 세이고

오래전부터 줄곧 써왔다.

내게는 글자가 있었다. 아니, 글자밖에 없었다.

어릴 때는 오래도록 글자를 읽었고, 어른이 된 후에는 오래도록 글자를 썼다. 그렇게 글자와 마주해왔다. 그런 식으로 그럭저럭 살았다.

그리고 쉰을 앞둔 지금, 이런 말을 듣고 있다.

"흐음. 아무래도 다른 소재를 생각해봐야 하지 않을까요."

장소는 구단시타의 카페. 카운터 자리에서 황궁과 지도리가후치공원이 내다보이는 곳이다. 우리 쪽에선 보이지 않는다. 후미진 구석 자리에서 회의를 하고 있으니까.

'우리'는 나와 아카미네 사쿠라코 씨를 가리킨다. 작가와 편집자. 아카미네 씨는 대형 출판사 가지카와의 직원이다. 가지카와 사옥은 이다바시에 있지만, 미팅은 조금 거리가 떨어진 이 카페에서 한다.

지도리가후치는 벚꽃으로 유명한데 지금은 피지 않았다. 아카미네 씨는 "벚꽃이 피었으면 사람이 너무 많아서 여기에도 못 들어왔을지 몰라요" 하고 말했다. 아직은 괜찮은 것 같네요, 라고.

그래, 아직은 괜찮았다. 벚꽃과 카페는 말이다.

그러나 오늘의 메인인 회의의 골자는 이거다. 다른 소재를 생각해봐야 하지 않을까요.

최후통첩. 이 작품은 이제 글렀다는 뜻이다. 퇴짜를 맞고 말았다.

쉰을 앞두고 퇴짜를 맞다니. 타격이 크다.

400자 분량 원고로 400장 넘게 쓴 장편소설 『토킹 블루스』. 이것이 지금 도마 위에 오른 작품이다. 사전 회의를 여러 번 거치며 작업했다. 이런 걸 한번 써보시면 어떨까요? 하고 아카미네 씨가 먼저 의뢰한 글은 아니었다. 내가 제안한 기획이었다. 한마디로 내가 쓰고 싶었던 이야기.

구상은 옛날부터 했다. 이 소설이야말로 신인상에 도전하던 시절부터 늘 생각해온 것이다. 만반의 준비를 하고 때가 되면 쓸 작정이었다. 그 결과가 이거다.

뮤지션을 꿈꾸는 남자. 프로가 되긴 했으나 쭉 거기에만 머물러 있는 남자의 이야기. 처지가 나와 겹친다. 그나마 이쪽은 젊다. 오미 쇼야, 스물여덟. 결코 수요가 많지 않은 이 시대에 슬그머니 데뷔해버린 로커. 음악 이야기를 쓰려던 것은 아니다. 발버둥 치는 이의 이야기를 쓰고 싶었다. 포인트는 여기, 구어체의 일인칭. 실제로 대화할 때 사람들이 쓰는 말로 소설을 쓰고 싶었다.

토킹 블루스. 말하듯 부르는 블루스. 쇼야는 고토구의 몬젠나카초에 산다. 그래서 초반 제목은 '후카가와 토킹 블루스'였다. 쓰던 중에 후카가와(몬젠나카초가 속한 지역의 옛 지명으로 현재는 고토구로 합병되었다—옮긴이)를 지우고 간결하게 다듬었다.

의뢰받은 글이 아닌, 오랜만의 능동적 발신. 의욕을 불태웠다. 확실히 여느 때와 달리 격양되어 있었다. 아카미네 씨도 처음에는 찬성했다. 이거, 재미있겠는데요, 라고 했다.

실제로 재미있는 작품이 된 줄 알았다. 아니, 말은 이렇게 하지만 솔직히 잘 모르겠다. 자신이 없다는 뜻이 아니다. 그

거야 늘 있는 일이니까. 내 마음에 들었다고 편집자의 마음에도 든다는 보장은 어디에도 없다. 편집자의 마음에 들지 않으면 다음은 없는 것이다. 더 진행하면 안 된다.

두 달 전. 마침내 완성된 초고를 보여준 시점부터 막혔다. 재미있네요, 라는 말을 듣기는 했다. 그 또한 늘 있는 일. 어느 편집자든 노고를 치하하는 의미로 일단은 그렇게 말한다.

그런데, 라는 접속사가 재빨리 따라붙었다. 아, 벌써 '그런데'가 나오다니 싶었다. 그때부터 수정 지시가 계속됐다. 아카미네 씨가 출력한 원고에 메모를 적어 와서는 그걸 보며 끝도 없이 말을 이어갔다.

그 뒤로 한 달에 걸쳐 수정했다. 전체적으로 매끄럽게 다듬었다. 쇼야의 뾰족함도 다소 덜어냈다. 그리고 두 번째 지시가 내려졌다. 주요 등장인물을 한 명 줄이자고 했다.

등장인물을 한 명 줄인다…. 말은 쉬워도 작업은 힘들다. 사실관계만 고친다고 되는 일이 아니다. 뒤틀림은 곳곳에서 드러났다. 작품은 본래 의도했던 것과 크게 달라졌다. 내가 보기엔 도려지고 기워져 너덜너덜해진 느낌이었다. 이거, 재미있는 거 맞나? 나조차 이런 생각이 들었다.

두 차례에 걸쳐 대폭 수정했는데도 결국 아카미네 씨 입에서 나온 말이 이거였다. 다른 소재를 생각해봐야 하네, 어쩌네…. 어질어질하다.

   쉰 살을 코앞에 둔 나이에 속된 말로 까였다. 아직도 까이는구나 싶다. 현재 요코오 세이고에 대한 평가가 딱 이 정도 수준이라는 거지. 우선, 작품 자체에 대한 평가가 낮다. 여전히 까도 되는 작가로 여겨지고 있다.

   까이는 건 괜찮다. 실은 괜찮지 않지만 어쩔 수 없다. 다만 쓰고 고치느라 보낸 4개월이 물거품이 되다니, 가혹하다. 그동안은 무보수 노동이었다. 프리랜서의 고충이다. 회사원들에게는 이런 일이 없다. 성과를 못 내도 월급은 나온다.

   나는 그렇지 않다. 중소 하청 업체와 마찬가지. 우리가 요구한 수준에 못 미치니 필요 없습니다. 이렇게 나오면 방도가 없다. 판단을 내리는 쪽은 출판사다. 내게는 어떤 권리도 없다. 원고를 넘기지 않을 권리는 있으나, 나 같은 사람이 그런 권리를 행사해봤자 좋을 게 없다.

   이 상황에서 화를 내는 작가들도 있겠지. 나는 어떻게 할까. 화내지 않는다. 오미 쇼야처럼 젊지도 않은데. 쓰레기 같은 음악을 할 바에야 차라리 때려치울래, 같은 말은 하지 않는다. 쓸데없이 부딪칠 필요는 없는 것이다. 쓸데없음의 기준을 어디에 두느냐는 어려운 문제지만.

   커피를 한 모금 마시고 내가 말했다.

"뭐, 어쩔 수 없지."

아카미네 씨가 안도하는 것이 느껴진다. 작가에게 퇴짜를 놓는 일. 이런 일을 하고 싶어 할 사람은 없다. 편집자의 업무 중 제일 싫을 법한 일이다. 아카미네 씨 본인도 이 원고에 적잖은 시간을 할애했다.

"나쁘다는 뜻은 결코 아니에요. 처음에 비하면 훨씬 나아졌습니다. 그렇지만 과연 이 작품을 이대로 내는 게 작가님께도 좋은 일이 맞을까, 차라리 다른 작품을 부탁드리는 게 낫지 않을까, 하는 생각이 들어서요. 작가님은 더 좋은 작품을 쓸 수 있는 분이잖아요."

아카미네 씨가 말이 다소 많아지더니 이런 이야기를 건넸다. 하지만 귀에 들어오지 않는다. 딱히 의미 있는 말이 아니다. 내게도, 아카미네 씨에게도.

아무 기대도 없지만, 일단은 듣는다. 그리고 물었다.

"이 글을 다른 출판사를 통해 내는 건, 그건 상관없어?"

"물론, 괜찮습니다. 관심을 보이는 회사가 있을 수도 있고, 저도 그러면 좋겠어요. 이렇게 돼서 정말 유감이지만 너무 부정적으로 받아들이진 말아주세요. 저희 가지카와는 여전히 작가님의 책을 내고 싶습니다. 천천히 생각해보시고 새로운 기획이 떠오르면 말씀해주세요. 그럼, 전 슬슬 가봐야겠네요. 아직 일이 남아서요."

"아, 그럼."

우리 둘은 자리에서 일어났다. 커피값은 여느 때와 다름없이 아카미네 씨가 냈다. 카페를 나왔다.

"전 여기서 먼저 실례하겠습니다."

"커피 잘 마셨어."

아카미네 씨는 회사로 돌아갔다.

나는 반대 방향으로 걷기 시작한다. 우치보리도리에서 나와 한조보리를 따라 걷다 사쿠라다몬 옆을 지나 JR 도쿄역으로 향한다. 그쪽 길이 오테보리보다 경치가 좋다. 30분이 넘게 걸리지만 기분 전환이 된다. 걷는 건 좋아하니 늘 이렇게 다닌다.

황궁 근처, 우치보리 주변에는 달리는 사람이 많다. 다들 러닝 슈즈를 신고 러닝 웨어를 입었다. 선글라스를 낀 사람도, 모자를 쓴 사람도 있다. 그야말로 러너 분위기를 제대로 뽐내는 도시의 러너들이다.

그에 비해 나는 꾀죄죄한 면바지에 다운재킷. 1밀리미터 길이로 밀어버린 머리가 추워 후드를 뒤집어썼다. 나가타초와 가까운 이 동네에는 어울리지 않는 행색이다. 면바지는 유니클로. 안에 입은 옷은 10년은 된 히트텍. 당연히 유니클로다. 그래도 다운재킷만큼은 고가다. 틀림없이 내 옷 중의 최고가. 이탈리아제. 받은 옷이다. 스이레이샤의 모모치 미키노부 씨에게.

모모치 씨는 현재 문예 편집장이지만 나이는 나보다 훨씬 어리다. 마흔셋. 내가 형편이 넉넉지 않다는 걸 아니 이 옷을 줬을 테지. 제가 같은 옷이 두 벌이거든요, 이거 받으세요. 센스 있게 건네주는 바람에 나도 모르게 덥석 받아버렸다. 나보다 젊은 사람한테 물려받았다. 나는 '올려받은 옷'이라고 부른다. 모모치 씨한테도 그렇게 말했더니 웃더라.

왼편의 황궁과 도랑 건너 경사면에 심어놓은 나무들을 바라보며 생각한다. 멍하니. 퇴짜 맞은 일을.

아카미네 씨는 나보다 딱 열 살 아래다. 처음 만났을 때는 다른 출판사에 있었지만 중도 채용으로 가지카와에 들어갔다. 출판 업계에서는 심심치 않게 있는 일이다. 곧 마흔. 편집자 경력은 15년쯤 된다. 대형 출판사로 이직했으니 능력이 좋은 건 확실하다. 그런 아카미네 씨가 내가 쓴 『115개월』을 읽고 저희 출판사에서도 책을 내주세요, 라고 제안해왔다.

『115개월』은 가족 소설이다. 자녀 없는 회사원 남성이 40대에 재혼해 새아빠가 된다. 그러나 10년도 채 지나지 않아아내가 세상을 떠나고 아내가 데려온 딸과 둘만 남게 되는, 그런 이야기다. 115개월은 아내가 죽기 전까지의 기간, 그러니까 세 식구가 함께 산 기간을 뜻한다. 9년 7개월. 10년을 채우지 못했다.

『115개월』을 보고 연락을 준 아카미네 씨에게 나는 그만 『토킹 블루스』를 제안하고 말았다. 전략 미스였는지도 모른다.

편집자는 치우치지 않은 시선으로 작품을 본다. 그럼에도 취향은 있다. 그 편집자가 연락을 줬고 그 편집자와 일하게 되었으니 이쪽에서도 맞춰갈 필요가 있다. 결국 서로를 제대로 이해하지 못한 결과라고 생각한다.

작가와 편집자는 특수한 관계다. 가깝고도 멀다. 멀지만 가깝다. 가깝다고 다 좋은 건 아니지만 멀어서도 안 된다. 내게는 편집자가 곧 출판사지만, 그렇다 한들 결국엔 한 명의 개인, 사람 대 사람의 관계가 된다.

편집자는 다들 뛰어나다. 머리가 명석하고 대학도 좋은 곳을 나왔다. '명문 대학 출신이라고 다 우수하지는 않다' 따위의 말을 할 생각은 전혀 없다. 머리 좋은 사람이 우수할 확률이 높다. 여러 일을 합리적으로 해낸다. 신속하게 우선순위를 정할 줄 안다.

수정 요청도 적확할 때가 많다. 여기는 좀 약한가? 스스로 확신이 없던 부분을 여지없이 지적당한다. 역시 딱 걸렸군, 매번 감탄한다. 나보다 머리 나쁜 편집자는 단 한 명도 만나보지 못했다. 이건 정말이다.

도쿄역에서 전철을 타고 미쓰바로 돌아간다.

JR 미쓰바역에 내리니 오후 다섯 시가 조금 안 된 시각이었다. 생각보다 훨씬 빨리 돌아왔다. 회의가 한 시간도 안 돼 끝나버렸으니까.

집까지는 걸어서 10분. 얼른 집에 가서 저녁 먹기 전에 일을 한차례 해야지, 같은 생각은 들지 않았다. 그럴 만한 시간도 아니고 그럴 기분도 아니다. 그러니 그저 더 걷는다. 다음 작품의 아이디어라도 떠오르면 이득이고, 정도의 생각이다. 막연히 바다를 향해.

시청길을 빠져나와 미쓰바 중앙공원 산책길로 간다. 이름에 걸맞게 그야말로 미쓰바의 중앙에 있는 녹지 공원이다. 산책길 말고도 연못과 광장, 정자가 있다.

연못에는 분수도 있어서 쏴아, 쏴아 하는 물소리가 들린다. 곁눈으로 그 분수를 보며 연못가를 걷는다. 주변 벤치에 초등학생쯤 되어 보이는 꼬마들이 있다. 휴대폰 게임을 하거나 수다를 떤다. '쉼터'라는 단어가 머릿속에 떠올랐다.

그때 다운재킷의 왼쪽 가슴께에 탁, 하고 뭐가 날아와 부딪혔다.

어?

충격이랄 것까진 없지만 느낌은 있었다. 소리도 들렸다. 순간적으로 바람인가? 하고 생각했다. 하지만 바람이면 탁, 일 리가 없지.

꼬마들 쪽으로 고개를 돌렸다. 한 아이가 큰일 났다는 듯 시선을 피한다. 손에는 총 모양의 것이 들려 있다. 모형 권총까지는 아니고 장난감 총이다.

아아, 그제야 눈치를 챘다. 나, 맞았구나. 녀석이 날 쐈어.

꼬마의 시선이 내 발밑을 향했다. 한마디로, 내 얼굴을 보지 않으려 애쓰고 있다. 당황한 기색이 역력했다.

마침 내가 걸어오니까 별생각 없이 방아쇠를 당겼겠지. 설마 정말로 맞을 줄은 모르고. 그러다 내 반응을 보고 내가 맞았다는 사실을 알게 됐을 테다. 하지만 어린아이라 뭘 어찌해야 할지는 모른다.

꼬마와 나의 거리는 10미터도 채 되지 않는다. 나는 나대로 어쩔 줄을 몰랐다. 틀림없이 맞았다, 왼쪽 가슴을. 실탄이었으면 벌써 죽었다. 눈에 맞기라도 했으면 위험할 뻔했다. 화를 내지는 않겠지만, 어른으로서 주의 정도는 줘야 할까.

그럴 기력이 없다. 나는 발걸음을 멈추지조차 않았다. 역시나 퇴짜 맞은 여파가 크다. 까여서 기분이 엉망이라 화풀이를 해버렸네, 스스로 이런 생각이 들 것 같아 싫었다.

그대로 계속 걸어간다. 연못에서 멀어지고 난 후 혼자 웃었다. 나, 총 맞았네. 원고도 퇴짜 맞고 총까지 맞았어. 더블 펀치구나.

지금 이 일을 소설 소재로 쓸 수 있을지 생각한다. 계획 변경. 산책은 이쯤 해두고 아파트로 돌아간다. 2가에 있는 카사 미쓰바. 원룸 아파트다.

1, 2층에 각각 네 집이 있어 총 여덟 가구다. 위층인 202호에는 번역가가 산다. 미요시라는 이름의 서른 살쯤 된 여성이다. 전에 한번 인사를 하러 왔었다. 혹시 제 발소리가 시끄럽진 않으세요? 일부러 물어보러 와준 것이다. 그때 번역 일을 한다는 이야기를 들었다. 온종일 집에서 작업을 한단다. 가끔은 방 안을 배회하기도 한다고. 그래서 신경이 쓰였던 모양이다. 전혀 거슬리지 않는다고 답해줬다. 내가 작가라는 사실은 밝히지 않았다. 나를 알아보는 일도 없었다. 뭐, 당연한 일이다. 그 정도로 잘 알려진 작가가 원룸에 살 턱이 있나.

아파트 주민 중에 아는 사람이라고는 미요시 씨밖에 없

다. 다른 이웃들은 얼굴도 모른다. 건물주는 안다. 미쓰바 옆 건물 요쓰바(미쓰바는 일본어로 세 잎, 요쓰바는 네 잎이라는 뜻이다―옮긴이)에 사는 이마이 씨다. 일흔 전후의 남성. 정기적으로 에어컨이나 가스레인지를 교체해준다. 해달라고 하지 않아도 알아서 해주니 무척 편하다.

이마이 씨는 내가 작가라는 사실을 알고 있다. 가스레인지를 교체하러 왔을 때 책을 선물했기 때문이다. 괜찮으시면 읽어보세요. 이마이 씨는 몹시 놀랐다. 그리고 기뻐했다.

집에 돌아오면 곧바로 컴퓨터를 켠다. 산 지 3년밖에 안 됐는데 부팅이 상당히 더디다. 처음 15분 정도는 제대로 작동하질 않는다. 어떤 상태냐면, '응답하지 않습니다' 같은 메시지가 화면에 뜨곤 한다.

부팅이 완료될 동안 입을 헹구고 손을 씻고 옷을 갈아입은 다음, 주전자에 물을 담아 가스레인지에 올리고 불을 켠다. 머그잔에 인스턴트커피 가루를 넣는다. 눈대중으로 넣기 때문에 늘 너무 많이 넣고 만다. 그래도 과하게 연한 것보다는 진한 편이 나으니, 괜찮은 걸로 친다.

곧 쉰 살. 여전히 원룸 신세. 이 나이에도 사는 모양새는 열여덟 대학생과 다를 바가 없다. 아니 오히려 그보다 못할지도 모르지.

세탁기, 냉장고, 전자레인지. 전부 1인용이다. 텔레비전은 없다. 얼마 전 20년 쓴 전자레인지가 마침내 고장 나버렸다. 서둘러 단순한 기능의 비슷한 물건을 사러 갔다. 즉석밥을 돌려야 하니 전자레인지가 없으면 곤란하다.

가격이 1만5천 엔쯤 할 거라고 마음의 준비를 했다. 그런데 웬걸, 소비세 포함 5천 엔대에 살 수 있었다. 정말? 하고 감동했다. 20년 사이에 이렇게나 저렴해지다니. 아마 싼 제품과 비싼 제품의 양극화가 심해진 거겠지.

사랑스럽기 그지없는 최저가 전자레인지. 무게는 10킬로그램 정도였는데 기껏 5천 엔짜리 물건을 사놓고 배송비를 낼 수는 없었다. 그리고 나한테 차 같은 건 당연히 없다. 20분 걸리는 거리를 직접 들고 왔다. 겨우 그 정도에 다음 날 근육통을 앓았다. 아재답다. 근육통은 일주일간 계속됐다. 그러나 이 통증 덕에 배송비를 아꼈다는 생각이 들어 살짝 기분이 좋아졌다.

검소한 생활을 게임처럼 즐기는 쉰을 앞둔 남자. 인정한다. 상당히 문제가 있다. 젊은 놈들은 저 인간 끝났네, 라고 할지도 모른다. 이 또한 인정한 다음, 그 녀석들에게 한마디 하겠다. 야 이것들아, 너희 인생도 이미 끝나기 시작했을지 모른다는 생각은 안 해봤지?

뜨거운 커피를 채운 머그잔을 네모난 테이블 위에 올려놓고 의자에 앉는다.

공원에서 꼬마한테 총 맞은 이야기를 정리해두려고 노트북의 터치패드를 클릭했다.

잠시 후 화면에 이런 메시지가 떴다.

응답하지 않습니다.

아, 응답 좀 하라고.

4월의 이구사 나타네

 그치지 않는 비는 없다.

 아무리 그래도 이 비는 너무 오래 내린다.

 주야장천 내리고 있다. 마치 내가 태어났을 때부터 계속 내리는 것만 같다.

 실제로 내가 태어난 날에 비가 내렸다고 한다. 낳아준 어머니한테 들었다. 대단할 것 없는 이야기다. 그마저도 초등학생 시절 딱 한 번 들은 것이 전부다. 하지만 왠지 기억에 남아 있다.

 그치지 않는 비는 없다. 비유적으로 자주 쓰이는 표현이다. 언젠가는 이 문제도 해결될 거야. 그때를 기다리며 힘을 내보자고. 보통은 이런 의미로 쓰일 것이다.

나는 그치지 않는 비도 있다고 생각한다. 언젠가 그치지 않는 비가 내려 지구는 종말을 맞게 될 거야, 라고. 지금 당장 어떻게 된다거나 하는 이야기가 아니다. 몇백 년, 몇천 년 후의 일이라도 상관없다. 아무튼 언젠가는 그치지 않는 비가 내릴 것이다. 반드시 끝은 온다.

사람들은 '맑음'을 기본으로 여긴다. 그래서 그치지 않는 비는 없다는 발상에 이르고 만다. 어쩌면 비가 내리는 것이 기본일지 모르는데. 비가 내리는 상태가 기본이라는 관점에서는 이렇게 생각할 수 있다. 그렇다면 내리지 않는 비 또한 없다고.

지금 내리는 비를 보며 이런 사유를 한다.

창 너머로 보이는 하늘은 대체로 하얗다. 잿빛에 가까운 흰색. 모처럼 마주한 지도리가후치도 왠지 모르게 서글퍼 보인다. 날씨가 좋으면 하늘도 초목도 분명 예뻐 보이겠지. 벚꽃이 피었다면 더욱. 그 무렵에는 이 카페도 사람들로 붐빈다고 한다.

벌써 4월. 벚꽃은 이미 졌다. 그래서 카페도 붐비지 않는다.

내 앞에는 요코오 씨가 있다. 요코오 세이고. 작가다. 소설가.

"죄송합니다. 이렇게 비 오는 날 나오시라고 해서." 요코오 씨에게 내가 말했다.

"괜찮아. 전철은 정상 운행하니까."

"미쓰바라고 하셨죠, 자택이."

"응. 자택이란 말을 듣기엔 민망한 원룸이지만."

"여기에서 얼마나 걸리시나요?"

"한 시간 정도려나. 전철만 제대로 타면."

"제대로요?"

"요금 오르는 구간이 되기 직전에 내려서 걸을 때도 있거든. 걷는 걸 좋아해서."

"아카미네 씨한테 들었어요. 집에 가실 때도 여기에서 도쿄역까지 걸어가신다고."

"응. 그래도 오늘은 무리일 것 같네. 걷는 걸 좋아하긴 하지만 우산을 들고 걷고 싶지는 않거든. 무리는 안 하려고 해. 무리하면 스트레스가 되니까."

"무슨 말씀인지 알아요. 저도 가끔 달리기를 하는데 비가 오는 날까지 달리지는 않거든요."

"혹시 황궁 근처에서 달리나?"

"아뇨. 기바공원에서요. 어딘지 잘 모르시죠?"

"알아. 후카가와 주변이잖아."

"네. 제가 그 근처에 살아서요. 본가도 그쪽이고요."

"본가? 어디?"

"기요스미예요. 역으로 치면 기요스미 시라카와. 한조몬선이랑 오에도선이 지나가죠."

"우연이네. 퇴짜 맞은 그 소설, 처음 제목이 '후카가와 토킹 블루스'였거든. 주인공이 몬젠나카초에 사는 설정이라."

"저도 몬젠나카초에 사는데요? 지금 사는 아파트가 거기에 있어요."

"놀랍네. 퇴짜 맞은 악몽에서 이제 겨우 빠져나오나 싶었는데 말짱 도루묵이잖아." 요코오 씨가 웃는다.

 말은 뾰족했지만 웃고 있어 안심했다.

 요코오 씨의 『토킹 블루스』가 퇴짜를 맞은 것은 반박의 여지가 없는 사실이다. 듣자 하니 두 번의 수정을 거친 후에 그렇게 됐다고 한다. 결단을 내린 사람은 아카미네 사쿠라코 씨. 베테랑 편집자다.

 아카미네 씨는 기타자토 고 편집장에게도 그 작품을 보여줬다고 한다. 나중에 문제가 되지 않도록 판단을 부탁한 것이다. 손을 보면 어떻게든 되지 않을까? 편집장이 말했지만 아카미네 씨는 이렇게 답했다. 어떻게든 손을 본 게 이거예요. 이 이상은 어려울 것 같습니다.

그리고 4월, 아카미네 씨는 문예 2팀에서 1팀으로 인사이동했다. 하는 일은 그대로다. 담당하는 작품의 내용이 달라진다. 대략 설명하면 엔터테인먼트 분야에서 순수문학으로 바뀐다. 2팀이든 1팀이든 문예부는 문예부다. 팀 이동과 상관없이 담당하던 작가의 작품을 끝까지 마무리하는 일도 많다. 이동 후에도 이 작가는 이 편집자가 계속 맡는다, 하는 경우도 간혹 있다. 아카미네 씨와 요코오 씨는 그렇게 되지 않았다.

가지카와가 요코오 씨를 끊어낸 것은 아니다. 어디까지나 『토킹 블루스』를 엎었을 뿐이다. 다만 다음번에도 이렇게 되면 그땐 아마 끝이겠지. 우리 회사 쪽에서 뭘 어떻게 한다기보다 요코오 씨가 가지카와를 포기할 것이다.

그런 상황에서 요코오 씨 담당이 나한테 넘어왔다. 편집장에게 불려가 직접 지시를 받았다.

"나타네. 요코오 작가 알지? 요코오 세이고."

"『기노카』의 작가님 아닌가요?"

"그래. 자네가 요코오 작가를 맡아봐."

"제가요?"

"으음. 요코오 작가, 슬럼프인 모양인데 꽃 좀 피우게 만들어봐. 요코오 작가도 꽃 피우고 나타네 자네도 좀 피어나 보고."

나타네菜種. 유채씨라는 뜻의 내 이름이다. 이구사 나타네. 그게 나다.

어느새 꽉 채운 4년을 문예 편집부에 있었다. 2팀이다. 엔터테인먼트. 여태껏 히트작을 낸 적이 없다. 중쇄를 찍은 책이 몇 권 있을 뿐이다. 편집과 상관없는 부서로 발령받은 동료를 보며 나도 슬슬 실적을 올려야 할 텐데, 라는 생각을 한다. 솔직히 초조하다.

요즘 세상에 책은 잘 팔리지 않는다. 어지간해서는 히트작도 잘 안 나온다. 폭발적으로 잘 팔리는 책은 1년에 몇 권 안 된다. 특히 소설은 더 그렇다. 시류를 잘 탄 몇 작품만이 미친 듯이 팔린다. 모두 그리로 몰려든다. 몰려들어도 다른 곳까지 퍼지지는 않는다. 대박이 난 작가의 다른 작품조차 큰 덕을 못 본다.

보통 인수인계 후 작가와 처음 만날 때는 전임자가 동석하는데 지금 여기에 아카미네 씨의 모습은 보이지 않는다. 갑자기 담당 작가에게 호출을 받았다. 뭔가 문제가 생긴 모양이다. 요코오 씨에게는 아카미네 씨가 직접 전화를 걸어 사정을 설명했다. 물론 나도 요코오 씨를 만나자마자 다시 한번 설명했다.

오늘 이 카페로 장소를 정한 사람도 아카미네 씨다. 요코오 씨와 항상 여기서 회의를 했다기에 이번에도 여기로 잡았다.

솔직히 부담스러운 첫 만남이었다. 작품이 엎어진 직후의 후임. 게다가 아카미네 씨가 못 온다는 사실을 회의 한 시간 전에야 알게 됐다. 마음이 한층 더 무거워졌다. 날씨마저 불길한 분위기를 풍겨댔다.

막상 만나보니 불길할 것은 하나도 없었다. 짧게 민 머리 때문에 언뜻 무서운 인상이었지만 요코오 씨는 전혀 무서운 사람이 아니었다. 사진으로 본 것보다 더 말랐다. 볼이 폭 패어 있고 손등의 혈관이 도드라져 있다. 마치 감량 중인 복서 같다.

그런 요코오 씨가 커피를 마시며 말했다.

"달리기를 한댔지. 장거리를 뛰나?"

"그런 편이에요. 10킬로미터 정도 뛰거든요."

"대단하네. 따로 무슨 스포츠라도 하는 거야?"

"지금은 안 해요."

"전에는 했고?"

"네. 그게, 복싱을 좀."

"그래? 그것도 대단하네."

"그냥 하기만 한 건데요."

"그냥 할 수 있는 운동이 아니잖아, 복싱은."

"어차피 그만둔 데다, 딱히 뭐가 되지도 못했어요."

"복서 출신 편집자라, 멋있네."

"멋있을 것 없어요. 거짓말이라고 생각하는 사람들도 있고. 제가 그런 분위기로는 안 보이나 봐요. 그래서 딱히 제가 먼저 말하진 않습니다. 굳이 감추지도 않지만."

"언제 했었는데, 복싱은?"

"대학 시절에요."

"복싱부 같은 거였나?"

"아뇨, 체육관에서 했어요."

"예전부터 관심이 있었어?"

"그렇지도 않아요. 그냥 한번 해볼까 싶어서."

"보통은 그냥 한번 해볼까 하는 생각조차 안 하지. 복싱은."

"그런 생각이 들어버렸어요, 저는."

"그래서 시작한 거야?"

"그래서 시작했습니다. 프로가 되진 못했지만요."

"그러다 편집자가 되다니, 그것도 대단하네. 대학도 좋은

데 나왔다는 거잖아?"

"막상 1지망인 의대는 떨어졌지만요."

"뭐야, 의사 지망생이었어?"

"지망이었다고 해야 할까요. 부모님이 의사세요. 본가가 병원을 운영하거든요."

"그래서 의대를 가려고 했구나."

"장남이라서요. 의대는 전멸이었어요. 모의고사에서 D 판정을 받거나 한 적은 없는데 결과적으론 다 떨어졌죠."(모의고사 점수로 지망 대학의 합격 가능성을 예측하는데 D 판정은 합격 가능성 35퍼센트 정도의 수준에 해당한다— 옮긴이)

"그럼, 본가의 병원은 어떻게 되는 건데?"

"여동생이 물려받을 겁니다. 의대를 졸업해서 지금 전공의거든요. 저보다 머리가 좋아서 다행이죠. 의대를 세 군데나 합격했어요. 저처럼 되면 안 되니까 여러 곳에 지원하긴 했지만요."

"대단한 가족이네."

"죄송해요. 제 얘기만 했네요."

"아냐, 내가 물어봤잖아. 잘됐어, 이런 것도 알게 되고. 아카미네 씨랑도 이런 대화를 했으면 좋았으려나 하는 생각도 드네. 여하튼 미안하게 됐어, 이런 나를 담당하다니."

"아녜요, 무슨 그런 말씀을."

"사정을 듣고 우앗, 하는 생각 안 들었어?"

"안 들었어요. 담당자가 바뀌는 게 드문 일도 아닌걸요."

"새 편집자를 소개받아서 다행이야. 그럼 이만, 하고 끝나 버리면 어떡하나 싶었거든."

"저도 작가님을 담당하게 돼서 다행입니다. 얼마 전 나온 『3년 남매』라는 작품, 꽤 좋아했거든요."

담당하기로 결정된 후 요코오 씨의 최신작을 서둘러 읽었다. 실제로 재미있었다. 꽤 좋아했다는 말에 거짓은 없다.

"아직은 그 작품이랑 『곁가족』, 『기노카』밖에 못 읽어봤지만, 이제부터 하나씩 읽을 생각입니다."

편집자들이 담당 작가의 저서를 전부 읽느냐 하면, 그렇지 않다. 다 읽을 수 있으면 베스트겠지만 예컨대 작가가 책을 30권 냈다면 그 작품을 다 읽기는 힘들다. 시간이 없기 때문이다. 그것 말고도 읽어야 할 책이 산더미니까. 지금도 하루에 한 권은 읽는다. 그래도 좇아가려면 턱없이 부족하다.

"그럼, 앞으로의 얘기를 해볼까요?" 요코오 씨에게 말했다. "아카미네 씨한테도 들으셨겠지만 저희는 새로운 작품을 부탁드리고 싶습니다."

"오호, 기쁜 소식이네. 물론 기꺼이 하겠습니다."

"감사합니다. 혹시 지금 시점에 써보고 싶은 이야기가 있으실까요?"

"몇 가지 생각해둔 게 있긴 한데 아직 제대로 정리를 못 했어. 나는 토대가 되는 소재를 정해두고 시간을 가지면서 서서히 살을 붙여가는 경우가 많거든. 편집자한테 어떤 콘셉트를 제안받아서 거기서 시작할 때도 없진 않고. 그건 그것대로 또 재미가 있으니까."

"『3년 남매』는 어느 쪽이었나요? 작가님의 아이디어인가요, 제안을 받으셨나요?"

"그 작품은 내가 생각한 거였어. 남이었던 두 사람이 남매가 된다는 설정의 기본 아이디어가 있었거든. 그러다 다시 타인으로 돌아간다는 게 재미있을 것 같더라고. 그렇게 시작했지."

"제목이 좋아요. 『3년 남매』."

"무슨 뜻인지 알 수 없긴 하지만."

"읽으면 알잖아요. 아아, 이거구나, 하고."

"『곁가족』이랑 『기노카』도 그랬어. 『곁가족』이야 그걸로 신인상을 받았으니 당연한 얘기지만. 가미노키샤에서 나온 『옛날에 어떤 곳에서』라는 책이 있는데 그때는 제안받은 거였고. 편집자가 현재와 과거가 이어지는 이야기를 써보는 게 어떻겠냐고 해서. 처음 들었을 땐 너무 모호하다고 생각했는데 대략적인 뜻은 이해가 됐고 나쁘지 않겠다 싶어서 써봤지."

"이후의 출간 예정은 어떻게 되시죠?"

"스이레이샤랑 겐푸칸에서 의뢰받은 상태야. 근데 아직 진행은 안 됐고 양쪽 다 틀을 잡아가는 단계. 출간 시기도 미정인데 사실 좀 초조하긴 해. 『토킹 블루스』가 엎어져서 한동안 일정이 떠버렸거든."

"아, 그러시군요. 죄송해요."

"아냐, 아냐. 그만큼 더 집중해서 작업해야지. 가닥이 잡히는 것부터 손대볼게."

"자, 그럼 어떻게 할까요. 저는 역시 작가님이 쓰고 싶은 글을 쓰시는 게 좋다고 생각합니다. 이럴 때일수록 오히려 더요."

"그랬다가 또 엎어진다거나? 아, 이건 그냥 농담."

"엎어지지 않을 거라고 말씀드리고 싶지만, 저도 거기까지는 약속드릴 수 없어요. 언제든 그럴 가능성이 아예 없는 건 아니니까요."

"이해해. 이번에 뼈저리게 느꼈거든. 쓰면 안 되는 소설 같은 건 없다, 그러나 써봤자 소용없는 소설은 있다. 이걸 혼동하면 안 되는 것 같아. 어렵더라고, 소설이란 건."

"어렵죠. 그러니까 우리, 신중을 기울여서 만들어봐요. 지난번에도 그렇게 해주셨겠지만."

"지난번보다 더 신중할 거야."

"부탁드립니다. 저도 여러모로 고민해볼게요. 작가님은 작가님대로 생각해봐주세요. 뭐든 떠오르는 게 있으면 바로 말씀해주시고요."

"작품을 퇴짜 맞은 작가 얘기 같은 거 들고 올지도 몰라."

"그것도 괜찮죠. 재미있을 것 같으면 그걸로 가요. 거기서부터 어떤 얘기가 펼쳐질지는 모르는 거니까요. 뭐가 됐든 작가님께서 이런 얘기라면 할 수 있겠다 싶은 내용이 있으면 말씀해주세요. 다음에는 식사라도 같이 하시죠. 그땐 더 편하게 얘기 나눠봐요."

"오늘도 덕분에 편하게 얘기했어."

"그럼, 오늘은 이 정도로 할까요? 작가님과 대화 나눌 수 있어서 좋았습니다. 앞으로도 잘 부탁드릴게요."

"나야말로 잘 부탁할게. 아카미네 씨한테도 얘기 잘해주고."

"네, 전해둘게요. 정말 죄송했습니다. 약속 시간 직전에 못 오게 돼서."

"아니야. 둘이 만나지 않았으면 나타네 군 얘기를 이렇게까지 못 들었을 거 아냐."

"그렇게 말씀해주시면 감사하고요."

자리에서 일어나 계산대로 향한다.

계산은 당연히 내가 한다. 가지카와 앞으로 영수증을 끊었다. 이 정도의 식비는 사후에 정산을 신청한다. 당연히 전액 정산 처리된다. 금액대가 높을 때는 별도의 신청서가 필요하지만, 상식적인 범위라면 괜찮다.

"이제 갈까요?"

"잘 먹었습니다."

카페를 나선다. 약하게 비가 내리고 있었다. 안개비에 가까운 가랑비다.

"구단시타까지 같이 가시죠. 저도 경유해서 가면 돼요."

"난 그냥 도쿄역까지 걸어갈게."

"비가 오는데요?"

"이 정도는 우산 안 써도 되잖아. 걸으면서 이것저것 생각 좀 하려고. 떠오르는 게 있으면 연락할게."

"그럼, 연락 기다리겠습니다. 다음 식사 메뉴는 어떤 게 좋으세요?"

"뭐든. 맥주만 마실 수 있으면 다 좋아. 오히려 골라주면 고맙지. 뭘 먹으러 갈지 두근두근 설레는 기분을 즐기고 싶거든."

"알겠습니다. 생각해볼게요."

"그럼, 고마웠어."

"네, 실례하겠습니다."

요코오 씨가 지도리가후치를 따라 난 길을 걸어 한조몬 쪽으로 향한다. 벌써 4월이지만 아직 미묘하게 추운 날씨라 그런지 다운재킷을 입었다. 이거, 스이레이샤의 모모치 씨가 줬거든. 비싼 건가 보더라고, 라고 했다. 모모치 씨가 나이가 아래니 물려받기가 아니라 올려받기라고.

다운재킷 차림이어도 마른 몸은 확실히 마른 몸이었다. 추정컨대 175센티미터에 50킬로그램 정도 아닐까 싶다. 복싱 선수라면 플라이급도 가능했을 것 같다. 감량하면 제일 가벼운 미니멈급까지도 내려갈 수 있겠지. 리치가 꽤 길어 보이니 의외로 좋은 복서가 됐을지도 모른다.

나는 반대 방향으로 걸어 가지카와 사옥으로 돌아갔다.

다시 자리에 앉은 때는 오후 다섯 시가 넘어서였다. 우선은 디자이너와 일러스트레이터에게 받은 메일에 답장을 보낸다.

그러고 나서 7월 출간 예정인 소설의 초교를 읽었다. 도중에 퇴근할 생각도 있었지만, 중간에 끊지 않는 편이 나을 것 같아 마음을 바꿔 끝까지 봤다.

그 결과, 퇴근 시각은 밤 열한 시.

회사에서 나와 도쿄메트로의 도자이선을 탔다. 이다바시부터 몬젠나카초까지는 여섯 역, 11분이 걸린다. 금방이다.

우리 편집부에는 종점인 니시후나바시를 거쳐 도요고속도로를 통해 가는 나라시노에 단독주택을 산 사람도 있다. 거기까지는 40분 정도가 걸린단다. 난 운이 좋은 편이라고 생각한다. 본가 역시 몬젠나카초에서 도보로 갈 수 있다.

지상으로 나와 걸어서 5분이면 아파트에 도착한다. 우리 집은 3층. 계단으로 올라가 열쇠로 현관문을 연다. 조용히 문을 열고 조용히 닫는다. 다시 조용히 열쇠를 걸어두고 조용히 신발을 벗은 다음, 조용히 걷는다.

방 한 칸에 거실 겸 주방이 하나 있다. 방은 5~6조(1조는 다다미 한 장 넓이로 약 0.5평 정도이다―옮긴이) 크기지만 거실 겸 주방은 8조 정도 된다. 사이에 벽이 따로 없어 현관에서도 침대가 보인다. 월세는 10만 엔. 관리비가 3천 엔. 시가에 비해 저렴한 편이다. 하지만 두 명이 살기에는 비좁아서 조금 더 넓은 곳으로 옮길 생각이다. 실제로 둘이 상의하는 중이다.

그렇다, 둘. 또 한 명은 침대에서 자고 있다. 이시즈카 아야네. 여자친구다. 나보다 한 살 연하. 대형 광고대행사에 다닌다.

침대 옆에 서서 아야네가 자는 모습을 내려다본다. 예쁘네, 하고 생각했다. 미소 짓는 것처럼 보인다. 그 점이 좋다. 개중에는 자는 얼굴이 괴로워 보이는 사람도 있다. 실제로 괴롭다거나 악몽을 꾼다거나 하는 이야기가 아니다. 그냥 잠자는 모습이 그렇다는 것이다. 하지만 아야네는 다르다. 자고 있을 때도 어딘가 즐거워 보인다.

이번 4월에 아야네는 팀을 옮겼다. 염원하던 영화 관련 부서로 이동한 것이다. 무척 기뻐했다. 그 소식을 듣고 나도 기뻤다.

자는 얼굴이 괴로워 보이든 즐거워 보이든 사실 본인에게는 아무 영향이 없다. 그러나 자는 모습을 자주 보는 동거인에게는 영향이 있다. 괴롭거나 즐겁거나 둘 중 하나라면 즐거워 보이는 얼굴을 보고 싶다. 이런 사람과 평생을 같이하면 행복하겠지 하는 생각이 자연스레 든다.

기척을 느꼈는지, 아직 잠들지 않았던 건지, 아야네가 눈을 뜨더니 말한다.

"왔어?"

"응."

"어서 와."

"다녀왔어. 내가 깨운 거야?"

"아니야." 아야네는 사랑스러운 거짓말을 하더니 덧붙인다. "잘게."

"잘 자."

"잘 자."

시끄러울 테니 샤워는 그냥 내일 아침에 할까 싶다. 배가 고프지만 지금 뭘 먹었다간 살이 찔 것 같으니 오늘은 그냥 참아야지.

5월의 요코오 세이고

"왠지 오랜만이네." 내가 말했고,
"반년 정도 됐나?" 유미코가 답했다.
"그 정도려나?"
"그렇지 않아?"
"이젠 시간이 하도 빨리 가서 알 수가 없다니까. 나처럼 살다 보면 요일 감각도 없어져서 오늘이 몇 월 며칠인지도 몰라."
"오늘 몇 월 며칠이지?"
"5월 15일."

"잘만 아네."

"오늘은 약속이 있었잖아. 15일이야, 수요일, 이라고 계속 되뇌었다니까."

"그렇게까지 해야 해?"

"지금은 괜찮아. 안 쓰니까. 정확히는 본격적으로 쓰기 전이니까. 쓰기 시작할 만한 얘기가 없어. 한마디로 정체기라고 할까. 글감을 찾아내야 하는 제일 힘든 시기."

"쓸 때가 더 힘들지 않아?"

"난 그 반대야. 일단 시작만 하면 그때부터는 하루에 몇 장, 이런 페이스로 기계처럼 써나갈 뿐이니까. 시작하고 나면 하루도 쉬지 않고 마지막까지 계속 가. 50일 정도 멈추지 않고 쭉."

주문한 맥주가 나왔다. 첫 잔의 서빙이 이 정도로 늦은 건 서버의 맥주를 잔에 따를 때 시간을 들이고 정성을 쏟았기 때문이다. 이곳은 맥주 바. 그것도 맥주회사에서 운영하는 전문점이다. 첫 잔은 30초 이내에 가져다준다는 이자카야 스타일의 규칙도 아마 없을 것이다.

나도, 유미코도 하프 앤드 하프를 주문했다. 일반적인 필스너 타입 맥주와 흑맥주를 반반씩 조합한 것이다. 짠, 하고 잔을 부딪쳐 건배한다. 마신다.

"역시 맛있다."

"진짜 맛있어."

구운 풋콩과 직화구이 시메사바(고등어회를 식초와 소금에 절인 음식―옮긴이), 치즈 플레이트를 주문한다. 뭐 더 시킬까? 내가 묻고, 괜찮아 하고 유미코가 답한다.

유미코. 미조구치 유미코. 대학 동창이다. 동갑. 설마 이렇게 오랫동안 관계가 이어질 줄은 몰랐다. 대학 시절에도 그렇게까지 친하진 않았다. 1, 2학년 때 같은 수업을 들었을 뿐이다.

유미코는 친구가 많았지만 나는 별로 없었다. 적다고 말하기에도 적었다. 서너 명 정도. 그런 나에게 유미코는 아무렇지 않게 말을 걸었다. 대강의실 수업에서는 옆자리에 앉기도 했다. 제일 먼저 눈에 들어온 아는 사람이 나니까 그냥 거기 앉는다는 태도로, 어떤 망설임도 없이. 하지만 그게 다였다. 여자친구도 뭣도 아니었다. 일부러 약속을 잡고 노는 일도 없었다.

그랬는데 어쩌다 보니 졸업 후에 연락을 주고받게 됐다. 같이 술도 마시게 되었다.

유미코는 카페를 운영하는 회사에 취직했다. 다섯 개가량의 카페 브랜드를 경영하는 회사다. 그중 셀프서비스 방식의 카페는 나도 자주 이용한다. 유미코가 다니는 회사라는 인식이 있어서인지 다른 곳보다는 거기에 가게 된다.

유미코는 아직도 그 회사에 다닌다. 젊었을 때는 점장을 하기도 했지만 지금은 이케부쿠로에 있는 본사에서 일한다. 매장을 관리하는 위치가 된 것이다. 직책도 있다. 무슨 무슨 과장.

"지금은 안 쓰는 기간이구나?" 유미코가 물었다.

"안 쓴다고 말하기는 좀 그런가? 늘 작품 구상을 하고 있긴 해. 굵직한 이야깃거리나 플롯 같은 거. 작품 생각을 아예 안 하는 날은 없지."

"오늘은 완전한 휴일이다! 이런 날은 따로 없어?"

"없어. 그래봤자 어차피 또 소설 생각이나 할 텐데 뭐."

"작가는 그렇구나. 평소에도 작가로 사는 거야."

"사람마다 다르겠지. 미조구치는? 일과 생활을 확실히 구분해?"

"구분한다기보다 알아서 구분되는 거 같아. 휴일에는 매장이나 커피 생각은 하나도 안 하거든. 물론 개인적으로 커피를 마시긴 하지만 그렇다고 회사 커피가 연상되지는 않아."

"그래 보여."

"그래?"

"그래."

"요코오도 그럴 줄 알았는데. 아무래도 작가랑 나를 똑같이 생각하면 안 되겠지."

"안 될 게 뭐 있어. 작가 따위 아무것도 아니야. 쓰는 거 말고는 아무것도 할 줄 모르고. 뭐 그것도 사람마다 다르겠지만."

"쓸 줄 아니까 그걸로 충분하잖아."

"요즘에는 그나마도 불안불안해."

"왜?"

"얼마 전에 퇴짜를 맞았거든."

그러고는 『토킹 블루스』 이야기를 했다. 아카미네 씨에게 퇴짜를 맞은 그 이야기다.

구운 풋콩을 먹으며 유미코가 말했다.

"요코오는 꽤 오랫동안 글을 썼잖아. 몇 작품이나 냈지?"

"열세 권."

"그런데도 퇴짜를 맞는구나."

"응."

"원래 다 그래?"

"몰라. 다른 작가들 사정은 모르니까."

"작가 친구 없어?"

"없어. 만날 기회도 없고 파티 같은 데도 안 가니까. 뭐, 오라는 사람도 없지만."

"상이라도 받아서 요코오가 주인공인 파티를 열어달라 그래."

"난 그런 거랑은 연이 없어. 상 받을 수 있는 작품 스타일도 아니고. 큰 작품은 쓰지도 않고."

"하긴 년 소소한 이야기들만 쓰지. 뜨거운 차를 마시다 혀를 데었다, 이런 장면 묘사만 한 페이지 가득."

"그러니까."

"상 받은 작가는 책도 잘 팔리지 않아?"

"아무래도 그렇지. 근데 딱 그 작품만 잘 나갈 수도 있어. 『기노카』처럼."

"아아, 영화화됐던 그 책. 그건 잘 나갔구나?"

"와시미 쇼헤이 씨 덕분이지. 그 책이 있어서 어찌어찌 계속한 거야. 그때 모은 돈으로 먹고사니까."

"먹고살면 된 거지. 작가 수입만으로 먹고사는 사람, 별로 없지 않아?"

"그야말로 한 줌이나 될까."

"그 한 줌 안에 들어갔잖아."

"아냐, 아냐. 난 그냥 억지로 끼어 있는 거야. 생활의 질을 낮춰서 사는 것뿐이지."

"이렇게 긴자의 술집에서 술도 마시면서."

"유일한 사치야. 내가 생활비 외에 돈을 쓰는 일은 이것뿐이거든. 이 나이에도 여전히 원룸 신세고."

"혼자 살기엔 충분하잖아. 방이 두 개일 필요가 있어?"

"없지."

"최소한의 물건만 두고 사니까."

"맞아. 얼마 전에 전자레인지가 고장 나서 새로 하나 샀거든. 근데 그 가격이, 무려 5천 엔대."

"엄청나게 싸네!"

"그렇지? 이렇게 사니까 가능한 거야."

"내가 쓰는 것도 비슷하긴 할걸? 손이 많이 가는 요리는 안 하니까 비싼 오븐 같은 것도 필요 없고."

직화구이 시메사바를 먹는다. 아, 맛있다. 직화로 구워낸 점이 얄미울 정도로 훌륭하다. 평소에는 거의 두부와 낫토, 김치밖에 안 먹는다. 그 외의 음식을 먹으면 정말 맛있게 느껴진다. 편집자들이 좋은 가게에 데려가면 이야, 맛있네, 하고 그야말로 감동을 한다.

한편, 내가 평소에 먹는 세 팩에 42엔짜리 낫토나 한 모에

30엔 하는 두부도 맛있다고 느낀다. 그런 식사도 충분히 즐길 수 있다. 매일 그것만 먹어도 상관없다. 내가 인간으로서 지닌 유일한 장점 아닐까. 이런 면이 없다면 지금 같은 생활은 불가능하다.

둘 다 두 잔째 맥주를 주문했다. 유미코는 필스너. 나는 흑맥주.

역시나 나오는 데 시간이 걸린 그 맥주를 한 모금 마시더니 유미코가 말했다.

"그러고 보니 나 말이야, 쉰 살이 되고 말았어."

"아. 그렇구나. 미조구치도 5월생이지."

"응. 네 생일 열흘 뒤. 해마다 이런 얘길 하다 보니 외워버렸네."

내 생일이 5월 2일이고 유미코 생일이 5월 12일이다. 나도 외워버렸다.

"용케 여기까지 살아냈네."

"진짜, 그래."

"20대 때는 내가 마흔이 될 거라는 생각조차 안 했는데."

"서른이 된 시점에 이미 초조했잖아."

"초조했지. 이제 진짜 아저씨구나 싶더라."

"그리고 마흔이 됐을 때는, 절망."

"그땐 묘한 체념을 느꼈어."

"이제는 별수 없지 싶은 마음."

"맞아. 그러면서 살짝 편해져. 좋은 의미로, 아무래도 상관없어지잖아. 20대가 저 멀리 사라졌다는 걸 자각하고 나니 억지로 무게 잡지도 않고. 옷도 무지 티로 족하게 됐어."

"진짜 무지 티만 입잖아, 요코오는. 무늬 있는 옷 입은 모습을 본 기억이 없어."

"무늬 들어간 옷은 싫어. 내가 이 무늬를 선택했다, 하는 느낌이 들잖아. 같은 이유로 브랜드 로고도 필요 없고."

"그 기분은 나도 좀 알 것 같아. 물건을 사게 만들어놓고 광고까지 해달라는 셈이잖아. 내가 걸어 다니는 게 아니라 옷이 걸어 다니는 느낌이 든다니까."

"그래서 무지가 좋아. 단색. 나 여름엔 항상 회색 티셔츠만 입잖아? 같은 옷을 열 벌 정도 사서 그걸 돌려 입고 있어."

"열 벌밖에 없어?"

"어. 이런 식으로 모든 걸 최소한으로 사니까 원룸으로도 충분한 거지. 아, 그렇긴 한데 얼마 전에 읽은 소설에서 '평생 원룸살이'라는 말이 나온 걸 보고는 움찔했어. 틀림없이 나도 그렇게 되겠구나 싶어서."

"일단 너는 집에 책이 없는 것부터가 신기해. 작가라고 하면 서재도 있고 책장 가득한 책에 둘러싸여 살 것 같은데 말이야."

"그런 작가들도 있을 거고 나 같은 사람도 있겠지. 많지는 않아도."

"그래도 보통 사람들이 가진 이미지는 그럴걸?"

"서스펜스 드라마 같은 데 나오는 작가 캐릭터는 요즘도 그렇더라. 좋은 집에 살고, 좋은 옷을 입고, 좋은 와인을 마시면서 책만 냈다 하면 다 잘 팔리고. 싸구려 전자레인지를 직접 들고 오느라 근육통을 앓는 작가 같은 건 본 적이 없다니까."

"그렇게 나오면 오히려 현실감이 떨어져 보일걸? 굳이 따지자면 그건 오히려 개그맨들에게 어울리는 이미지 아냐?"

"아아, 그럴지도."

"SNS라도 해서 '작가의 실상은 이렇습니다' 하고 어필해 봐."

"안 해. 귀찮기도 하고 할 줄도 모르고. 계속 새 게시물을 올려야 되잖아? 그런 건 한번 시작하면 온종일 붙잡고 있어야 해."

"지금보다 시간이 더 빨리 갈 수도 있겠네."

"오늘이 며칠인지는 고사하고 내가 몇 살인지도 헷갈릴걸? 실은 이미 헷갈려. 나 마흔아홉일 때도 쉰 살이라고 생각하고 살았다니까. 이제 곧 쉰이 된다는 의식이 어느샌가 벌써 쉰이다, 로 입력된 거야. 40대부턴 쭉 이 모양이야."

"남들은 은근슬쩍 나이를 깎는다는데 올려버렸네?"

"그래서 안 그러려고 신경 쓰는 사이에 생일이 지나버려서, 정작 쉰이 되고 나서는 의도치 않게 깎아버린 적도 있어. 이 정도면 아저씨도 아니고 그냥 할아버지라니까."

"쉰 살에 할아버지는 좀 너무한데?"

"너무하지. 조심해야 해. 사실은 조심할 방도가 없지만."

"그래도 넌 매일 걷잖아. 좋은 방법 아냐?"

"아아, 그러고 보니 얼마 전에 걷다가 총을 맞았어."

"뭐어?"

"꼬마 녀석한테."

"무슨 말이야?"

나는 그때의 이야기를 들려줬다. 미쓰바 중앙공원을 걷다가 꼬마가 쏜 장난감 총에 맞은 일. 곧바로 산책을 그만두고 집에 돌아가 소설 글감 목록에 정리해놓았던 일을.

듣고 있던 유미코가 웃었다.

"총에 맞았는데 화도 안 냈구나?"

"화는 안 났어. 주의를 줘야 하나 싶긴 했지만, 그 꼬마도 어지간히 당황한 것 같더라고."

"주의를 안 받았으니 또 할지도 몰라."

"그렇다면 다음엔 한마디 할게."

"다음이라니, 두 번이나 맞으면 그거야말로 문제 있는 거 아냐? 쏴도 되는 사람으로 보인다는 거잖아."

"확실히 문제가 있네, 그건."

"근데 왠지 재밌다."

"아냐, 이건 슬픈 일이라고. 나이 쉰에 꼬마한테 총을 맞았는데."

"어지간해선 못 하는 경험이잖아?"

"그런 경험은 사절할게."

"소재로 쓰면 되잖아. 진짜로 써봐, 그 얘기."

"어디엔가 쓰겠지."

치즈를 먹고 맥주를 마신다.

유미코가 말했다.

"얼마 전에 『잠들기 위한 곳』을 읽었어."

"아, 정말?"

"응. 책방에 없길래 아마존에서 샀어."

"서점에 오래된 책은 잘 안 갖다 놓으니까. 공간이 부족해서."

"문고판은 안 나온 거 같더라."

"안 나왔어. 요즘은 문고판 내기도 쉽지 않아. 옛날에는 단행본 나오고 한 3년쯤 지나면 문고판이 나오는 분위기였는데."

"그게 몇 번째 책이었어?"

"세 번째.『기노카』가 잘 팔렸을 때 그 책 문고판도 만들어주지 않을까 했는데 아니더라고."

"최근작들이랑은 좀 다르더라. 뭐랄까, 어두운 느낌. 대학생이 새엄마랑 하고, 초등학생이 야구방망이로 얻어맞고."

『잠들기 위한 곳』은 뉴타운을 무대로 한 이야기다. 사방에서 폐해가 생기고 그것들이 사건 사고로 이어진다. 확실히 최근에는 그런 스타일의 작품을 잘 쓰지 않는다. 신인상에 도전할 무렵에는 그런 유의 글들이 많았지만.

"지금에 비하면 문장이 살짝 거친 것 같기도 한데 재미있더라고. 구성도 좀 수상하잖아. 단편 시리즈처럼 보였는데 역시나 장편작이었어."

"그때만 해도 작업할 때 구성부터 잡고 들어가곤 했거든. 틀 먼저 잡고 거기에 이야기를 채워나간다든가 하는 식으로. 이런저런 방식을 시도했지."

"이제 그렇게는 안 해?"

"안 하는 건 아냐. 근데 독자들이 별로 원하질 않는달까. 구성부터 의심스러우면 읽기 어렵다는 사람들도 있고.『잠들기 위한 곳』이 나온 뒤에는 편집자한테도 비슷한 말을 들었어. 구성은 신경 안 써도 되니까 스토리에 먼저 중점을 둬 달라고."

"그래서 시키는 대로 했어?"

"그땐 그랬지."

"그 작품이 뭔데?"

"『포르노틱 테일』이었지, 아마."

"아아, AV 남자배우 얘기. 혼자서 딸을 키우는."

"어."

"듣고 보니 그런 것도 같네. 그래서 결국 어느 쪽이 맞는 건데?"

"어느 쪽이 맞고 틀리는 건 없어. 작품에 따라 선택할 문제지. 그래도 스토리 자체의 재미를 원하는 사람들이 더 많기는 해."

기본적으로 난 사람들과 소설 이야기를 하지 않는다.

하지 않는데, 유미코랑은 한다. 할 수 있다. 유미코가 나랑 같은 문학부를 나왔기 때문만은 아닐 것이다. 대화가 가능한 이유는 유미코가 유미코이기 때문이다. 이거 좋아, 이거 싫어, 로 끝나는 게 아니라 자신의 취향과 별개로 세상과 사물의 가치를 꿰뚫어 볼 줄 아는 사람이니까.

신인상에 응모하는 족족 떨어지던 투고 암흑기에도 유미코와는 만났다. 1년에 두세 번씩 만나 술을 마시는 게 전부지만, 그 일을 25년 이상 이어왔다.

사람과 사람의 관계는 언제나 일대일이다. 예외는 없다고 생각한다. 유미코와는 그 관계가 수월하게 성립된다. 남녀가 어쩌고 하는 이야기와는 동떨어진 채로.

"요코오, 너 가족 소설의 대가, 뭐 이런 얘기 듣지 않아?"

"대가 같은 말을 듣진 않지만, 가족 소설을 쓰는 사람이라고 생각하는 것 같긴 해. 계속 그런 책들이 나왔으니까. 정작 나는 가족도 없는데 말이야."

"자기가 모르는 얘기도 쓸 줄 아니까 작가를 할 수 있는 거겠지."

"아예 모르는 얘기는 못 쓸 거야. 이를테면 난 사극은 못 써."

"조사하면 쓸 수 있을걸. 다들 그렇지 않을까? 오다 노부나가를 실제로 만난 사람도 없을 거고, 에도 시대 마을에 살아본 사람도 없을 테니까."

"나는 조사해서 쓰는 타입이 아니라서."

"요코오 스타일로 쓰면 되잖아. 에도 거리를 걷다가 아이들이 쏜 바람총에 맞았다, 이런 식으로."

"아아, 그렇게는 쓸 수도 있겠네. 근데 별로 재미없지 않나?"

"그걸 재미있게 써보라고."

"흐음, 자신 없어."

이런 시답지 않은 이야기를 나누는 사이 시간은 흐른다. 이제 둘 다 쉰이다. 피자나 파스타 같은 식사 메뉴를 먹기엔 부담스러워서 토마토소스 펜네와 양배추오이절임을 주문한다.

세 번째 음료로 나는 레드 아이를, 유미코는 샌디 개프를 마셨다. 양쪽 다 맥주를 베이스로 한 칵테일이다. 맥주에 각각 토마토주스와 진저에일을 섞은 술이라 알코올 도수는 낮다. 세 번째 잔으로는 딱 적당하다.

스무 살 무렵엔 맥주와 토마토주스를 섞다니 진심이야? 라고 생각했던 레드 아이를, 이것도 나름대로 맛있네, 라고 생각하며 마신다. 펜네도 막상 먹어보니 맛있네, 생각하면서 먹는다. 그리고 말한다.

"퇴짜 맞는 쉰 살. 나, 문제가 심각해. 그저 투고만 하던 암흑기에도 심각했는데 지금도 심각해."

"이쯤에서 마음을 새롭게 하라는 계시 아니겠어? 요코오, 큰맘 먹고 결혼이라도 해보는 게 어때?"

"뭐라고?"

"젊은 여자랑 결혼해서 아이도 낳고 아빠가 되는 거야. 그럼 세상을 보는 시각도 바뀌지 않을까."

"바뀔 수도 있겠지만 무리잖아. 대체 어디 있는데, 그 젊은 여자가."

"누군가 있겠지. 그래도 이름 있는 작가니까 거기에 끌리는 사람도 있을걸."

"없어. 빡빡머리에 만날 똑같은 옷만 입는 쉰 먹은 아저씨한테 누가 끌려. 그리고 난 다른 사람이랑 못 살 거야, 아마. 이미 혼자 살기에 너무 익숙해졌어. 스스로 혼자 있는 걸 선택하기도 했고."

"그래도 어릴 땐 가족들이랑 살았잖아."

"그야 그렇지."

가족들과 살았다. 그래봤자 열여덟 살까지지만. 얼른 독립하고 싶었다.

우리 집은 지극히 평범한 4인 가족이었다. 아버지 효고, 어머니 에쓰, 형 소고와 나까지 네 식구. 아버지는 이미 돌아가셨지만 어머니는 정정하시다. 형 부부와 손자까지 네 명이 함께 살고 있다.

아버지는 내가 신인상을 받기 전에 돌아가셨으니 내가 작가가 됐다는 사실을 모르실 거다. 어머니는 아시지만 내 책을 읽진 않으신다. 내가 작가가 된 걸 탐탁지 않게 여긴다든가 그런 건 아니다. 이제는 80대. 눈이 침침하다는 이유로 책을 읽지 않으실 뿐.

레드 아이를 한 모금 마시고 유미코에게 말했다.

"50대 남자 중에서도 20퍼센트는 미혼이래."

"그런가 보더라."

"20퍼센트라길래 꽤 많다고 생각했거든? 근데 곰곰이 곱씹다 보니까 다르게 읽히는 거야. 바꿔 말하면 80퍼센트는 결혼했다는 뜻이잖아. 전체의 80퍼센트나 결혼을 했다니 대단하지 않아?"

"그렇게 만들어져 있는 거겠지. 인간도, 사회 제도도."

"그리고 어디선가 봤는데 50대 독신 남성의 초혼율은 1퍼센트도 안 된대. 재혼율도 20퍼센트 정도고. 웃음이 나더라. 거의 불가능이란 거잖아."

"수가 더 많으니까 여자는 더 낮겠다."

"어느샌가 이렇게 돼버렸네, 우리."

"딱히 그런 숫자에 의미는 없지만 말이야. 하는 사람은 하는 거고. 이렇게 얘기하면 요즘 말하는 '정신 승리'처럼 보이려나?"

"그렇게 볼 사람은 보겠지."

"대부분이 그렇게 볼 거야."

"미조구치는 결혼 안 해?" 묻고는, 얼른 덧붙인다. "아, 이거 성희롱 발언인가?"

"괜찮아. 이제 그렇게 생각 안 하니까. 그래도 회사 사람한테 들었으면 성희롱이라고 확실히 말했겠지만 요코오는 세이프."

"다행이네. 그래서 안 할 거야?"

"안 해."

"고민도 안 하네."

"고민도 안 해."

펜네를 먹고 샌디 개프를 마신 유미코가 말한다.

"그러고 보니 요코오, 꽃가루 알레르기 괜찮아?"

"아, 드디어 편백나무 시즌이 끝났어. 매년 골든 위크(4월 말부터 5월 초까지 이어지는 일본의 연휴 기간— 옮긴이)까지 가더라고. 그때까진 의사가 처방한 약을 먹어. 3월부터 쭉 달고 살지. 난 그냥 놔두면 목까지 아프니까. 그러면 작업에도 집중을 못 해. 그래서 2월이 끝나기 전에 이비인후과에 가서 약을 받아 오지. 그러면 그 시기가 끝날 때까지 안 아프거든."

"이비인후과, 그 무렵엔 엄청나게 붐비지 않아?"

"말도 안 되게 붐벼. 그래서 예약이 가능한 병원으로 가."

"오호, 예약할 수 있는 이비인후과가 있다니 좋네."

"대신 멀어. 한 시간쯤 걸려."

"버스 같은 거 없어?"

"있는데 그냥 걸어가. 버스비도 비싸고."

"역시나 요코오."

"미조구치는 꽃가루 알레르기 괜찮아?"

"끝났어. 올해도 약 안 먹고 버텼어. 몇 년 전부터는 안 먹어."

"정말?"

"도저히 안 되겠다 싶을 땐 시판용 약을 사 먹는데 올해는 한 번도 안 먹었네."

"대단하네."

"진짜 열심히 버텼다."

"큰일 났네, 약 얘기에 병원 얘기까지. 그야말로 50대의 대화야."

"뭐 어때? 50대인 게 사실인데."

"그렇긴 하지."

"남은 펜네, 네가 다 먹어. 난 이제 배불러."

"그럼, 내가 먹는다."

난 평소에는 별로 많이 먹지 않는다. 하지만 술을 마실 때만큼은 절제하지 않으려 한다. 절제하면 즐겁지가 않으니까. 생각해보니 내가 즐거움을 느끼는 것은 이렇게 유미코와 술을 마실 때 정도다. 쓰는 일도 즐기긴 하지만 글을 쓰면서 즐겁다고 느끼지는 않는다.

유미코와 음식점에서 만난 시각이 오후 일곱 시 반이었고 나온 때가 열 시였다. 두 시간 반. 여느 때와 마찬가지다.

2차를 가거나 하는 일은 없다. 순순히 집에 간다. 40대가 된 후로는 늘 이렇다. 가려고 하면 갈 수야 있지만 나도 유미코도 가자는 말을 하지 않는다. 계산도 더치페이다. 이건 20대부터 쭉 그랬다. 내가 더 많이 먹었으니 더 내겠다고 해도 괜찮아, 하고 유미코는 말한다.

긴자 야나기도리까지 같이 걸어가 거기서 헤어진다.

"또 봐." 유미코의 인사.

"어어." 나의 대답.

유미코는 바로 앞에 있는 도쿄 메트로 긴자잇초메역에서

유라쿠초선을 타고, 난 JR 도쿄역까지 걷는다. 직장에서 제일 가까운 역이 히가시이케부쿠로라서 유미코는 에도가와바시에 산다. 아파트이긴 한데 나 같은 원룸은 아니다. 방이 두 개.

도쿄에서 쾌속 전철 막차를 타고 미쓰바에 간다.

도착한 시간은 열한 시 조금 전. 오늘은 술을 마셨으니 목욕은 건너뛴다. 집에 가면 곧바로 잠을 자고 내일을 준비해야지. 그럴 생각이었다. 밤이 늦었으니 미쓰바 중앙공원에 들르지 않고 곧바로 집으로 향한다.

미쓰바는 매립지다. 몇십 년 전에 조성된 주택지. 길은 바둑판 모양으로 나 있고 모두 직선이다. 시의 이름은 미쓰바蜜葉라고 한자로 표기하지만, 이곳의 지명은 히라가나로 미쓰바みつば다. 나중에 붙인 이름이니 읽고 쓰기 쉽게 히라가나를 쓴 것이다. 시의 홍보지에 그렇게 나와 있었다.

이른바 베드타운으로 만들어진 동네. 내 소설 이야기는 아니지만 그야말로 '잠들기 위한 곳'인 셈이다. 치안은 나쁘지 않다. 조금도 나쁘지 않다고 본다.

분명 그랬는데.

걸어가는데 어린이공원 쪽에서 쾅 소리가 났다. 그리 큰 소리는 아니었지만 밤이라 그런지 귀에 꽂혔다. 내 쪽을 향해 옆길로 달려오던 자전거가 멈춰 서는 소리였다는 걸 알았다. 자전거를 세웠다기보단 내팽개친 느낌이다. 공원 울타리에 대충 걸쳐놓은 것 같은.

이쪽으로 걸어오는 두 사람의 윤곽이 보인다. 10대. 아마도 후반인 듯하다. 자전거 하나에 둘이 탔던 모양이다. 공원 근처에서 내린 것이다.

거기까지 되짚다가 생각한다. 타고 온 자전거를 저런 식으로 던져둔다고? 혹시 훔친 자전거?

슬그머니 돌아본다. 두 사람은 나와 같은 방향으로 걷고 있다. 생각보다 가까이에 있다. 그래서인지 대화는 나누지 않는다. 어린 나이대, 거칠게 자전거를 세워둔 데다가 말 한 마디 없는 두 사람. 혹시 내 뒤를 밟는 걸까.

단숨에 망상이 피어오른다.

자전거를 타고 있을 때부터 걸어가는 내 모습이 보였을 테다. 한쪽이 말한다. 저 인간 어때? 다른 한 명이 답한다. 오케이. 두 사람이 자전거에서 내린다. 쾅. 그러고 내 뒤를 쫓는다. 서서히 거리를 좁힌다. 주위에 사람이 없다는 걸 확인한다. 그러고는….

일찍이 '아재 사냥'이라는 말이 있었다. 퇴근길의 중장년 샐러리맨을 위협해 지갑을 뺏는 범죄 수법이다. 임팩트 있는 말이라 일시적으로 유행했으나 최근에는 별로 들은 적이 없다. 그렇다고 그런 행위 자체가 없어지진 않았겠지.

당시에도 불쾌한 단어, 불쾌한 행위라고 여겼다. 단순히 돈만 뺏는 것이 아니다. 거기에는 나이 먹은 인간을 깔아뭉개겠다는 가학적 의도도 들어 있다. 그 점이 불쾌했다.

어린놈에게 위협당하고, 두들겨 맞고, 돈도 뺏긴다. 타격이 상당할 테다. 심리적 데미지를 입겠지. 그 상처는 오래오래 남을 것이다.

10여 미터 전방의 신호등. 보행자용 신호다. 파란불이 깜박이는 것이 보인다. 달린다. 이 파란불이 끝나기 전에 횡단보도를 건너버릴 작정이다. 아니, 그럴 작정이라는 걸 보여주고 싶었다.

주택가. 이 시간에는 차가 다니지 않는다. 이 시간에 꼬박꼬박 신호를 지키는 사람은 없다. 우습기는 우습다. 그러나 불쾌한 데미지를 입을 바에야 우스워 보이는 편이 낫다.

근거는 어디에도 없다. 두 사람은 그저 밤 산책을 즐기는 소년들일지 모른다. 어쩌면 온순한 소년들일지 모른다. 자전거도 본인들 것일지 모른다. 그래서 저렇게 던져둘 수 있었던 것일지도 모른다.

뭐가 됐든, 이렇게 하면 떠볼 수 있다. 두 사람이 따라 달리기 시작하면 아웃이다. 표적이 됐다고 보는 게 좋다. 소리를 지르든지 뭐든 해볼 수밖에 없다. 달리지 않는다면 그건 그것대로 좋다.

나도 이제 쉰이다. 10대에게 상대가 되지 않는다. 20대, 30대에게도 상대가 되지 않는다. 슬프지만 현실이다. 앞으로는 점점 더 상대가 안 될 것이다. 게다가 나는 혼자. 내 몸은 내가 지킬 수밖에 없다. 싸울 필요 없다. 도망을 쳐서라도 나를 지켜야 한다.

뒤도 돌아보지 않고 달린다. 도중에 신호가 빨간불로 바뀌었지만 어쨌든 횡단보도를 건넜다.

발소리가 들리지 않아 쫓아오지 않는다는 걸 알았다. 혹시 모르니 뒤를 돌아 확인한다. 두 사람은 횡단보도를 건너지 않고 그 앞에서 오른쪽으로 꺾었다.

원래부터 아무 일도 아니었던 걸까, 아니면 두 사람이 도중에 포기한 걸까. 어느 쪽이든 상관없다. 내가 무사하다는 사실에 안도했다. 어쩌면 미쓰바 중앙공원에서 꼬마에게 총을 맞았던 일이 도움이 된 걸지도 모른다. 영문도 모른 채 별안간 공격당하는 일도 있다는 사실을 깨달았다는 면에서.

저 두 사람이 진짜 범죄자였다면 일단 장난감 총 수준은 아니었을 것이다. 그러니 도망치길 잘했다. 이렇게 결론 지었다. 돈을 뺏기지도 않았고 마음의 상처도 입지 않았다. 이걸로, 내일도 쓸 수 있게 됐다. 쓰는 사람으로 살 수 있다. 지금의 이 해프닝도 글감 목록에 추가해야지.

그렇게 집으로 돌아왔다.

자고, 일어났다.

잠든 때는 밤 열두 시, 일어난 시간은 새벽 네 시 반. 평소와 다름없이 눈을 뜨고 말았다.

쓸데없이 상상하지 않는다. 쓸데없이 쉬지 않는다. 쓸데없이 바라지 않는다. 쓸데없이 지키지 않는다.

이 또한 평소와 다름없이, 이불 속에서 이렇게 읊조린 후 몸을 일으킨다.

시작을 알리는 신호 같은 것이다. 추운 겨울 아침에도 주문을 외듯 이렇게 중얼거리고 말이 끝나는 순간 벌떡 일어난다.

좌우명 같은 건 아니다. 위대한 사람이 남긴 명언도 아니다. 내가 만든 말이다. 나태한 나를 채찍질하기 위해 생각해냈다.

원래는 더 길었는데 추리고 추려 네 항목으로 정리했다. 지금 이 형태로 굳어진 것은 10여 년 전. 이미 작가가 된 상태이긴 했다. 그러나 이후로도 암흑기가 계속되었기 때문에 조금이라도 스트레스를 덜어보고자 만든 말이다.

쓸데없이 상상하지 않는다. 요컨대 나중 일을 이리저리 상상하며 끙끙대지 말라는 뜻이다. 이 소설이 편집자 마음에 들지 않으면 어쩌나. 이 제목이 통과 안 되면 어쩌나. 그런 생각은 해봤자 소용없다. 생각한다고 결과가 달라지진 않으니까. 미리 생각해본들 실제로 그 일이 일어났을 때 충격이 덜한 것도 아니다.

쓸데없이 쉬지 않는다. 요컨대 빈둥대지 말라는 뜻이다. 편집자가 받아들이기 어려운 지시를 내려도 부딪치면 어떻게든 된다. 처음엔 절대 못 할 것 같아도 일단 부딪치면 어떻게든 실마리를 찾을 수 있다. 냉정하게 부딪칠 수 있을 때까지 시간이 필요하긴 하다. 내 경우는 일주일. 그때부터 부딪친다. 무리여도 부딪친다. 나와 원고 사이에 불꽃이 팍팍 튄다. 때로는 완전한 불이 되어 활활 타오른다. 그러나 종국에는 억누른다. 불을 끈다.

쓸데없이 바라지 않는다. 요컨대 허황한 소망을 품지 말라는 뜻이다. 타인에게 기대하지 말라는 의미이기도 하다. 타인이 뭘 해준다면 그건 어디까지나 서비스다. 그 정도로 생각해두는 편이 좋다. 모든 일이 그렇다. 스스로 먼저 움직이지 않는 한 아무 일도 생기지 않는다.

쓸데없이 지키지 않는다. 요컨대 수비 태세를 갖추지 말라는 뜻이다. 네 가지 중 마지막 항목에 이 내용을 넣은 것에도 이유가 있다. 앞의 세 가지를 실천하되, 수비 태세에 들어가지는 말라는 것이다. 이런저런 일을 하다 보면 나도 모르는 사이 수비 태세를 갖출 때가 있다. 예를 들어 편집자 마음에 들 만한 글을 쓰려고 덤빈다든가 하는. 나쁘다는 것은 아니지만 그게 전부여서는 안 된다.

이 네 항목으로 대개는 커버할 수 있다. 쓰는 일에만 국한되지 않는다. 생활 전반에 적용할 수 있다. 이 내용들을 의식하고 있으면 어떻게든 된다. 나는 그렇게 생각한다.

눈을 뜨고 이 주문을 외는 시간은 새벽 네 시경. 쓰기 시작하면 자연스레 그렇게 되고 하루가 안정된다.

우리 집에는 알람 시계가 없다. 스마트폰 알람 설정도 하지 않는다. 그 시간대가 되면 자동으로 눈이 떠진다. 새벽 세 시를 조금 넘겨 일어날 때도 있다. 한번 눈 뜨면 그걸로 끝이다. 어떤 이유에서인지 다시 잠들지 못한다. 그 사실을 알기에 일어날 수밖에 없다. 피로가 풀리진 않지만 녹초가 된 것도 아니기 때문에 주문을 외고 일어나버린다.

그리고 노트북이 부팅될 동안 스트레칭을 한다. 몸을 굽혔다가 펴고, 다리를 접었다가 뻗고, 손목 발목을 돌린 후 아킬레스건을 늘인다. 이어서 매트리스에 누워 복근 운동을 50회 한다.

이건 스무 살 무렵부터 계속해온 일이다. 정말 단 하루도 빼먹지 않았다. 다른 곳에서 잘 때도 한다. 비즈니스호텔의 침대 위에서도 한다. 숙취가 있어도 한다. 열이 40도 가까이 올라도 한다. 이것만큼은 안 하고 넘어가면 기분이 찝찝하다.

그 증거로 복근은 선명하다. 소위 말하는 식스팩이 있다. 지금은 고기를 잘 안 먹어서 팔과 가슴의 근육은 줄었지만 복근은 남아 있다. 왜냐, 30년간 해왔으니까. 없으면 이상한 거다.

이 루틴이 마무리될 때쯤엔 부팅이 끝나 있기 때문에 날씨와 뉴스를 보며 버터롤 두 개를 먹고 페트병에 들어 있던 차를 머그잔에 따라 전자레인지에 데운 후 한 잔 마신다.

그렇게 소박한 아침 식사를 마치면 주전자로 물을 끓여 인스턴트커피를 내린 후 집필을 시작한다. 갑작스러울 정도로 곧바로 시작한다. 눈 뜬 순간부터 30분 정도 걸린다. 그러니 여전히 새벽 네 시대.

스스로 감탄한다. 예를 들어 대학 시절이었다면 아침에 일어나 30분 공부하기 같은 건 절대 못 했을 거다. 일어나서 두 시간이 지나도 무리였겠지. 실제로 초중고, 대학교 시절의 모든 1교시는 제대로 들어본 역사가 없다.

공부와 달리 좋아하는 일이라서 할 수 있는 것이다. 이건 확실하다. 그렇다고 편하다는 뜻은 아니다. 순탄하지만은 않다. 그러나 기상 직후의 피로감이 느껴지기 전에 시작해버린다. 억지로 작업에 착수해버린다.

그러다 보면 어느샌가 몰입된다. 아침 여섯 시가 되고, 일곱 시가 되고, 여덟 시, 아홉 시가 된다. 어떤 날에는 열 시, 열한 시가 될 때도 있다.

그사이에 인스턴트커피를 한 잔 더 끓인다. 20대 즈음에는 하루에 열 잔도 더 마셨다. 몇 잔째인지 생각도 안 하고 컵이 비었다는 사실을 깨달으면 바로 다음 잔을 끓였다. 아무래도 지금은 나이가 들어 하루에 석 잔 정도로 절제하고 있다. 사실 절제할 생각은 아니었는데 자연스럽게 그렇게 되었다.

다섯 시간 정도 쓰고 나면 오전 업무는 종료. 그 후에는 이를 닦으며 책을 읽곤 한다. 최근에는 책을 읽지 않고 무료 사이트에서 드라마를 보기도 한다. 예전에는 TV 드라마 같은 건 보지도 않았는데 몇 년 전부터 보게 됐다. 다섯 시간 동안 글을 쓰고 연이어 책을 읽기는 힘들어서 드라마 보는 걸로 대신한다. 보고 싶어서라기보단 이야기를 접하기 위해. 요즘 사람들이 어떤 걸 좋아하는지 어느 정도는 알아둬야 하니까.

그다음은 체육 시간이다. 아침에 한 스트레칭과는 별도다. 이번에도 굽혔다 펴기, 접었다 뻗기로 시작해 복근 운동도 다시 50회, 팔굽혀펴기도 50회 한다. 스트레칭도 한다.

심폐 기능 단련을 위해 30대까지는 스쾃도 50회씩 했었는데 40대에 접어들고 나서는 그만뒀다. 갑자기 쪼그려 앉거나 하면 왼쪽 무릎에 빠직 하고 통증이 느껴지기 시작했기 때문이다. 악 소리가 날 정도로 극심한 통증. 순간적으로 힘이 쭉 빠지고 쿵 하고 무너져 내린다. 견디지를 못한다.

비유하자면 접이식 3단 우산. 우산을 접을 때처럼 관절의 이음매 부분을 살짝 폈다가 접어야 하는데 살짝 펴는 그 단계를 건너뛰고 느닷없이 팍 꺾어버리는 느낌이다.

일상생활에서 아픔을 느낄 정도는 아니다. 평소에는 괜찮다. 걸어도 별다른 통증은 없다. 다만 무릎을 많이 구부릴 때는 주의가 필요하다. 허리를 삐끗하는 것과 비슷한 종류 같다.

체육 시간이 끝나면 장도 볼 겸 산책에 나선다. 정오를 조금 넘긴 시간이다.

장보기는 이틀에 한 번. 이곳저곳을 거쳐 마트에 갔다가 돌아올 때는 짐이 있으니 집으로 직행한다. 다 합쳐 한 시간 정도 걷도록 코스를 조정한다.

그러고 나면 마침내 점심시간이다. 즉석밥에 반찬으로 사 온 어묵튀김이나 큰실말 초무침, 토마토나 오이. 거기에 아침과 마찬가지로 데운 차.

이번에도 영상을 보면서 이를 닦는다.

여기까지의 일과를 마칠 때쯤엔 배터리가 방전된다. 밤에 네다섯 시간밖에 못 자는 날도 많아 순식간에 피로가 밀려온다. 이럴 때는 저항하지 않는다. 얼른 이불을 깔고 잔다. 제법 푹 잔다. 낮잠 자는 유치원생이라도 된 듯이 잔다.

짧아도 한 시간, 길면 두 시간도 잔다. 이번에도 어김없이 눈은 자동으로 떠진다.

주문은 외지 않는다. 이번에는 활력을 불어넣을 타이밍이다. 예전에 TV에서 본 J리그 경기. 응원단이 관객석에 걸어뒀던 현수막. 이겨라, 이겨라, 이겨라, 이겨라. 여기는 홈이라고!

그 장면이 인상 깊어서 아이디어를 빌려왔다. 아직 시간은 충분해. 네 집이잖아. 땡땡이칠 생각 마! 라는 뜻에서.

써라, 써라, 써라, 써라. 여기는 홈이라고!

이렇게 중얼대며 벌떡 일어난다. 이때부터 오후 작업 시간이다. 두 시간 정도 쓴다.

저녁 식사는 일곱 시 반쯤에 먹는다. 역시 즉석밥, 그리고 토마토나 오이. 반찬은 낫토와 김치다. 된장국은 저염 인스턴트로, 열두 봉지에 98엔밖에 안 하는 최저가 제품이다. 건더기는 자른 미역뿐. 거기에 두부도 반 모 추가한다. 된장국이라기보다 두붓국에 가깝다. 그래도 좋다. 두부는 좋아한다. 매일 먹어도 질리지 않는다. 실제로 매일 먹고 있다.

남은 반 모는 김치와 함께 먹는다. 된장국에 반 모를 넣어 생긴 두부 용기의 빈자리에 50그램 정도 되는, 한 끼 먹을 양의 김치를 넣는다. 그러면 두부 반, 김치 반의 호화로운 반찬 세트가 완성된다. 완벽한 저녁밥이다. 다시 말하지만, 매일 먹어도 질리지 않는다. 실제로 매일 먹고 있다. 이러니 내가 비쩍비쩍 마른 거겠지만.

비쩍 마른 나는 더욱 비쩍 마르는 것도 마다하지 않고 걷는다. 교통비를 아끼기 위해 걷고, 쓰기 위해 걷는다.

무언가를 생각하기에 가장 좋은 시간은 걷고 있을 때 같다. 움직이고 있다는 점이 좋은 것일지도 모르겠다. 풍경이 변한다는 점이 좋은 것일지도 모른다.

비가 오지 않는 한, 하루 한 시간은 걷는다. 이제 쉰. 고단할 때도 있다. 그러나 일단 나가면 나오길 잘했다는 생각이

든다. 30분만 걸어도 기분 전환이 된다. 그래, 30분이 경계인 것 같다. 20분은 짧다.

걸을 때는 아무것도 들고 가지 않는다. 빈손이다. 배낭도 메지 않는다. 운동복을 입지도 않는다. 신발이 워킹 슈즈라 발이 아플 일도 없다. 밑창은 금세 닳지만.

걷기 코스는 주로 두 가지다. 어느 쪽으로 갈지는 기분에 따라 정한다. 바다냐, 산이냐 하는 식으로.

바다는 말 그대로 바다. 도쿄만의 인공 해변. 내키면 모래사장을 가볍게 걷기도 한다.

산은 약간의 과장이 있다. 고지대인 요쓰바. 국도를 가로지르는 육교 위를 걷는다. JR 미쓰바역과 사철 요쓰바역을 잇는 버스 도로다.

요쓰바도 주택가이긴 한데 아직 밭이나 잡목림이 남아 있다. 미쓰바와 달리 길도 구불구불하다. 앞으로 맨션을 세울 계획도 있다고 한다. 도쿄까지 30여 분이 걸린다. 편리하긴 편리하다.

오늘 내가 고른 길은 바로 이 요쓰바 코스. 왕복 한 시간을 넘겨도 상관없다는 마음으로 집을 나섰다.

걷는 속도는 빠르다. 시속 5킬로미터는 넘을 것 같다. 5분 정도만 지나면 뭔가를 생각하고 있다. 인간은 원래 그렇다.

아무 생각도 안 하기가 더 어렵다.

『토킹 블루스』가 엎어진 일이 여전히 마음에 걸린다. 당연하다. 어쩔 수 없지, 아카미네 씨에게는 이렇게 말했다. 하지만 그렇게 쉬이 소화되지는 않는다.

퇴짜를 맞은 경험은 여러 번 있었다. 신인상 낙선을 퇴짜로 치면 셀 수도 없다. 몇 번이고, 몇 번이고 떨어졌다. 떨어지면 충격을 받는다. 일주일 정도는 우울한 상태가 지속된다. 신인상만 해도 그런데, 프로가 된 후의 퇴짜는 정말 치명적이다. 당신은 프로 실격이에요, 라는 말을 들은 것과 다름없으니까.

그래도, 쓴다. 왜냐. 쓸 수밖에 없으니까. 나는 쓰는 인간이니까.

아마도 작가는 크게 두 부류로 나뉠 것이다. 이 일 말고 뭐든 할 수 있었지만 작가를 선택한 사람, 작가가 될 수밖에 없는 사람. 나는 틀림없이 후자다. 시간이 걸리긴 했지만 그래도 운이 좋았다. 작가가 될 수밖에 없는데도 작가가 되지 못한 사람은 얼마든지 있을 테니까.

나는 왜 소설을 좋아하는가.

답은 간단하다. 바로 답할 수 있다.

글자만으로 세상을 만들어낼 수 있으니까. 혼자서 그걸

해낼 수 있으니까.

    음악도 영상도 없이, 오직 글자만으로 세상을 만들 수 있다. 전할 수 있다. 굉장한 일이다.

    글자는 대개의 사람이 쓸 수 있다. 그 말인즉슨 누구나 작가가 될 수 있다는 뜻이다. 아니, 실은 모두가 이미 작가다. 차이는 그 사실을 스스로 인식하는가, 하지 않는가. 쓰기 시작하는가, 쓰지 않는가. 그것뿐이다.

    나는 쓰기 시작했다. 그때부터 쭉 혼자 써왔다.

    작가는 사람들이 필요로 하는 직업이 아니다. 작가가 없으면 사회가 굴러가지 않는다거나 하는 일은 전혀 일어나지 않는다. 그런 면까지 나랑 잘 맞는 것 같다. 할지 말지는 자유. 그래서 한다.

    나는 남의 씨름판에서는 승부를 낼 수 없다. 그래서 나만의 씨름판을 만들었다. 그 비좁은 씨름판에 사람들을 끌어들일 수밖에 없었다. 무지막지하게 오랜 시간이 걸렸다. 너무 오래 걸려서 그마저도 못 하게 될 줄 알았다. 지금도 해냈다고 볼 수는 없다.

    쓰기 시작한 시기는 꽤 늦었다. 스물네 살 때였다. 2년 만에 회사를 그만두고 소설을 쓰기 시작했다.

    처음에는 내 얘기만 주야장천 썼다. 뭘 버리고 뭘 취해야 할지도 모른 채, 있었던 일, 했던 생각, 그 모든 걸 그대로 썼다. 시간이 오후 세 시 24분이라든가, 앞에 걸어가던 여성이 엷은 푸른색 원피스를 입었다든가.

내가 강렬한 인상을 받았으니 그걸 쓰면 독자에게도 전해지겠지, 이런 착각을 했다. 그러니 모든 걸 충실하게 전해야 해, 이렇게 믿고 있었다. 그래서는 안 된다는 걸 알아차릴 때까지 2년 정도의 시간이 걸렸다. 그래서야 재능이 없는 거네. 누군가 그렇게 말한다면 부정은 못 하겠다.

간혹, 첫 작품으로 신인상 수상! 이런 사람들이 있다. 뭐야, 천재야? 싶다.

그런 사람들은 분명 재능이 있다. 쓰기 시작한 시점에 이미 취사선택이 가능한 것이다. 취사선택. 무엇을? 언어를. 그리고 뭘 쓰고 뭘 쓰지 않는가를.

소설은 10년을 매달릴 각오로 써야 한다고들 한다. 난 10년이 아니었다. 투고 암흑기는 실로 13년이나 계속됐다.

처음 6개월은 회사원 시절에 모아둔 미미한 저축으로 생활했다. 반년이 지나, 침착하고 차분하게 임해야 한다는 사실을 깨닫고는 우체국에서 심야 아르바이트를 했다. 밤 열 시부터 아침 일곱 시까지. 주 5회. 낮과 밤이 완전히 뒤집혔다. 밤 열 시부터 새벽 다섯 시까지는 심야할증이 붙는다. 그래서 근근이 먹고살 수 있었다.

다만 마음은 깎여갔다. 앞이 조금도 보이지 않았다. 골인 지점이 준비되어 있지도 않았다. 난 그저 착각에 빠진 놈일지도 몰라. 그런 불안이 항상 있었다. 씀으로써 나는 나를 계속 유지했다. 응모, 낙선, 우울. 어떻게든 일어서서 다시 응모, 다시 낙선, 다시 우울. 그래도 계속 썼다.

성과는 돌연히 나타났다.

휴대폰에 모르는 번호로 전화가 왔다. 당시는 스마트폰이 아니기도 했고 게다가 내가 쓰던 건 폴더폰도 아니었다. 화면도 흑백이었다. 그 화면에 뜬 번호가 개인 휴대폰 번호였다면 받지 않았을지도 모른다. 앞자리가 03이라 받았다.

"여보세요."

"여보세요. 저는 스이레이샤의 모모치라고 합니다. 요코오 세이고 씨의 전화가 맞나요?"

"네."

"소설 스이레이 신인상에 응모해주셔서 감사합니다. 요코오 씨의 『곁가족』이 최종 후보에 올라서요."

"아아, 그런가요?"

그리고 최종 발표일을 알려주며 당선되면 상을 받을 의사가 있는지 물었다. 안 받을 리가 있어? 라고 생각하며 있습니다, 하고 답했다. 본인이 직접 쓴 작품이 확실한지 물었다. 당연한 거 아냐? 라는 생각을 하며 그렇습니다, 하고 답했다.

그러고 한 달 가까이 기다리게 하더니 다시 전화를 걸어왔다.

그 무렵의 나는 아직 쓸데없이 상상하지 않는 내가 아니었다. 한 달 동안 쓸데없는 상상을 수도 없이 했다. 최종 후보가 다섯 명이라고 했으니 확률적으로 붙을 리가 없어, 이런 결론에 이르렀다.

"요코오 씨, 수상이 결정되었습니다. 축하드려요."

일단은 놀랐다. 전화를 끊고 나서야 기쁨이 밀려왔다. 원룸 아파트라 소리를 지를 순 없었지만 승리의 포즈를 취하긴 했다. 몸의 떨림도 느껴졌다. 기쁘기도 했지만, 안도감이 컸다.

그렇게 암흑기가 막을 내렸느냐 하면, 그렇지 않다. 투고 암흑기에서 투고라는 글자가 지워졌을 뿐이다. 이후로도 암흑은 계속되었다. 꽤 길었다.

소설 스이레이 신인상 수상작 『곁가족』은 수정을 거쳐 반년 뒤에 출간되었다. 당연히 안 팔렸다. 차기작 제안도 받았으나 슬럼프가 일찍 찾아왔다. 준비해온 기획을 제안했지만 통과되지 않았다. 폭풍 같은 지적들. 집필 시작까지 가지도 못했다. 나도 신인이라 어찌해야 할지 갈피를 못 잡았다. 뭐가 어떻게 잘못된 것인지도 몰랐다. 당시의 담당 편집자는 모모치 씨. 최종 후보에 올랐다는 연락을 준 사람이다. 나중에 나한테 다운재킷을 준 사람이기도 하다. 마흔셋밖에 안 됐는데 지금은 스이레이샤의 문예 편집장이다.

두 번째 작품인 『팀과 야구와 우리와』가 출간된 때는 『곁가족』을 낸 지 2년도 넘은 시점이었다. 그쯤 되자 수상 후 첫 작품이라는 느낌도 거의 없었다. 실제로 띠지에도 그런 말은 없었다.

그 책도 안 팔렸는데 다행히도 다른 곳에서 의뢰가 들어왔다. 출판사 가미노키샤와 겐푸칸.

가미노키샤에서 『잠들기 위한 곳』을 냈고 겐푸칸에서 『포르노틱 테일』을 출간했다. 이 역시 초판으로 끝났지만 두 출판사 모두 새 책을 제안해준 덕에 가미노키샤에서 『옛날에 어떤 곳에서』를, 겐푸칸에서 『지푸라기도 없는』을 냈다.

가미노키샤의 담당 편집자는 현재 서른다섯 살인 니시가키 히데카쓰 씨. 겐푸칸의 담당자는 이제 마흔인 구키 다케치카 씨다. 두 사람 모두 그대로다. 날 담당한 이래 부서 이동은 없었다.

그리고 행운이 날아들었다. 스이레이샤가 출간한 세 번째 작품 『기노카』가 영화로 만들어진 것이다. 대형 영화사가 제작했고 와시미 쇼헤이 씨가 주연을 맡았다. 원작료는 그리 큰 금액이 아니었지만 책이 잘 팔렸다. 그 한 권으로 그때까지 냈던 여섯 권을 모두 합친 것보다 많은 돈을 벌었다. 작가로서의 수명도 연장됐다.

모모치 씨의 제안에 따라, 작정하고 『기노카』를 엔터테인먼트 작품으로 만들었다. 판타지이기도 했고. 무려 천사를 등장시켰다. 그 천사가 지상으로 내려왔다. 아니, 떨어져버렸다.

쓰면서 즐거웠지만, 다시 쓰고 싶으냐고 물으면 답하기 쉽지 않다. 잘 팔리긴 했지만. 그것이 내 베스트 작품이냐고 묻는다면 이 또한 어려운 이야기가 된다.

아무튼 잘 팔린 건 사실이니 이번에도 그런 느낌으로, 라는 말을 들을지도 모른다고 생각했다. 하지만 모모치 씨는 그러지 않았다. 그 책은 그 책으로 끝. 다음에도 잘되지는 않을 거라 판단한 듯하다.

그 후 고네코샤의 의뢰로 『여자에게 시작된다』를 출간했다. 사실 이 작품에는 꽤 자신이 있었는데 주인공이 여자 등골을 빼먹는 이른바 '히모오토코'란 점이 문제가 된 모양으로, 역시 팔리지 않았다. 고네코샤의 담당은 이제 마흔네 살이 된 난고 지즈코 씨. 『기노카』 다음 책으로 용케 이런 책을 쓰게 해줬다 싶다.

결국 『기노카』 효과는 다른 곳까지 미치지 않았다. 『기노카』만 잘 팔렸을 뿐. 원작자의 다른 책도 읽어보자, 라는 흐름으로 이어지지는 않았다.

그 후로도 스이레이샤에서 『트레인 송송』, 가미노키샤에서 『강은 흐르지』, 겐푸칸에서 『너는 항상 그레이』, 고네코샤에서 『115개월』을 냈다.

모모치 씨는 출세했고 스이레이샤의 담당은 지금의 도가와 후카 씨로 바뀌었다. 그러고 낸 첫 책이 『3년 남매』였다.

연달아 낸 『115개월』과 『3년 남매』는 가족 소설이었다. 두 책 모두 잘 팔리지 않았지만 평가는 나쁘지 않았다. 요코오 세이고는 이런 스타일이 잘 맞는 것 같다는 의견도 있었다. 정작 나는 잘 모르겠다.

다만 두 작품 다 좋아하기는 한다.

『115개월』은 핏줄이 다른 가족의 이야기. 이 소재는 예전부터 쓰고 싶었다. 한발 더 나아가 핏줄이 다른 두 사람만 남겨진 가족을 만들었다.

주인공은 통조림회사에서 근무하는 야부시타 하쓰히코.

마흔을 넘긴 후 요시오카 지하루와 재혼했다. 지하루의 딸이 지아키다. 세 사람은 화목하게 살고 있었으나 지하루가 병에 걸려 죽고 만다. 이후 지아키는 결혼했다가 이혼한다. 그리고 다시 하쓰히코와 함께 살게 된다. 하쓰히코에게는 단골 꼬치 가게 '도바'를 혼자 운영하는 도바 소노코라는, 마음 가는 여성이 있다. 그러나 지아키도 있고 해서 더 깊은 관계가 되기는 어렵다.

잔잔한 이야기라 그런지 이것도 안 팔렸다. 하쓰히코와 비슷한 연령대인 50~60대의 독자들은 읽어줬지만 20~30대는 그렇지 않았다.

그래서 다음 책인 『3년 남매』에서는 주인공의 나이대를 낮췄다. 사실 그게 이유는 아니고 어디까지나 우연이었지만 대충 그런 흐름이 되긴 했다.

이번에는 부모보다 자녀에게 초점을 맞췄다. 핏줄 다른 부모 자식이 아닌, 핏줄 다른 남매다. 동갑의 남녀. 둘 다 첫 번째 배우자 사이에 태어난 자녀다. 여기서도 한발 더 나갔다. 재혼한 부모를 다시 갈라서도록 만들었다. 남이었던 두 아이가 부모의 사정으로 남매가 되었다가 다시 타인이 된 것이다. 그러나 남매였던 과거는 남는다. 기억으로 남는다. 그 관계가 흥미롭게 느껴졌다.

일주일 먼저 태어나 오빠가 된 후치가미 슌은 민영 철도 회사의 사원이다. 지금은 역무원. 쾌속 전철은 정차하지 않는 작은 역에서 일한다. 동생 나쓰메 유즈코는 그 철도 노선 근처에 산다.

이 소설 또한 평은 나쁘지 않았다. 그러나 안 팔렸다. 설정은 이목을 끌 만하지만 이야기가 너무 밋밋했던 모양이다. 그런 평을 듣는 건 어쩔 수 없다. 내가 쓴 글 중에 화려하다고 확실히 말할 수 있는 건 『기노카』뿐이니까.

지금껏 단편소설도 몇 편 썼다. 어쨌든 소품을 좋아하는 나는 단편도 좋아한다. 장편보다 단편을 더 좋아한다고 봐도 될 정도다.

투고 암흑기에는 단편과 장편을 반씩 썼다. 내가 응모하던 시절에는 단편 신인상 공모도 심심치 않게 있었다. 지금은 많지 않다. 일단 단편집의 수 자체가 확 줄었다. 수요가 없어진 것이겠지. 단편이라도 대부분은 시리즈물이다. 주인공이 같거나 등장인물과 배경이 같은 작품들.

나도 단편집은 내지 못했다. 데뷔하고 나서는 단편 자체를 몇 편 안 썼다. 인기 작가가 아니기 때문에 소설 잡지에서 의뢰를 받는 일도 그리 많지 않다. 연재는 한 번도 한 적 없다. 『소설 스이레이』에 한 편짜리 작품들을 실은 것이 전부다.

그 세 편의 단편은 하나같이 기이했다. 『115개월』이나 『3년 남매』와는 완전히 달랐다. 『기노카』와도 다르다. 그러나 재미있는 시도였다. 단편이니 멋대로 써도 되지 않나, 라는 생각을 어느 정도 하는 것이다. 나 스스로.

첫 단편은 「구멍」. 길에 나 있는 구멍 안으로 들어가버린 남자의 이야기다. 도로가 함몰되어 생긴 구멍 같은 것이 아니다. 풍경 속에 녹아든 구멍. 자전거를 탄 남자가 이게 뭔가 싶어 충동적으로 들어간다. 언덕이 끝없이 이어지고 남자는 끝없이 그 언덕길을 내려간다. 그러다 지하 미궁 속을 헤맨다. 개연성은 없다. 나 자신도 무슨 의미인지 모른다. 머릿속에 떠오른 내용을 그저 써 내려갔을 뿐이다. 그렇게밖에 설명할 수 없다. 그런 글을 잘도 실어줬네, 소설 스이레이.

두 번째는 「버튼」. 관공서에서 자살 버튼을 누르는 남자의 이야기다. 이 소설에는 줄거리가 있다. 사전에 신청하고 당일에 관공서 별관을 방문해서 버튼을 누른다. 그렇게만 하면 고통 없이 죽을 수 있다. 사후 처리도 해준다. 자살하는 사람이 증가하면서 투신 사건에 휩쓸려 죽는 피해자도 늘어나 이런 제도가 생겼다는 설정이다. 갈 데까지 간 제도지만 의외로 효과가 있다. 날짜를 정해두는 것만으로도 마음이 편해져서다. 여차하면 버튼을 눌러버리면 그만이지, 하는 생각으로.

세 번째는 「필로」. 앞의 두 작품이 묵직했기 때문에 이번엔 가벼운 내용으로 했다. 글 속에서 신나게 놀았다. 400자 원고지 50장 분량. 그것을 괄호가 달린 대화문만으로 완성했다. 지문은 하나도 없다. 오직 대화.

세 명 이상이 되면 복잡해지니 등장인물은 두 명뿐이다. 다스쿠와 가나데. 연인 사이다. 제목 '필로'는 베개. 그러니까 필로 토크의 그 필로다. 침대에서 사랑을 나눈 후에 나누는 남녀의 대화. 50장짜리라 읽는 데 30분도 안 걸린다. 실제 시간을 고려한 설정이다. 현실의 필로 토크는 이 정도가 아닐까 싶어서.

이야기는 이렇게 시작된다.

"아아, 난 역시 네 가슴이 좋아. 어쩌면 너 못지않게 좋아할지도."

"왜 나랑 내 가슴을 구별하는데?"

"그야, 가슴도 너긴 하지만, 네가 가슴은 아니잖아."

"무슨 말이야."

20대 중반. 3년 동안 사귀었고 둘 다 결혼할 마음이 있다. 그간 이런저런 일들을 겪어왔다. 헤어질 뻔한 적도 있지만, 잘 넘어갔다. 위기를 넘겼다. 그리고 지금. 베개 하나를 함께

베고 누워 있는 동안 서로를 향한 마음이 깊어진다.

끝은 이렇다.

"나 말이야, 역시 네 가슴을 독차지하고 싶어."

"그건 어렵겠는데?"

"뭐?"

"우리 애들한테는 보여줘야 할 거 아냐."

그렇게 다스쿠는 프러포즈하고 가나데는 받아들인다.

이 글을 쓸 때는 정말 즐거웠다. 솔직히 짓궂은 장난을 치는 느낌으로 쓰기 시작했다. 게재되는 일은 없을 줄 알았다. 봐서 내놓지 말지 뭐, 하고 생각하기도 했다. 애초에 의뢰받은 글도 아니었다. 내 멋대로 쓴 글이었다.

그러나 내 마음에는 들었기 때문에 소설 스이레이의 만다이 사이 씨에게 보여줬다. 재미있으니까 신죠, 라며 그 자리에서 결정을 내렸을 뿐 아니라 만다이 씨는 이런 자극적인 말까지 했다. 다스쿠와 가나데 사이의 저 느낌, 너무 알 것 같아요. 프러포즈는 기세도 중요하잖아요. 얘기하기 뭐하니까 잠자코들 있는 거지, 저런 프러포즈로 결혼한 사람들도 꽤 많을걸요.

실은 엎어진 『토킹 블루스』도 이 「필로」에서 시작됐다. 구상은 그전부터 했지만 계기는 이거였다. 비슷한 글을 장편으로 써볼 수 있지 않을까 하는 생각이 들었기 때문이다.

400자 원고지로 400장 분량의 장편을 대화문만으로 채우기는 역시 무리다. 하지만 지문에서도 이 대화체 느낌을 살릴 수 있지 않을까. 써보고 싶다.

그래서 써봤고, 이렇게 됐다. 역시나 단편에서 멈춰야 했을까. 아카미네 씨의 눈이 정확했는지도 모른다.

다만, 그 장편을 스이레이 출판사의 도가와 씨에게 보여줬다면 어땠을까. 이제 와 소용없다고 생각하면서도 문득문득 그런 가정을 하게 된다. 어쩌면 아직 늦지 않았을지도 모른다. 그렇지만 이미 반려당한 원고를 다른 출판사에 들고 가는 건 실례 아닌가. 이런 사정을 다 설명하고 보여주는 건 실례가 아닐지도 모르지만. 반려당한 원고를 억지로 밀어붙이는 모양새가 될 가능성도 있다.

걸으며 후우, 하고 숨을 뱉는다. 어느새 요쓰바 교습소 앞까지 왔다.

"이제 됐어"라고 소리 내어 말했다. 이 한마디에 아득한 옛날 일이 떠올랐다. 아주 옛날. 내가 막 인간으로 살기 시작했을 무렵의 일이다. 가장 오래된 기억일지도 모른다.

유치원생 때다. 지금은 유치원이 3년 코스, 4년 코스까지 있는 모양이지만 내가 다닐 땐 다 2년이었다. 윗반, 아랫반

이렇게 2년. 아마 아랫반에 다니던 시절이었을 것이다. 제비꽃 반이었나, 그런 반일 때.

여자들이 입는 원피스 같은 놀이옷을 입고 유치원 마당에서 놀고 있었다. 마요네즈 용기로 만든 물총을 마구 쏘고 있었다. 난사 수준이었다. 미쓰바 중앙공원의 그 꼬마처럼 사람에게 쏘지는 않았다. 아무 데나 주변을 쐈다. 지금 생각해보니 꽤 펑크다.

그러다 어느 순간 퍼뜩 정신이 들었다. 난사를 멈추고 우뚝 멈춰 섰다. 그렇게 멀뚱멀뚱 서 있었다. 주위를 살폈다. 다들 즐거워 보였다. 달리고, 줄넘기도 하고, 모래로 산을 만들고, 선생님과 장난도 쳤다.

이제 됐어, 이런 생각이 들었다.

나는 마요네즈통 물총을 던져버리고 달리기 시작했다. 아니, 아니다. 그냥 걷기 시작했다. 그리고 유치원생에게는 결코 낮지 않은 울타리를 어찌어찌해서 내 힘으로 넘었다.

유치원 밖 도로로 내려가 망설임 없이 종종걸음으로 걸었다. 집에 갈 생각은 아니었을 것이다. 집은 꽤 멀었으니까.

고작 네 살이었던 나는 분명히 어디를 향하고 있었다. 그러나 금세 선생님에게 붙잡혔다. 밖으로 나가는 모습을 들킨 것이다. 역시나 유치원 선생님. 제대로 지켜보고 있었나보다. 이름까지 기억한다. 도마리 시즈노 선생님. 당시에는 20대 초반이었다. 지금은 70대가 되셨겠지.

도마리 선생님은 의외로 세게 내 팔을 붙잡았고 의외로 날카롭게 날 바라봤다. 잠깐! 어디 가는 거야! 평소에는 무척 상냥한 선생님이었기 때문에 그 강한 힘, 날카로운 눈빛이 인상에 남았다. 뭐 하는 거야, 그 눈이 이렇게 말하고 있었다. 귀찮은 일 좀 만들지 마. 민폐 끼치지 말라고.

나는 유치원생이었고 어디 가니, 라는 질문에 제대로 답하지 못했다. 나도 몰랐기 때문이다, 내가 어디로 가는지. 알았다 한들 답하지 못했을 것이다. 적절한 말을 찾아 간단하게 설명하는 일, 유치원생은 못 한다.

밖에 나가면 안 된다니까! 친구들이랑 같이 놀아야지!

밖에 나가면 안 된다는 건 알고 있었다. 친구들이랑 같이 놀아야 한다는 것도 알았다. 아무리 유치원생이라도 그 정도는 안다.

쉰 살이 된 지금, 새삼스레 생각한다. 나는 아마, 스스로 유치원생 역할을 잘 소화하고 있다고 느꼈을 것이다. 나는 유치원생이라는 역할을 맡았으니 매일 유치원에 가서 노래를 부르고, 선생님 말씀을 듣고, 선생님의 다리에 머리를 비비고, 가끔은 마요네즈통 물총을 난사하는 것이다. 그리고 그때, 인간이 사회에서 벗어날 수 있는가를 시험했다. 어처구니없이 붙잡혔다. 벗어날 수 없다. 그렇게 결론 내렸다.

내 인간으로서의 시작점은 거기다. 가장 오래된 기억을 남긴 그곳. 그 작은 탈주.

그때는 벗어날 수 없을 줄 알았지만 지금 내 생각은 이렇다. 남에게 민폐를 끼친다는 부분만 모른 척하면 벗어날 수 있을지도 모른다. 타인에게 사랑받는다든가, 사람들과 잘 지내야 한다든가 하는 욕망을 버리면 벗어날 수 있을지도.

이 작은 탈주 이야기도 언젠가, 어디엔가 써야지. 이렇다 할 활약을 못 하는 지금은 때가 아니다.

지금은 어떻게 할까.

얼마 전에 만난 나타네 군의 얼굴이 머릿속에 떠오른다. 난 퇴짜 맞은 몸. 편집자를 마냥 기다리게 할 수는 없다. 낙심한 것처럼 보여선 안 된다.

문득 떠올리고는 웃었다. 나타네 군, 뜬금없이 웬 복싱이냐고. 그걸로 무언가에서 벗어날 수 있을 줄 알았나.

"워어이" 하는 목소리가 들린다. 자전거를 탄 할아버지. 왜소한 체격에 얇은 니트 모자를 썼다. 자주 보는 분이다. 항상 자전거를 타고 있다. 요쓰바에 살지 않을까 싶다. 나이는 잘 모른다. 사람은 노인이라는 영역에만 들어가면 순식간에 나이를 알 수 없게 된다. 70대 같긴 한데 80대일지도 모른다. 반대로 60대 후반일지도 모르고.

정말로 자주 본다. 요쓰바를 걷다 보면 두 번에 한 번은 보인다. 정말 자주 자전거를 타고 돌아다니나 보다. 내가 정말 자주 걸어 다니듯이.

이 할아버지의 특징은 지금처럼 소리를 내며 다닌다는 것이다. 워어이 말고도 이런저런 말을 한다. 단지 못 알아들을 뿐.

할아버지. 해 될 건 없다. 위험 요소도 전혀 없다. 그러나 어린아이를 키우는 엄마들은 조금 무서워할지도 모르겠다. 어쩌면 다소 경계할지도. 나조차 약간은 경계한다. 아니, 경계가 아니라 최대한 쳐다보지 않으려 한다. 평일 오후에 혼자 어슬렁거리는 아저씨인 나 역시 엄마들 눈엔 경계 대상일지 모르는데 말이다.

6월의 이구사 나타네

"이제 스키야키 같은 건 평생 못 먹을 줄 알았는데"라는 요코오 씨의 말에

"아뇨, 그럴 리가요. 같이 먹어요."라고 내가 답했다.

"난 요리를 안 하니까 집에서는 못 먹거든. 뭐, 혼자 먹으러 가면 되긴 하지만. 스키야키 가게는 잘 안 가게 돼."

"평소에 식사는 어떻게 하세요?"

"낫토랑 김치. 이 두 개면 돼. 그것만 있으면 잘 먹거든."

"밥은 지어 드세요?"

"안 해 먹지. 그냥 즉석밥. 세 개 200엔쯤 하는 거, 그걸 대

량으로 사놓고 먹어."

"밥은 한 번에 지어서 얼려놓으면 되지 않아요? 그게 더 쌀 텐데."

"그렇긴 한데, 그러려면 밥솥을 또 사야 하잖아."

"밥솥도 싸요. 1만 엔 이내로 살 수 있지 않으려나."

"근데 원룸이라 뭘 놓아두기가 싫어. 방에는 최소한의 물건만 두고 싶더라고. 언제든 움직일 수 있는 상태가 좋아. 말은 이렇게 해도 막상 움직이진 않지만. 지금 그 아파트에서 벌써 20년째 살고 있거든. 그래도 언제든 움직일 수 있다는 감각은 놓지 않고 싶어."

"왠지 그 느낌이 뭔지는 알 것 같아요."

"나타네 군은 본가가 고토구니까 다른 데로 옮길 생각은 딱히 없지? 병원도 있고."

"뭐, 병원은 여동생이 이을 테니까요."

"같이는 안 살아?"

"안 살아요."

"동생이랑 같이 안 사는구나. 하긴 각자 결혼도 할 거고. 근데 그렇다, 생각해보니 출판사 직원은 괜찮겠네. 본사도 보통 도쿄에 있고 오사카 지부 같은 건 없잖아. 다른 지역으로 발령받을 일도 없으니 계속 도쿄에 있을 수 있겠다."

"작가분들도 마찬가지 아닌가요? 아무 데서나 본인이 있는 곳에서 일할 수 있다는 점이 부러워요. 원고도 인터넷으로 보낼 수 있으니까 오사카든 오키나와든 상관없고. 여차하면 해외에서 작업할 수도 있잖아요."

"아냐. 출판사 근처에 있지 않으면 아무래도 불편하지."

"그래도 국내면 담당자들이 만나러 가죠."

"그래?"

"그렇죠. 지방에 계신 작가분들은 만나러 가요. 가끔은 직접 만나서 회의를 해야 할 때도 있으니까요. 주말 출장으로 갈 때도 있고요."

"편집자들의 출장은 그런 거구나."

"네, 그래요. 아무래도 해외까지 가긴 어렵겠지만. 회사에서도 그런 비용은 안 내줄 테고요. 아, 작가님, 다음 잔도 맥주로 하실래요?"

"응. 부탁할게."

손을 들어 점원을 부른 후 맥주 두 잔을 주문한다.

지금 있는 이곳은 긴자 6가. 가게는 지하에 있다. 룸도 있는 모양이다.

요코오 씨가 '결정했습니다'라는 메일을 쳤기에 '그럼 식사 한번 하실까요?'라고 답장했다. 뭐가 좋으시냐고 재차 물었으나 이번에도 '뭐든'이라는 답이 돌아왔다. 우선 일식으로 한다. 은근히 이런 자리에선 잘 고르지 않는 일식. 그중에서도 스키야키다. 아카미네 씨에게 요코오 씨가 긴자를 좋아한다는 이야기를 들었기 때문에 장소는 긴자로 했다. 긴자, 스키야키로 검색해 찾아낸 곳이다.

구단시타 카페에서 처음으로 요코오 씨와 만난 후, 데뷔 이래 두 번째 책인 『팀과 야구와 우리와』를 읽었다. 두 번째 작품은 중요하다. 작가의 본질이 비교적 고스란히 드러난다. 나는 그렇게 생각한다.

요코오 씨의 데뷔작 『곁가족』은 소설 스이레이 신인상 수상작이다. 바꿔 말하면 아직 아마추어일 때 쓴 작품이란 뜻이다. 하지만 두 번째 작품은 다르다. 수상자로서, 이제 더이상 아마추어가 아니라는 자각을 가지고 쓴다. 편집자도 그 단계에서는 별다른 요구 사항을 말하지 않는다. 아직은 신인. 어느 정도 자유롭게 쓰도록 한다.

『곁가족』은 제목 그대로 가족 이야기다. 후시미 이쓰키, 사에코, 이쿠토, 기요하 이렇게 네 명. 저마다 적을 둔 직장과 학교에서 단역 인생을 감수하며 살아가는 가족의 이야기. 각 인물의 일인칭 시점으로 총 네 편이 실려 있다. 연작 단편이지만 한데 묶으면 하나의 장편이 되는 구성이다.

제4화의 마지막에서 네 사람은 개인이 아닌 후시미가의 일원으로서 주목받는 위치에 나설 것처럼 보인다. 그러나 본인들의 도덕관을 우선하여 결국은 나서지 않는다. 그 점이 좋았다. 주목받는 화려한 모습으로 끝내는 선택지도 있었을 것이다. 개인으로서는 나서지 못했던 그들이 가족으로서 모습을 드러낸다. 마무리로는 그쪽이 더 아름다웠을 테지. 요코오 씨는 그렇지 않은 쪽을 택했다. 높이 평가하고 싶다.

그리고 두 번째 작품인 『팀과 야구와 우리와』. 이건 또 다른 이야기다. 가족이 아니다. 개인. 주인공은 무려 출판사 전속 기자. 서른다섯의 나이에 막다른 길에 몰린 이마즈 유지라는 스포츠 기자다. 어릴 때 동네에서 함께 야구를 했던 팀이라는 소년이 프로 구단 외국인 용병의 아들이었음을 알게 된 유지가 과거를 되짚어가며 미래로 한 발짝 내딛게 된다는 스토리다.

재미있지만 잘 팔리지는 않았다. 스포츠 관련 소재가 갖는 어려움이다. 거기에 외국 이야기가 들어가면 한층 더 어려워진다.

다른 작품으로 승부를 봤으면 요코오 씨는 흐름을 탔을지도 모른다. 흐름을 탄다. 이렇게 말하면 별거 아닌 것처럼 들린다. 그러나 무척 중요한 포인트다, 이건.

시류의 물결은 분명히 존재한다. 하지만 인위적으로 만들 수는 없다. 그저 생겨나는 것이다. 물결처럼, 자연스레. 물결이 이는 것을 알아차리고 올라탈 수 있으면 좋겠지만 그 또한 쉽지 않다.

그 후에도 요코오 씨는 쉬지 않고 썼다. 그리고 일곱 번째 작품 『기노카』가 마침내 영화로 만들어진다. 지금껏 요코오 씨가 쓴 작품 중 유일한 본격 엔터테인먼트 작품. 처음으로 판타지 느낌을 냈다. 천사 이야기였다. 하늘에 뚫린 구멍에 빠져 지상으로 떨어진 천사.

천사 기노카는 그 구멍 앞에 있던 관광용 헬리콥터 밑부분에 매달린다. 비행사는 어찌어찌 착륙해서 기노카를 돕는다. 기노카는 인간으로 말하자면 젊은 여성. 비행사는 젊은 남성, 이와쿠라 요마. 쫓아온 천사들과 소문을 들은 방송국 사람들을 피해 기노카는 도망친다. 요마가 그걸 돕는다. 우당탕탕 도주극이 펼쳐진다. 물론 기노카와 요마는 사랑에 빠진다.

비행사 요마 역을 인기 배우인 와시미 쇼헤이가 맡았다. 덕분에 영화는 흥행에 성공했다. 요코오 씨의 원작도 잘 팔렸다.

그러나 요코오 씨는 그 후로 비슷한 작품을 쓰지 않았다.

일상적인 엔터테인먼트로 돌아와 몇 편의 작품을 냈다. 최근에는 『115개월』과 『3년 남매』 등 가족 소설이 이어졌다. 어느 것도 잘 팔리지는 않았다. 그러나 계속 책이 나오는 걸 보면 다른 출판사들도 그의 작품을 좋게 평가하고 있다는 뜻일 테다. 그건 가지카와도 마찬가지다.

"고기 맛있네." 눈앞의 요코오 씨가 말한다. "아, 실은 요즘 고기 먹을 일이 없거든."

"채식주의는 아니시죠?"

"아니, 아니야. 어쩌다 보니 안 먹는 거지. 도시락 같은 걸 안 사 먹다 보니 먹을 일이 없더라고. 도시락은 비싼 편인 데다 튀김류도 많아서 그만 먹는 게 낫겠다 싶었거든. 그랬더니 아예 안 먹게 되네. 조리해서 1인분씩 파는 고기류가 생각보다 없어. 그래서 가끔 먹으면 너무 맛있어. 오늘도 그렇고. 이거 정말 끝내주게 맛있다. 왜, 비싼 고기를 먹으면 이런 말들 하잖아. 입안에서 녹는다고. 그럴 때마다 난, 녹으면 안 되는 거 아냐? 하고 생각했었거든. 먹는 의미가 없잖아. 근데 알겠어. 이런 거구나. 먹는 의미가 있네. 맛있다. 녹는 고기를 한자로 써서 『용육溶肉』 어때? 순문학 타이틀 같지 않아?"

"순문학보다는 호러 같은데요."

"아, 그쪽 느낌인가. 그럼 가지카와 호러 시리즈에 넣어 줘."

"생각해보겠습니다. 근데 작가님, 호러를 쓰긴 하세요?"

"안 쓰지. 안 쓴다기보다 못 써. 써봤자 새파랗게 어린 자전거 도둑들에게 쫓겼더니 무서웠다 정도의 수준일걸."

"그게 뭐예요?"

"그냥 개인적인 얘기. 아무튼 진짜 맛있다, 이 고기. 두부도 맛있으니 결국 스키야키 자체가 맛있다는 거겠지."

"채소는 잘 챙겨 드시고요?"

"먹어. 대부분 토마토나 오이처럼 생으로 먹을 수 있는 것들. 생으로 먹을 수 있고 음식물 쓰레기가 안 나오는 채소들 있잖아. 음식물 쓰레기가 있으면 벌레가 생긴다길래. 토마토는 꼭지 부분이 남긴 하지만 그 정도야 별수 없고. 오이는 사실 거의 수분이라 영양분도 별로 없대. 그래서 양배추 같은 것도 사 먹어. 아예 채 썰려 있는 걸로."

"저도 가끔 사 먹어요. 편하더라고요."

요코오 씨가 스키야키 고기를 한 점 더 먹더니 맥주를 마셨다. "맛있어~" 하고 다시 감탄하고는 말한다. "그나저나, 술기운이 돌기 전에 해둬야지. 신작 얘기."

"아아, 네."

나도 맥주를 마신 후 코스터 위에 잔을 올려둔다. 이미 수저받침에 올려둔 젓가락도 다시 가지런히 놓았다.

"서론은 생략하고 바로 말할게. 나, 나타네 군 얘기를 써도 될까?"

"예?"

"나타네 군 본인 이야기."

"저, 말씀이세요?"

"응" 하고는 요코오 씨가 다시 맥주를 들이켠다.

나도 따라 마셨다. 요코오 씨, 설마 자포자기 상태인가? 작품이 엎어져서 될 대로 돼라 싶어진 거야?

"지난번 만났을 때부터 쭉 생각했어. 어떡할까, 뭘 쓰지? 물론 조심스럽기는 했어. 또 실패하면 안 되잖아. 이런 상황에서 뭘 할 수 있을까. 대단한 작품은 못 써. 어차피 내가 가진 걸 뛰어넘는 글은 보여줄 수 없어. 시대극을 쓸 수도 없고 호러 소설도 쓸 줄 모르지. 그래도 가능한 범위 안에서 관점을 바꿔보려고 했어. 서론은 생략한다고 해놓고 무진장 긴 서론을 늘어놨네. 아무튼, 나 자신에게서 한발 떨어져보자고 마음먹었어."

"그 결과가 제 얘기인가요?"

"그래. 객관적으로 써보고 싶어졌어. 객관적으로, 일인칭으로. 이건 그래도 될 것 같아. 나야 쓰는 사람이니까 신경 쓰지만, 의외로 독자들은 일인칭이니 삼인칭이니 하는 걸 의식하지 않잖아."

"아무리 그래도, 제 얘기가 재밌을까요?"

"충분히 재미있어. 복싱을 시작한 방식이나 그만둔 방식도 흥미롭고. 운동을 그만둔 다음에는 회사원이 되었잖아. 그것도 제법 괜찮은 회사에 들어갔지. 뭔가 요즘 시대에 어울리는 느낌이야."

"요즘 시대요?"

"응. 복싱을 별로 특별하게 여기지 않는달까, 여러 콘텐츠 중 하나로만 생각한달까. 나타네 군 본인은 느끼지 못하겠지만, 우리 세대의 접근 방식이랑은 확실히 다르거든. 그 점이 재미있더라고. 쓰고 싶은 마음이 생겼어."

"그런가요?"

생각한다. 『팀과 야구와 우리와』처럼 스포츠가 들어간다. 게다가 격투기. 여성 독자들의 호감을 얻기 힘들다. 그렇지만, 지금 요코오 씨가 말한 대로 쓴다면 나쁜 선택은 아닐지 모른다. 좋은 의미에서 기대를 저버릴지도 모른다.

요코오 씨가 스키야키의 고기를 먹는다. "아, 이번에도 녹아버렸네." 왠지 내레이션 같은 말투다. "이렇게 녹아버려서야 배가 차기는 할는지." 그리고는 맥주를 마신다. "사실은 꽤 동경하거든."

"복서를요?"

"아니, 회사원을. 나도 대학 졸업하고 회사에 들어가긴 했는데 2년 만에 그만뒀어."

"무슨 회사였는데요?"

"소매업. 지금은 규모가 커졌지만 내가 들어갔을 때만 해도 그렇지 않았어. 아직 신생 회사였거든. 그러니까 나 같은 사람도 들어갔겠지. 글을 쓰고 싶었으니까 애초에 오래 다닐 생각은 없었어. 실제로도 오래 안 다녔고. 입사하고 연수 받을 때 이미 취업 규칙서에서 퇴사 페이지를 찾아볼 정도였으니까."

"빠르네요."

"정말이지 변변찮은 사원이었어. 버블 시대의 끝물. 학생들한테는 편한 시대였으니 나도 별 고생 안 하고 회사에 들어갔지. 이렇다 할 취업 준비도 안 했는데. 그러다 결국 그만뒀어. 나한테 회사는 무리라는 걸 알았거든. 그 회사의 일원이라는 기분이 하나도 안 드는 거야. 일도 잘 못 했고. 나는 정말 이 회사에 도움이 안 되네, 이런 생각만 매일 했지."

"그때는 아직 글을 안 쓰실 땐가요?"

"안 썼어. 언젠가 써야지 하는 마음만 있었지. 그런 마음이야 초등학교 다닐 때부터 있었으니까. 잘 쓰고 못 쓰고 그런 건 생각도 안 하고 어차피 쓰겠지, 이 생각만 했어. 뭐라도 되는 양. 그러다 고등학생 때 한번 써봤는데 바로 단념했어."

"왜요?"

"지금은 안 되겠구나 싶더라고, 직감적으로. 지금 써봤자 제대로 된 글은 안 나온다. 근데 대학생이 되고 나서도 다를 게 없길래 일단 취직이라도 해보자 했는데, 일도 못 하는 거야. 이제는 잘 쓰든 못 쓰든 무조건 쓰기 시작하지 않으면 큰일 나겠다 싶었지."

"그래서 시작하셨나요?"

"응. 회사를 그만두고 다음 날 바로 아키하바라 전자상가에 워드 프로세서를 사러 갔어. 그때는 아직 워드 프로세서를 쓸 때거든, PC가 아니라. 그걸로 강제 스타트. 암흑의 시대가 시작됐지. 투고 암흑기."

"아아."

"이렇게 글을 쓰게 되고 나서 가끔 이런 생각이 들더라. 나는 정말 평범한 여러 가지 일들을 해내지 못했구나."

"그래도 작가가 되셨잖아요."

"정말 운이 좋았지. 감사할 수밖에 없어. 그래도 마음 한 구석에는 이 정도밖에 되지 못했구나 하는 생각도 있어. 남들은 아무렇지 않게 해내는 일들을 못 했다고 할까, 당연한 걸 할 줄 아는 인간으로 자라질 못했달까. 예를 들어 어쩌다 출판사에 갈 일이 생기잖아? 편집부 같은 곳에."

"네."

"그럼 넓은 공간에 책상이 쭉 있잖아. 책상마다 컴퓨터가 놓여 있고. 이런저런 자료들이 쌓여 있고. 어떤 자리에는 사람이 있고 어디는 비어 있지. 난 입구에 서서 그 광경을 바라보는 거야. 그럼 이런 생각이 들어. 아, 난 이곳의 책상 하나도 차지하지 못했구나. 왠지 부러워. 응당 할 일을 해내고 사회에 준비된 자리를 자력으로 쟁취한 사람들이. 그래서 확실하게 그쪽에 속한 사람의 얘기를 쓰고 싶어졌어."

"그게 정말로 작가님이 쓰고 싶은 글인가요?"

"쓰고 싶은 글이야." 요코오 씨가 즉답한다.

"그거" 이번에는 잠시 사이를 두고 묻는다. "『토킹 블루스』보다 재미있는 거 맞나요?"

"재미있게 만들 거야. 그러니까 좀 거들어줘."

"거들어달라고요?"

"그래, 더 많은 얘기를 들려줬으면 좋겠어."

"그럼 작가님," 여기서는 사이를 두지 않고 말했다. "2월 출간으로 하시죠."

"어?"

"다른 출판사랑은 아직 출간 일정 안 잡으셨죠?"

"응."

"그럼 저희 책을 2월에 내는 걸로 해주세요."

"지금, 그러니까 벌써 6월이잖아. 너무 촉박하지 않아?"

"촉박하죠. 그래도 해봐요. 급하게 쓰자는 말이 아니라 집중해서 해보자는 뜻입니다."

지금은 6월. 확실히 촉박한 일정이다. 보통 한 작품을 완성하려면 1년은 걸린다. 하지만 편집장도 이렇게 말했다. 요코오 씨, 가능할 것 같으면 2월에 내도 돼.

가능한가 아닌가의 판단은 오늘 이야기를 들어보고 내릴 생각이었다. 그리고 이야기를 들었다. 무조건 괜찮을 거라고는 장담할 수 없지만, 요코오 씨의 망설임 없는 대답을 듣고 결정했다. 그리고 재미있게 만들 거야, 라는 말을 듣고. 작가들은 의외로 그런 말을 하지 않는다. 쓰기도 전에 말하고 싶지 않은 거겠지, 스스로 목을 조이는 셈이기도 하니까. 그러나 요코오 씨는 했다. 믿고 가보자.

"2월이라."

"2월입니다. 어떠신가요?"

"이렇게 촉박한 일정은 처음인데. 그래, 어쩌면 재미있을지도 모르지. 나도 공백을 길게 만들고 싶진 않고."

"그럼, 부탁드립니다."

"어디 한번 해보자고."

이렇게 해서 결국, 하는 것으로 결정됐다.

그 주는 출장도 없었기 때문에 주말에 푹 쉴 수 있었다. 기본적으로 토요일과 일요일이 휴일이지만 작가 미팅을 위한 출장 일정은 어쩔 수 없이 주말에 넣어야 한다. 작가가 시간이 괜찮으면 평일에 가도 되지만 그러면 내 업무에 지장이 생긴다.

이런 점은 광고대행사에서 근무하는 아야네도 비슷하다. 2주 연속 주말에 쉬는 경우는 일단 없다. 그렇지만 이번 주는 아야네도 나도 쉬기 때문에 일요일에 카페 데이트를 했다. 한 달에 한 번은 꼭 그렇게 하기로 정해두었다.

같이 살더라도 이런 게 필요하다고 생각한다. 같이 사는 것과, 같이 어디에 가는 것은 또 다른 얘기다. 둘이 집에만 있으면 안 된다. 둘이 함께 바깥 공기를 쐬는 것도 중요하다.

아야네가 제안했고 내가 동의했다.

이번에는 긴자에 갔다. 요코오 씨와도 왔었던 긴자다. 아야네가 그러고 싶어 했다. 회사 근처인데 괜찮겠어? 하고 묻자 이렇게 답한다. 긴자는 다르지. 긴자에 왔다고 회사 근처에 왔다는 생각은 안 들어.

이번에 간 곳은 카페라기보다 레스토랑에 가까운 유명 디저트 가게였다. 아야네가 예약해놓았다. 파르페 하나에 2천 엔. 웃음밖에 안 나오는 가격이다. 그래도 모처럼이니 주문했다. 크림이며 셔벗이며 두루두루 공을 들인 모양이라 어느 부분을 먹어도 호화로운 기분이 들었다. 셔벗이 입안에서 사르르 녹네, 라고 요코오 씨가 말하면 셔벗이니까 당연히 녹죠, 라고 내가 답하는 그런 장면을 상상했다.

"아, 역시 맛있다." 아야네가 말했고,

"응." 내가 답했다.

"자극적이지 않은 부드러운 맛이라느니, 품위 있는 맛이라느니, 남들이 이런 얘기 하면 무슨 소리야, 싶었는데 그런 말이 절로 나와."

"응."

"내 입맛에는 편의점 디저트도 충분히 맛있지만, 역시 가끔은 이런 걸 먹어줘야 해."

"응."

"'응'밖에 할 줄 몰라?" 아야네가 웃는다.

"아니, 그게, 네 말이 다 맞잖아."

"이런 걸 아는 사람이랑 모르는 사람은 아마 세상을 느끼는 법도 다르겠지."

"응" 하고 답했다가 얼른 뒤를 잇는다. "그럴 수도."

"히라세 선배가 자주 하는 말이거든."

"아, 그래?"

히라세 씨. 히라세 류타. 이름까지 알고 있다. 아야네의 선배다. 회사 선배이며 대학 선배이기도 하다. 아야네가 입사하고 처음으로 발령받은 부서에서 만났다.

두 살 많은 히라세 씨가 이런저런 것들을 가르쳐줬단다. 광고대행사는 어딘가 체대 같은 구석이 있는데 아야네의 말에 따르면 히라세 씨는 정반대라고 한다. 부드러운 사람. 그러나 심지가 굳은. 지금은 다른 부서에서 일하지만, 아야네가 업무와 관련해 상담하는 일이 많은 듯했다. 지금처럼 나한테도 히라세 씨 이야기를 자주 한다. 능력 있는 사람이라는 이미지가 내 머릿속에 완전히 박혀 있다.

아야네와 나는 단체 미팅에서 만났다. 광고대행사와 출판사의 미팅은 아니었다. 대학 시절 친구인 미야코시 겐이 주최한 미팅에 나도 불려 갔다. 거기에 있던 여성 네 명 중 한 명이 아야네였다.

나는 뭘로 보나 그냥 머릿수 채우는 역할이었다. 급하게 연락을 받고 갔다. 스스로 생각해도 용케 거길 나갔다 싶다. 하지만 그렇게 준비 없이 나갈 수 있어서 오히려 좋았던 건지도 모른다. 그때까지 단체 미팅의 경험은 거의 없었지만 자연스레 스며들었다. 머릿수 채우기에 동원된 요원으로서 적당히 즐기다 가면 되지, 하는 정도의 마음이었다. 여자친구를 만들겠다든가 원나잇을 노려본다는 생각은 눈곱만큼도 없었다.

그 자리에 모인 사람은 모두 여덟 명. 그중 출판사에 다니는 사람은 나밖에 없었다. 그래서인지 아야네는 나한테 관심을 보였다. 그러고는 자기가 읽은 책 이야기를 했다. 순문학보다는 엔터테인먼트 작품을 주로 읽는 듯했지만 나도 대화하기 편했다.

어떤 작가의 담당 편집자냐고 묻기에 몇 사람의 이름을 댔다. 그 정도는 문제 될 것 없다. 아야네는 한 명도 몰랐다. 내가 담당한 책을 읽은 적도 없었다. 보통 그렇다. 난 히트작을 낸 적이 없으니까.

웬만큼 책을 읽는 사람도 잘 모르는 작가들이 많다. 반대로 말하면, 책을 안 읽는 사람들에게까지 이름이 알려진 작가는 정말 한 줌밖에 안 된다는 뜻이다. 열 명에서 스무 명 정도. 기껏해야 그 정도 아닐까. 그야말로 진정한 스타들.

이구사 군이 만든 책 한번 읽어봐야겠다, 아야네는 이렇게 말했다. 실제로 읽어보고는 재미있었다고 말해줬다. 재미있었다면 그건 작가의 능력이야, 라고 난 답했다. 그래도 혼자서는 만들어낼 수 없는 거잖아, 라고 아야네가 받아쳤다. 그건 광고도 똑같으니까 나도 잘 알아.

이런 흐름으로 연락을 주고받게 되었고, 함께 술을 마시게 되었고, 사귀게 되었다. 그리고 동거까지 하게 되었다.

동거는 서서히 시작됐다.

아야네의 본가는 요코하마 이소고구의 네기시에 있다. 아야네는 대학도 회사도 그곳에서 다녔다. 직장 생활도 안정기에 접어들었으니 슬슬 독립할 생각이었다.

어차피 그럴 거면, 하는 생각이 들었다. 내 아파트는 크기가 어느 정도 되는 부엌 겸 거실과 별도의 방이 하나 있다. 둘이 살 수 있다. 같이 살자는 말까진 안 했지만, 같이 사는 방법도 있다고는 해두었다. 그게 베스트겠네, 이렇게 말한 아야네는 바로 그다음 주에 내가 사는 아파트로 들어왔다. 몬젠나카초에서는 전철 한 번만 타면 아야네의 회사까지 갈 수 있다. 네 역, 8분이면 된다. 우리 회사보다도 가깝다. 그야말로 베스트.

다만, 우리 부모님이 사는 본가 역시 고토구에 있었다. 우리 집에서도 가깝다. 괜찮을까 싶었다. 아마 동거한다고 말씀드려도 부모님은 별다른 말을 하지 않으실 것이다. 그렇다고 내가 먼저 말해야 하나, 조금 고민했다. 말하지 않기로 했다. 아셔도 상관은 없다. 그러나 굳이 먼저 이야기를 꺼낼 필요까지는 없겠다는 생각이었다.

가깝다고 해서 우리 집에 드나드시진 않으니 지금껏 들키지 않았다. 동생 아즈나는 알고 있지만 어머니한테는 말하지 않은 모양이다. 나도 감출 생각은 없다. 기회가 되면 소개해드릴 마음도 있다. 대형 광고대행사의 직원이라고 하면 부모님도 기뻐하실 테다. 아야네가 부모님께 인사시켜달라는 말을 꺼내면 그때가 인사드릴 때가 아닐까 하는 생각도 든다.

아야네는 파르페를 맛있게 먹는다. 물론 그전에 사진도 찍고 인스타에도 올렸다. 일하느라 정신없이 바쁠 텐데도 아야네는 그런 것들을 꼬박꼬박 했다. 시간을 최대한 효율적으로 쓴다. 항상 감탄한다. 멈추기 싫어하는 사람.

"참, 나 그거 읽었어." 아야네가 말한다. "고야나기 다이의 『굿 배드 맨』. 재미있어서 다음 편 『도그 캣 맨』까지 단숨에 읽어버렸어."

"아, 그래. 방에서 책 봤어."

"히라세 선배한테 빌렸거든. 벌써 다 읽고 돌려줬는데 혹시 읽고 싶었어?"

"아냐, 『굿 배드 맨』은 나도 읽었어."

"재밌지."

"응. 『도그』가 더 재밌어?"

"재밌어. 도입부는 속편이라는 느낌도 별로 안 드는데 어딘가 절묘하게 연결되어 있어. 그러다가 중간부터 『굿』에 나오는 사람들이 짠, 짠, 하고 등장하는 거야."

"오호, 다음에 읽어봐야겠네."

고야나기 씨는 인기 작가다. 스타 중 한 명. 올해로 서른여덟. 그 세대에서는 제일 잘 나가는 작가 아닐까. 기본 바탕은 미스터리지만 그런 틀에 갇히지 않는다. 어떤 식으로든 변주해나간다. SF로 흐르기도 하고 정치경제를 아우르기도 한다. 여기에 그치지 않고 학원물의 느낌을 낼 때도 있고 연애 이야기를 쓰기도 한다.

"굉장하지, 그 사람. 여고생이 알바하는 가게 점장이랑 같이 도쿠가와에 매장된 금을 찾으러 갔다가 온천을 발굴하다니. 그런 얘기, 어지간해선 생각 못 하잖아."

"심지어 그 내용은 소설의 3분의 1 정도밖에 안 돼. 그다음엔 러시아에도 가고."

"그러다 우쓰노미야로 돌아오거든?"

"맞다. 그리고 만두 가게를 열어."

"근데 그 가게가 망하고 휴학했던 고등학교로 돌아가서 대학에 들어가는데, 대체 얘기가 어떻게 이렇게 튀냐고. 이런 얘기가 어떻게 그렇게 재밌지?"

"굿 배드 맨은 주연도 뭣도 아닌 거야. 실존 인물인지도 확실하지 않고."

"너희 출판사에서도 책 냈었지, 고야나기 다이."

"응. 8월에도 한 권 나와."

"정말?"

"어. 차기작이 우리 회사 거라."

얼마 전에 제목도 들었다. 아직 아야네에게 말해줄 순 없지만. 『야마모토 존 이치로의 모험』이다. 준이치로純一郎의 발음에서 따온 존 이치로.

담당자는 나보다 다섯 살 많은 니헤이 데루히사 씨. 우리 팀의 에이스다. 편집자마다 특기 분야가 있는데 정확히 말하면 엔터테인먼트 장르의 에이스다. 히트작을 여러 권 냈다. 에이스 편집자와 고야나기 다이 씨가 작업했으니 이번 책도 분명 잘 팔릴 것이다.

"그럼, 책에 사인 같은 거 받을 수 있나?"

"내 담당이 아니라 좀 어려울 것 같은데. 담당자랑은 아는 사이긴 하지만 그런 부탁 하는 것도 좀 민폐고."

"그런가? 하긴 그렇겠다."

『야마모토 존 이치로의 모험』은 아마 사인본도 대량으로 찍을 것이다. 그러니 니헤이 씨에게 부탁해볼 수는 있다. 있는데, 조금 껄끄럽다. 사인본은 독자와 서점을 위해서 만드는 것이니까. 동료 편집자로서 자기 여자친구한테 줄 사인본을 부탁한다? 역시 못 하겠다.

그래서 이런 말을 꺼냈다.

"요코오 씨한테는 받아줄 수 있어."

"누구?"

"요코오 세이고."

"몰라."

"이름 들어본 적 없어?"

"없는 거 같은데."

"영화화된 작품도 있는데. 몇 년 전에 나왔던 「기노카」. 기억 안 나? 천사가 하늘에서 떨어지는."

"아아. 와시미 쇼헤이가 나왔던 그?"

"그거."

"원작이 그 사람 거구나."

"맞아."

"그래도 잘 몰라."

보통 이렇다. 영화가 나오고 흥행에 성공해도 원작자의 이름까지는 모른다. 원작을 산 사람들조차 요코오 씨의 이름을 기억 못 할지도 모른다.

"나타네, 그 사람 담당이야?"

"응. 얼마 전부터 맡게 됐어."

"나이대가 어떻게 돼?"

"쉰 살이었나."

"영화로 나올 정도면 잘 팔리는 사람인가 봐?"

"솔직히 잘 팔리진 않아."

"그렇구나. 나이가 쉰인데 안 팔리다니, 고달프겠네."

"뭐, 작가들은 보통 그러니까. 잘 나가는 작가가 워낙 드물기도 하고."

아야네가 단도직입적으로 묻는다.

"잘 팔릴 거 같아?"

"모르지. 그건 정말 아무도 몰라."

"잘 팔리는 사람, 그러니까 고야나기 다이 같은 작가를 담당한 적 있어?"

"그 정도의 거물급은 없어."

사실 아예 없지는 않다. 막 편집자가 되었을 무렵 미스 구니아쓰 씨를 담당한 적이 있다. 거장이다. 하지만 그 이야기는 별로 하고 싶지 않다.

"애초에 담당을 어떻게 정하는 건데?"

"여러 가지 방법이 있지. 만약 우리 쪽에서 책을 내고 싶은 작가가 있어서 제안했을 때 작가가 수락하면 그대로 담당자가 되기도 하고."

"편집자가 원하면 마음대로 제안해도 돼?"

"사전에 편집장님한테 상의하긴 하는데, 특별한 사정이 있지 않은 한 안 되는 경우는 거의 없어."

"특별한 사정은 어떤 건데?"

"과거에 우리 출판사랑 그 작가 사이에 문제가 있었다거나."

"아아."

"제안했는데 작가가 요즘은 여유가 없어 힘들다고 거절당할 때도 있고. 그야말로 고야나기 씨처럼 바쁜 작가면 더더욱."

"지금 담당하는 작가는 몇 명이야?"

"서른 명쯤 되려나."

"많네."

"그렇다고 그 작가들의 작품이 다 진행 중인 건 아니니까."

"연령대랑 성별의 비율은?"

"나보다 나이 많은 작가가 90퍼센트, 남자가 70퍼센트 정도 아닐까."

"나이 많은 사람들뿐이네."

"아무래도 그렇지. 우리보다 어린 작가들은 별로 없어."

"어떤 사람들이랑 일하는 게 편해?"

"으음. 나보다 나이 많은 남성 작가들? 사람마다 다르긴 하지만. 여성이라도 특별히 불편하진 않아. 그냥 좀 더 조심하게 되지. 대화 주제라든가."

"나 같아도 그럴 거 같아."

"어?"

"내가 편집자였어도 나이 많은 남자가 제일 편할 것 같아."

"여자가 아니라?"

"응. 여자들끼리 있으면 그건 그것대로 이런저런 일들이 생기니까."

"그렇지도 않을걸. 편집자와 작가라는 각자의 입장이 명확하니까."

"작가가 더 위라는 거야?"

"하는 일이 다르다는 거야. 작가는 쓰고, 편집자는 읽지."

"그래도 작품에 대한 의견이 안 맞을 때가 있을 거 아냐."

"그럴 때도 있어."

"그럼 어떻게 해?"

"최선의 방법을 찾지 않을까? 더 좋은 작품을 만들어내겠다는 목표는 같으니까."

"편집자들이 다른 부서로 가기도 하잖아."

"그렇지. 그러면서 새 작가들을 담당하게 되는 경우도 많아. 방금 얘기한 요코오 씨처럼. 다른 부서로 발령받은 편집자의 후임이거든."

"누가 이어받을지는 누가 정하는데?"

"편집장. 내가 그 작가를 담당하고 싶다, 하고 자진해서 뜻을 밝힐 수 있기야 하겠지만."

"그럼 나타네는 안 팔리는 작가를 떠맡게 된 거네."

"꼭 그런 건 아니야."

"정말 그런 게 아니야?"

"그렇게 물어보면 답하기 뭐한데."

"고야나기 다이 담당자가 다른 부서로 옮기면 나서서 하겠다고 해."

"안 옮겨. 고야나기 씨는 거장이기도 하고. 위에서도 잘 나가는 동안은 굳이 담당자를 바꿀 필요가 없다고 판단할 테니까."

"몇 년 지나면 부서를 옮기는 그런 규정은 없나 보지?"

"없어. 계속 편집부에만 있는 사람도 많고. 그렇다고 부서 이동이 아예 없냐 하면 그건 아니야. 옮길 때는 또 싹 옮기기도 해."

아야네가 파르페를 먹는다. 곧이어 같이 주문한 유기농 스파이스 티라는 걸 마신다. 나를 본다. 그리고 말한다.

"나타네, 더 의욕적으로 밀어붙여도 괜찮지 않을까?"

"어?"

"일할 때 말이야."

"아."

"히트작을 만들겠다는 각오로, 요코오 씨를 잘 팔리는 작가로 만들어봐. 그럼 나타네의 실적이 되는 거잖아. 이전 담당자는 실패했으니까."

"실패라고 할 순 없어. 잘 팔린다는 건 어디까지나 결과에 불과하니까."

"그런 마인드로는 계속 실패하지 않을까? 전력을 다하지 않는다는 거잖아."

푹 찌르고 들어오는 바람에 으윽, 했다. 정곡을 찔린 느낌

6월의 이구사 나타네

이었다. 하지만 뭔가 찜찜했다.

"요코오 씨는 이대로도 괜찮다고 만족하는 사람이야? 책을 낼 수 있으니 그걸로 됐다고 생각하는 타입?"

"글쎄, 어떠려나. 아직 거기까진 잘 모르겠어."

"작가를 움직이게 만드는 게 나타네의 일이잖아."

"그렇지."

"그럼 움직이게 만들어야지. 요코오 씨한테 팔릴 만한 글을 쓰게 해서 히트작을 만들어봐. 그런 다음 우리 대행사랑 같이 일해보자. 뭐든 할 수 있지 않겠어? 그렇게 일을 확장해보자고."

"뭐, 그래."

"'뭐'는 붙일 필요 없고. '그래'라고만 답하면 돼."

"그래."

확실히 아야네에게는 나한테 없는 것이 있다. 늘 앞을 내다본다. 앞만 보는 것이 아니라 위도 본다.

위. 만약 거기에서 천사 기노카가 떨어진다면 아야네는 어떻게 할까. 와시미 쇼헤이가 연기한 이와쿠라 요마처럼 숨겨줄까. 아니면 도와줄까. 굳이 따지자면 아야네는 쫓는 쪽일 것이다. 방송국 사람들처럼 기노카를 통해 한몫 챙길 방법을 찾아내는 쪽.

그런 생각이 들고 말았다. 처음으로 아야네의 적극성이 단점으로 느껴졌다. 내 연인인데.

다음 날인 월요일에는 달렸다. 도쿄는 편리한 곳이지만 달리기에는 불편하다. 달리기 좋은 장소가 정말 드물다. 신호의 방해를 받지 않고 달릴 수 있는 곳은 공원이나 하천 부지 정도가 아닐까 싶다.

복싱을 하던 시절의 나는 매일 로드워크를 했다. 로드워크. 달리기 훈련이다. 복서라면 누구나 이 훈련을 한다. 10킬로미터 정도는 뛴다. 그저 달리기만 하는 것이 아니다. 속도에 변화를 준다. 심폐 기능을 향상하고 다리 근력을 기르기 위해 전력 질주와 조깅을 반복한다.

나는 더 이상 복서가 아니다. 한때는 복서였지만 프로가 된 적은 없다. 프로 테스트를 통과하지 못했으니까. 프로 테스트는 참가자의 60퍼센트가 합격한다. 여기에는 나름의 이유가 있다. 체육관 측이 합격할 수 있다고 판단한 사람들만 테스트에 참가시키기 때문이다. 프로 테스트 합격은 여러모로 쉬운 일이 아니다. 통과하면 프로 타이틀을 얻게 되는데 쉬울 리가 있나.

나는 떨어졌다. 충격이었다. 내가 강한 의지를 보였기 때문에 체육관의 도자키 마키오 관장님도 참가를 허락했다.

테스트를 볼 자격을 얻었으니 통과할 줄 알았다. 안일했다. 40퍼센트에 들고 말았다. 어쩌면 의대에 떨어졌을 때보다 더 큰 충격이었을지도 모른다. 내 의지로 도전했다 실패했으니까.

의대 지원도 부모님이 억지로 시키지는 않았다. 내 의지로 시험을 보긴 했다. 하지만 부모님이 병원을 운영하지 않았다면 응시하지 않았을 것이다. 으레 의대에 가야겠거니, 하는 생각을 하며 자라는 일 자체가 없었을 테지. 그러나 나는 의사의 아들로 태어났고, 게다가 장남이며, 그런 환경에서 자랐다.

부모님을 위해서라기엔, 억지로 강요당한 기억이 없다. 그저 그게 당연한 줄 알았다. 나도 커서 의사가 돼야지, 라는 말을 어려서부터 했던 것 같다. 몇 번이고 그랬다. 병원에서 환자를 돌보는 아버지가 멋져 보였으니까. 존경하는 마음은 있었으니까.

대학 시절에 복싱을 시작한 나는 자신에게 매일 로드워크 하기라는 과제를 줬다. 처음에는 에이타이도리를 달려 아라카와의 하천 부지까지 갔다. 그러나 거리가 4킬로미터 가까이 되고 도중에 신호에 발을 묶이는 일이 많아 코스를 변경했다. 도자이선 기바역 앞에서 왼쪽으로 꺾어 기바공원으로 가기 시작했다. 드넓은 기바공원 안을 달린다. 그러다 도로 위에 놓인 다리를 건너고 현대미술관 쪽으로도 달린다.

내게 무리라는 걸 깨닫고 복싱을 그만둔 후에도 로드워크의 습관만은 남아 있다. 남아 있다기보다 남겨뒀다. 그래서 지금도 달린다. 매일은 아니다. 요코오 씨와 마찬가지로 비 오는 날은 건너뛴다. 그래도 일주일에 두 번은 뛴다. 보통은 휴일에 달리는데 우리 회사는 탄력근무제이기 때문에 오늘처럼 달리고 나서 출근하는 날도 있다.

달릴 때는 10킬로미터를 달린다. 굳이 다리 근력을 키울 필요는 없으니 전력 질주는 하지 않는다. 조깅만 한다. 심폐 기능만 높인다.

기바공원 안에는 나처럼 달리는 사람이 많다. 주말에 더 많지만 평일에도 있다. 특정 시간대에 꼭 마주치는 사람도 있다. 장거리 러너들이 여기로 모이는 것이다. 달릴 수 있는 공간이 그리 많지 않으니까.

10킬로미터의 로드워크를 마치고 집에 돌아가 샤워를 한 다음 출근한다.

자리에 앉아 먼저 9월 출간할 책의 초교를 읽었다. 그리고 외근을 나가 디자이너와 함께 두 달 후 나올 책 표지 관련 회의를 했다. 다시 회사로 돌아가 읽던 초교를 마저 봤다. 교정자가 지적한 부분 말고도 개인적으로 걸리는 부분이 몇 군데 있어서 교정지에 메모를 남겼다.

오후 다섯 시. 메일 회신 등의 업무를 신속하게 마치고 회사를 나섰다. 유라쿠초선을 타고 이다바시에서 긴자 1가로 향한다.

예약한 시간은 여섯 시였지만 다섯 시 50분에 가게에 도착했다. 5분 뒤, 요코오 씨도 모습을 드러냈다.

안녕하세요, 서로 인사를 나눈다. 요코오 씨는 회색 티셔츠를 입고 있다. 라운드넥이 아닌 브이넥. 똑같은 옷을 여러 장 가지고 있단다. 그 옷밖에 없다고 했다.

요코오 씨는 겐푸칸에서 『너는 언제나 그레이』라는 책을 냈었다. 여자친구를 믿지 못하는 남자의 이야기다. 그 남자는 여자친구가 바람을 피우고 있을지도 모른다고 의심한다. 그의 눈에 비친 여자친구는 언제나 그레이 존에 있다. 제목의 그레이는 그런 뜻이다.

사실 이 제목은 요코오 씨의 티셔츠와 관련이 있다고 한다. 난 항상 그레이야. 이 말에서 따와 너는 언제나 그레이. 문득 떠오른 이 문장이 마음에 들어서 제목을 먼저 정한 후 거기에 맞춰 글을 썼다고 한다.

"이야, 프랑스 요리는 별로 먹어본 적이 없거든. 무지하게 기대했어." 요코오 씨가 말한다.

지난주에 스키야키를 먹었으니 이번 주는 프랑스 요리를 골랐다. 프랑스 요리이지만 요코오 씨의 스타일에 맞춰 캐주얼한 분위기의 레스토랑을 택했다. 위치는 긴자 3가. 주오도리와 쇼와도리 사이에 있다. 중심부에서 살짝 벗어난 변두리다. 요코오 씨가 5가에서 8가로 이어지는 화려한 거리보다 1가와 4가 사이의 비교적 소박한 동네를 더 좋아하는 것 같아서 이곳으로 정했다.

"요리는 코스로 주문해뒀습니다. 술은 어떻게 할까요. 맥주 드시겠어요?"

"뭐든 다 좋아."

"그럼 와인으로 할까요?"

"응."

우선 화이트 와인을 주문하고, 와인을 따른 글라스를 부딪쳐 건배했다.

"내가 대략 메모를 좀 할게." 요코오 씨의 말에,

"네." 내가 답했다.

"그럼, 잘 부탁해."

"저야말로요."

작가가 원하는 취재 대상이 있으면 연락을 한다. 이 또한 우리 편집자의 업무다. 상대가 개인이든 회사든 마찬가지다. 그쪽과 일정을 조율한다. 당일에는 동행도 한다. 필요하면 사진도 찍고 메모도 하며 기록을 남긴다. 그런데 내가 취재 대상이 되는 것은 처음이다. 묘한 긴장을 느꼈다.

대부분의 이야기는 스키야키 가게에서 이미 했기 때문에 오늘은 세부 내용을 보충하는 시간이다. 요코오 씨가 궁금해하는 것들에 관해 질문을 받는다.

"그럼 먼저 이 얘기부터. 나타네."

"네?"

"이름 말이야."

"아."

나타네. 나타네의 '나菜'는 보통 남자아이 이름에 잘 쓰지 않는 글자다. 나도 여태껏 이 글자가 이름에 들어간 남자를 한 명도 못 봤다. 사람들도 자주 말한다. 이 글자를 쓰는 남자는 처음 봐요, 라고. 이렇다 보니 사람들한테 잘 기억되기는 한다. 요코오 씨나 기타자토 편집장처럼 사회에서 만났는데도 성이 아닌 이름으로 부르는 사람들도 있다.

이름은 아버지가 지었다. 처음에는 진지하게 생각한 이름이 아니었단다. 이런 이름이면 재미있겠네, 정도였다고. 그런데 뜻밖에도 어머니가 찬성했고 그렇게 분위기가 흘러갔다. 어머니는 그저 나타네라는 발음의 울림이 좋았던 모양이다.

3년 후에 태어난 여동생의 이름은 아즈나. 같은 한자의 '나'를 쓴다. 동생의 이름은 그래도 수용 범위 안이다. 흔한 이름까지는 아니지만 그렇게 특이하지도 않다. 여자 이름에 '나'가 들어가는 건 그리 이상하지 않다. 남매의 이름이 이어지는 형태가 되기는 했지만 마치 오빠가 동생 이름에 맞춘 것처럼 보이기도 한다.

"나타네와 아즈나. 좋네."

"아즈나는 괜찮지만 나타네도 좋은지는 잘 모르겠네요."

계속해서 음식을 먹고 와인을 마시며 질문에 답했다.

요코오 씨는 어린 시절에 관해 물었다. 어떤 흐름인지 대충 파악이 되었기 때문에 중간부터는 내가 스스로 이야기하기도 했다.

그 아버지에 그 아들인지, 나도 학교 성적은 좋았다. 한마디로 환경이 좋았다고 할 수 있다. 공부에 전념할 수 있는 환경이 충분히 갖춰져 있었다. 역시 아이들은 환경의 영향을 많이 받는다.

중학교와 고등학교 모두 사립학교였다. 중고 일관교(중고등학교를 통합해 6년제로 운영하는 학교로 대부분 사립 명문이다

—옮긴이). 일관교의 특성상 고등학교 입시는 보지 않았다. 초등학교 6학년 때 이후 첫 수험이 대학 입시였다.

내 입으로 말하긴 그렇지만 중고등학교에 다니는 6년 동안 성적은 나쁘지 않았다. 학교 자체도 명문이었는데 그 안에서도 상위권이었다. 공부를 하긴 했는데 딱히 노력했다고는 볼 수 없다. 아예 공부에서 손을 놓았다면 성적을 유지할 수 없었겠지만 어느 정도만 해도 떨어지진 않았다. 원래 그런 건 줄 알았다.

이 역시 내 입으로 말하긴 그렇지만, 운동도 곧잘 했다. 육상부 선수로 800미터 경주에 나가기도 했다. 제일 힘들다고 알려진 종목이다. 단거리도 장거리도 아닌 중거리. 단거리의 스피드와 장거리의 지구력이 두루 필요하다. 실제로 힘든 종목이다. 뛰어보면 안다. 800미터 시합을 뛰어본 형사라면 드라마에서 범인을 놓치는 일은 없을 것이다. 단거리를 뛴 범인이든 장거리를 뛴 범인이든 결국 그 형사가 다 제압해버리겠지.

800미터 시합에서 꽤 괜찮은 성적을 냈다. 지역 대회에서도 상위권에 들었다.

그러나 좋은 날은 거기서 끝났다.

의사 아들인데 의대 입시에서 줄줄이 낙방했다. 비교적

커트라인이 낮은 의대도 있긴 했지만 그런 곳은 애초에 지원조차 하지 않았다. 내가 선택한 학교 중 어디엔가 붙을 줄 알았으니까. 그러나 예상과 달리 전멸. 기념 삼아 응시한 문학부에만 합격했다. 의학부에 지원했다 떨어진 대학의 문학부였다.

심각하게 고민했다. 재수를 해서 의대에 다시 도전하는 것이 상식적인 선택이었다. 그러나 재수는 하기 싫었다. 문학부 쪽으로 마음이 조금 더 기울기도 했다. 이 문학부조차 내년에는 못 들어갈지도 모른다.

그러고 있을 때 동생이 이런 말을 꺼냈다. 나와 마찬가지로 일관교의 고등학교 입학을 앞두고 있던 아즈나였다.

나 의사 될 거야.

되고 싶어, 가 아니다. 될 거야. 나는 그 말이 오빠 대신 의대에 가줄게, 라는 뜻으로 들렸다. 아마 부모님도 비슷한 생각이었을 것이다. 아즈나는 똑똑한 동생이자 야무진 딸이었다. 그래도 장남인 나타네가 뒤를 이어야지, 같은 말을 아버지는 하지 않았다. 나타네는 어떻게 하고 싶니, 하고 물었을 뿐이다.

문학부에 들어가고 싶어, 가 아니라 재수하고 싶지 않아, 라고 답했다. 나 자신도 무리라는 걸 알았지만 이런 말도 덧붙였다. 일단 문학부에 들어갔다가 내년에 다시 의대에 지원하는 방법도 있고.

그리고 나는 문학부에 들어갔다. 입학하고 몇 주가 지나자 머릿속에서 의대 입시라는 단어가 사라졌다.

"그럼, 대입 공부는 다시 안 한 건가?"

"안 했어요."

"할 수가 없나?"

"할 수가 없었어요. 문학부는 문학부대로 또 공부할 게 있으니까. 게다가 의대 시험을 다시 보면 그때까지 문학부에서 공부한 것들이 쓸모없어지잖아요. 물론 처음부터 어느 정도 예상은 했는데, 막상 다니다 보니까 역시 그건 좀⋯ 하는 생각이 들더라고요. 그냥 다 동생한테 떠넘겨버린 거죠. 사실, 저 동생이 시험 보기 전에 혼자서 가메이도텐진(학문의 신이 봉헌되어 있다고 알려진 신사— 옮긴이)에도 갔어요."

"합격 기원하러 갔구나."

"네."

"그래서 동생은 당당히 합격했고?"

"고맙게도요."

"지금은 수련의?"

"전공의예요."

"어떻게 다르더라?"

"일본에선 수련의 과정 2년을 거치면 전공의가 되죠. 보통 후기 수련의를 전공의라고 부르고요. 지금 제 나이쯤은 돼야 겨우 독립할 수 있어요."

"드디어 병원을 이을 수 있게 되는구나."

"그렇죠."

"서른이 돼서야. 그 나이까지 계속 공부라니, 긴 시간이네."

"길죠."

"그렇게 살아온 사람들이 의료 사고 한 번에 엄청난 비난을 받는 것도 씁쓸한 일이네."

"그게 의사라는 직업 아닐까요. 그런 일을 방지하기 위해 계속 단련하는 거고요."

화이트 와인을 비운 다음에는 레드 와인을 주문했다. 이야기를 이어간다.

응시한 모든 의대에서 낙방. 내 인생 최초의 좌절이라 할 수 있다. 이 좌절이 더 큰 비극을 부르지 않도록 나는 문학부에 진학했다. 도피라면 도피였다. 재수만 하면 의대에 들어갈 수 있을 거란 자신감도 없었으니까.

그러나 도피는 도피대로 우울함을 남겼다. 어떻게든 만회

해야 한다는 생각이 들었다. 부모님에게 보여주기 위해서가 아니었다. 나에게 보여주기 위해서.

대학에서 다시 육상을 할 마음은 들지 않았다. 유감스럽게도, 육상에서도 한계를 느끼고 있었다. 자신의 한계를 스스로 정해서는 안 된다고들 한다. 듣기 좋은 말이긴 하지만 체감되는 한계도 있는 법이다. 단지 성공한 사람들이 그런 말을 하니까 설득력이 생길 뿐이지.

대학교에서 맞는 첫해의 4월. 골든 위크를 앞두었을 때쯤으로 기억한다. 의대 입시라는 단어가 머릿속에서 지워졌을 바로 그 무렵.

문학부 친구인 미야코시 겐, 니이나 가이사쿠, 나 이렇게 셋이 수업을 마치고 게임센터에 갔다. 대전 격투 게임도 하고 레이스 게임도 했다. 그러다 펀치 머신 쪽으로 갔다. 겐이 고등학교 때보다 펀치가 얼마나 강해졌는지 확인해보고 싶다고 했기 때문이다.

고등학교 시절 야구를 했던 겐은 체격도 좋아 펀치가 셀 것 같았다. 가이사쿠는 고등학교 때 문예부였다고 했다. 그래도 초등학교 때는 검도를 했단다.

셋이서 확인해봤다. 각자 편한 쪽 손으로 펀치를 날렸다. 예상 외의 점수가 나왔다. 그 점수의 주인공은 나. 가이사쿠의 두 배, 겐의 1.5배 정도 되는 점수가 화면에 떴다. 말도 안 돼, 겐이 깜짝 놀라며 한 번 더 해보자고 했다.

그렇게 시작된 두 번째 판. 내 점수만 더 높아졌다. 나타네, 엄청나잖아. 겐이 말했다. 고등학교 때 육상부였다며? 800미터가 주 종목 맞지? 창 던지기나 투포환 했던 거 아니고?

나조차도 놀랐다. 겐과 어디서 차이가 난 건지 알 수가 없었다. 잘 치는 요령이 있는 거 아냐? 가이사쿠가 말했다. 치는 요령이 아니면, 제대로 맞히는 건가? 원하는 지점에 정확히 꽂는 거 같은데. 효율적으로 힘을 싣는 느낌이랄까.

다른 날, 다시 시도해봤다. 혼자 게임센터에 가서 똑같은 기계로 확인했다. 지난번과 거의 비슷한 점수가 나왔다. 두 번째 펀치 점수는 그때보다도 높았다. 점수를 올리겠다는 의식을 하고 쳤던 세 번째에는 한층 더 높은 점수가 나왔다.

어쩌면 재능이 있는 것 아닐까? 문득 이런 생각을 하고 말았다. 사실인지 확인하고 싶어졌다. 눈앞이 조금 환해진 느낌이었다. 쭉 뻗은 길이 보이는 듯했다. 열여덟 살. 그럴 만도 하지.

복싱을 해보자. 결심은 곧바로 형태를 갖췄다. 인터넷으로 체육관을 찾았다. 도쿄 시내에도 꽤 많은 체육관이 있다는 사실을 알게 됐다. 규모가 큰 곳은 제외했다. 왠지 꼼꼼히 가르쳐주지 않을 것 같았다.

내가 사는 고토구에서 가까운 에도가와구에 딱 적당해 보이는 곳이 있었다. 도자키 복싱 체육관. 관장 도자키 마키오 씨는 전 일본 페더급 챔피언이라고 했다. 당시에는 페더급이 어느 정도의 체급인지조차 몰랐지만, 나는 도자키 체육관을 찾아갔고 그길로 복싱에 입문했다.

게임센터의 펀치 머신 점수가 높아서 복싱을 해볼까 한다는 말은 부끄러워서 차마 하지 못했다. 예전부터 복싱에 관심이 있었다고 했다. 고등학교 시절 육상부에서 800미터 경기를 뛰었다는 이야기도 했다. 그러자 도자키 관장은, 그럼 매일 10킬로미터씩 뛰어, 라고 했다.

복싱을 시작했다고 부모님께 전했다. 두 분 모두 놀랐지만 반대는 하지 않았다. 격투기라기보다는 스포츠, 운동 삼아 하는 복싱으로 받아들였던 건지도 모른다.

대단하네, 아즈나도 간결한 감상을 내놨다. 근데 오빠, 사람 때릴 수 있어? 그 질문에는 이렇게 답했다. 때려야지. 그런 경기니까.

나는 학교에서도 겐의 권유로 가입한, 정체를 알 수 없는 이벤트 서클에 가입되어 있었다. 거긴 바로 그만뒀다. 굳이 그만둔다고 보고할 필요도 없는 서클이었다.

시작은 그런대로 순조로웠다. 처음 미트 치기를 했을 때도, 처음 헤드기어를 쓰고 스파링을 했을 때도, 그럭저럭 해냈다. 생각보다 몸을 잘 썼고, 생각보다 상대의 펀치도 잘 보였다. 관장님이 칭찬을 해줘서 좋았다. 나는 칭찬받을수록 더 잘하는 타입이라는 걸 깨달았다. 그러나 더 잘하지는 못했다.

자신감이 무너지는 순간은 일찌감치 찾아왔다. 프로 테스트에 막 합격한 체육관 동지, 고레나가 아리쓰네 군과 스파링을 했다. 고레나가 군은 나보다 한 살 어렸다. 고등학교 퇴학 후 복싱을 시작했다. 체급은 플라이급. 팬텀급인 나보다도 가벼웠다.

관장은 고레나가 군에게 말했다. 아리쓰네, 몸 쪽은 있는 힘껏 때려. 고레나가 군은 지시대로 했다.

몇 차례 가드를 올린 후 레프트 보디 훅을 제대로 맞았다. 고레나가 군이 왼쪽으로 때렸으니 나한테는 오른쪽이었다. 의대에 떨어진 나도 아는 사실, 그쪽에는 간이 있다.

숨이 헉, 하고 터져 나왔다. 아니, 터져 나오기 전에 막혔다. 소리를 내지도 못했다. 그 한 방으로 나는 링 위에 잠식됐다. 그 자리에서 쓰러져 괴로움에 기절. 몸부림밖에 칠 수 없었다.

강렬한 체험이었다. 정확하게 펀치가 꽂히면 그렇게 되는 것이다. 인간의 몸은 그 정도로 강한 공격에 버틸 수 있을 만큼 단단하게 만들어지진 않았으니까.

복서라면 누구나 거치는 길. 세계 챔피언도 일본 챔피언도 모두 이 길을 걷는다. 챔피언이라도 맞으면 아프고 쓰러지기도 한다. 그렇게 되지 않도록 신체를 극한의 수준으로 단련하고 방어 기술을 익힌다. 나도 그 길을 걷고자 했다. 실제로 아주 잠깐은 걸었다. 하지만 나는 약했다, 정신력이.

맞는 것에 대한 공포가 생겼다. 이 또한 다들 마찬가지일 것이다. 맞고 싶지 않아서 필사적으로 방어하는 것이다. 다만 그 공포를 느끼는 정도에는 개인차가 있다. 나는 강하게 느끼는 쪽이었다.

두려움 탓에 좀처럼 상대와의 거리를 좁히지 못했다. 늘 허리를 뒤로 뺐다. 그래서는 내 펀치에 힘이 실리지 않는다. 나도 섀도복싱을 할 때는 제법 괜찮은 펀치를 날렸다. 그러나 상대가 있으면 뜻대로 되지 않았다. 애써봤지만 결국 허리를 뒤로 빼는 나쁜 습관이 생겼다. 언제든 도망갈 수 있도록 무게중심을 뒤에 두는 것이다.

그런데도 어찌어찌 프로 테스트를 받는 것까지는 성공했

다. 결과는 불합격. 나는 거기에서도 튕겨 나가버렸다.

다시 받으면 돼. 관장님은 말했지만 그렇게 해서 될 일이 아니라는 직감이 들었다. 프로 테스트에도 떨어지는 복서가 프로가 돼봤자 잘될 리가 없다고, 나 스스로가 생각하고 있었다.

일류 사립대학 출신의 복서 탄생. 이런 그럴싸한 스토리는 끝내 완성하지 못했다. 그렇게 되고 나서야 알았다. 결국 난 그런 이미지를 만들고 싶었구나. 진심으로 복싱을 좋아한 게 아니라 모두가 알아줄 만한 훈장이 필요했던 것이다.

"동기가 불순했죠." 요코오 씨에게 말한다. "너무 안일하게 보기도 했고요. 신기할 따름이에요. 어떻게 내가 해낼 수 있을 거라 생각했는지. 프로만 되면 챔피언은 몰라도 일본 랭킹에는 들 수 있을 줄 알았다니까요."

"다들 그런 마음으로 시작하지 않을까. 그렇지 않으면 할 엄두도 안 내겠지. 엄청 힘들어 보이잖아."

"힘들어요. 아프고요."

"그래서 언제 그만둔 건데?"

"대학교 3학년 때요. 취업 준비 시즌이 시작되기 전에. 그 후로도 체육관에 소속은 돼 있었지만 제 안에서는 이미 이때 그만둔 거였어요. 딱히 손해 본 건 없다고 생각합니다. 입사 면접 같은 데서 써먹을 스토리도 생겼고."

"관심을 끌 수 있는 소재겠네."

"복싱을 한 사람은 별로 많지 않으니까요."

"게다가 출판사잖아."

"그렇죠. 가지카와에서 면접 볼 때도 복싱을 계속하고 있다는 뉘앙스로 얘기했어요. 치사한 방법이지만."

"아직 체육관에 소속되어 있을 때니까 틀린 말은 아니지."

"취직하고 나서도 계속 할 거냐고 묻더라고요."

"뭐라고 답했는데?"

"그만둘 겁니다. 일에 전념하겠습니다, 라고 잘난 체하면서 대답했어요. 그 정도로 이 회사에 들어오고 싶다는 식으로요."

"그 결과, 합격한 거고."

"네, 덕분에요."

"다른 출판사에도 지원했었어?"

"몇 군데 했습니다."

"참고로, 어떤 출판사?"

"스이레이샤랑 겐푸칸이요. 둘 다 떨어졌어요. 복싱 스토리가 먹히는 건 여기뿐이더라고요."

"출판사는 그렇게 세 군데만?"

"네. 그 외에는 다른 업계였어요. 저, 전력회사랑 음료회사 같은 데도 넣었어요. 전력은 떨어지고 음료는 붙었죠."

"출판사에 지원하는 사람들 대부분이 그런가?"

"그럴걸요. 출판사를 목표로 하더라도 거기만 지원하는 사람들은 드물 거예요. 업계 규모가 워낙 작아서 채용 인원이 적으니까요."

"아, 그런가. 그렇겠네."

"출판사랑 다른 미디어 쪽이라든지, 이런 조합으로 지원하는 사람들이 많아요. 방송이나 신문, 광고 같은."

"어쨌든 결국 출판사에 들어갔다니, 대단해. 결국 나타네 군은 어디서든 만회는 하네. 의대는 떨어졌지만 명문대에 들어갔고 복싱은 그만뒀지만 편집자가 됐잖아. 내 기준에선 그저 다재다능한 사람으로밖에 안 보여."

"제 기준에서는 다재다능은 무능과 다름없어요. 뭐 하나 잘 풀린 것도 없고요."

"편집자로서는 잘 풀리고 있잖아."

"전혀요." 나는 이렇게 답한 후 레드 와인을 마셨다. "이 얘기만큼은 안 쓰셨으면 합니다만, 어떤 경로로든 작가님이 아시게 될지 모르니까 직접 말씀드릴게요. 저 미스 작가님을 화나게 만들어서 담당에서 밀려났어요."

"미스 씨라면, 『앙금』이랑 『휘몰아치다』의 그 작가?"

"네. 미스 구니아쓰 작가님이요."

"거장이잖아."

"거장이죠."

"거장들은 화를 내는구나?"

"내시더라고요."

"뭐 잘못한 게 있어?"

"수정을 부탁할 때 조심성이 없었던 것 같아요."

"조심성이 없었다고?"

"네. 편집자가 된 지 얼마 안 됐을 때였거든요. 스물다섯 살. 미스 작가님은 20대 편집자를 좋아하세요. 젊은 사람들의 의견을 듣고 싶어 하셔서."

"아. 그 마음은 이해가 돼. 그분은 나이가?"

"올해로 쉰여덟이세요."

"아직 그 나이대구나. 아버지뻘 같은 이미지였는데."

"20대부터 활약하셨으니까요."

"30년 경력이라, 굉장하네."

"저도 미스 작가님의 『휘몰아치다』를 좋아했거든요. 담당이 돼서 너무 좋았죠. 들떠 있었다고 할까요. 젊은 사람들의 의견을 듣고 싶어 하신다는 말을 곧이곧대로 듣고 여기는 어떻고, 저기는 어떻고, 이렇게 고치는 게 어떠세요? 같은 얘기를 아무렇지 않게 해버렸어요."

"그랬구나. 근데 그런 걸로 화를 낸다고?"

"곧바로 담당에서 밀려났어요."

"허어. 그런 경우도 있군. 나 같으면 시키는 대로 다 했을 텐데."

의대 입시 실패가 첫 번째, 복싱 프로 테스트 탈락이 두 번째라면 이것이 세 번째 좌절이었다.

또야? 솔직히 이 생각부터 들었다. 출판사에 들어왔으니 일단은 나도 편집부에 지원했다. 제작부에서 3년을 보낸 후에는 희망한 대로 되었다. 그리고 돌연 그런 일을 겪었다. 상당한 낭패였다. 아직 편집 일에 익숙지 않은 단계에서 그런 일을 겪는 바람에 어찌할 바를 몰랐다. 모르는 채로 더듬더듬 여기까지 왔다. 성취의 경험이 없으니 지침으로 삼을 만한 것도 없었다.

미스 씨의 장편 『휘몰아치다』. 그 작품은 이렇게 시작한다. 아아, 휘몰아치는 이 바람.

딱 내 심경이다. 이 감각은 오래전부터 계속 이어져오고 있다.

초등학교 때는 아무 느낌도 없었다. 친구 중에는 단독주택에 사는 아이도, 작은 빌라에 사는 친구도 있었다. 할머니 할아버지와 사는 아이도, 엄마와 둘만 사는 아이도 있었다. 친구를 집에 부른 적도 있고 친구네 집에 놀러 간 적도 있다. 근사한 집이네, 라는 말을 자주 들었다. 역시 의사는 다르구나, 라는 말도 들었다. 친구 부모님한테도 들었다. 아무 생각도 없었다.

그러나 중학교에 들어가자 조금씩 자각하게 되었다. 사립학교에 들어가면서 초등학교 때 친구들과 조금 멀어졌지만 가끔은 같이 놀기도 했다. 초등학생 때와는 어딘가 달랐다. 내가 풍족한 환경에서 살고 있음을 깨달았다. 풍족한 덕에 근사한 집에 살고, 풍족한 덕에 사립 중학교에 들어갔다는 사실을 알게 됐다. 풍족한 환경에 태어나서 다행이라는 생각이 들었다. 그때까지는 그렇게 생각할 수 있었다.

고등학생이 된 후에는 내가 높은 위치에 있다는 사실을 명확하게 인식했다. 내 힘으로 거기까지 오른 것이 아니었다. 그냥 처음부터 거기에 있었을 뿐이다. 거기에서 태어났을 뿐. 풍족한 환경이 조금 부담되기 시작했다.

그리고 의대 입시에 완벽하게 실패했다. 하다못해 치과의사 아들이었으면 좋았을 텐데, 하는 생각이 들었다. 하다못해 아들이 아니라 딸로 태어났으면 좋았을걸.

그러나 한편으로는 왠지 모르게 안도하는 내가 있었다. 뭐라고 해야 할까, 처음으로 멈춰 선 느낌이 들었다. 비록 속도가 빠르진 않았지만 멋대로 움직이던 컨베이어 벨트가 그때 처음으로 멈춘 것이다.

다만, 어쩔 수 없이 아즈나에게는 빚진 마음이 있다. 장남인 내가 해야 할 일을 떠넘겨버렸으니까.

"와인 한 잔 더 하실래요?" 요코오 씨에게 묻는다.

"아니, 그만 마실게. 술이 잘 넘어가서 꽤 많이 마셨어. 맥주만 마셔 버릇해서 적당한 수준을 모르겠어. 곤드레만드레 취해서 집에 가는 길에 고등학생들한테 공격당하지 않게 조심해야지. 듣고 싶은 얘기는 대충 다 들었고, 내 나름대로 이미지도 그려졌으니까 쓰다가 자잘한 질문들이 생기면 그때그때 물어볼게. 메일이나 전화로."

"알겠습니다."

"그럼, 정리되는 대로 바로 쓰기 시작해도 될까?"

"네, 부탁드릴게요. 이만 일어나실까요?"

"응. 맛있게 잘 먹었어. 취재도 고마웠고."

"별말씀을요. 저도 덕분에 프랑스 요리, 마음껏 즐겼습니다."

요코오 씨는 도쿄역까지 걸어가겠다고 했고 우리는 주오

도리에서 헤어졌다. 나는 도자이선을 타러 니혼바시역으로 향했다.

밤 열 시를 앞둔 시간. 확실히 인적이 드물었다.

문득 아즈나에게 전화를 걸어야겠다는 생각이 들어 바지 주머니에서 휴대폰을 꺼냈다. 화면에 이름과 번호를 띄우고 통화 버튼을 누르려다, 멈칫했다. 전화를 걸어서 대체 무슨 이야기를 한단 말인가. 의대에 붙여줘서 고마워? 아즈나한테는 뜬금없는 소리일 뿐이다. 괜히 민망하기만 할 거다.

통화 화면을 닫고 휴대폰도 다시 바지 주머니에 넣었다.

난감하다. 분명 내가 접대하는 입장이었는데. 처음으로 취재 대상이 되어서 그런가.

취했다.

7월의 요코오 세이고

초과 승차 정산기는 각 개찰구에 하나씩만 있는 경우가 많다. 그 하나밖에 없는 정산기에서 발이 묶였다. 앞에 사람이 있었기 때문이다.

바퀴 달린 캐리어를 발치에 세워둔 남성. 반소매 셔츠에 품이 낙낙한 바지. 나이는 마흔쯤 되어 보인다.

적당히 거리를 두고 뒤에 줄을 섰다.

지하철역 개찰구. 자동 개찰기 바로 옆에 역무실이 있지만 역무원은 보이지 않는다.

얼마 뒤 20대 중반쯤 되어 보이는 남성 역무원이 통로를 질러 달려왔다. 잠시만 기다려주세요, 라는 말을 남기고 역무실로 들어간다. 그러고는 정산기 쪽창 너머로 그 남성과 뭔가 이야기를 나눈다. 남성이 정산기에 넣은 교통 카드가 기계에서 나오지 않는 모양이었다.

대화가 길어진다. 내가 줄을 선 지 5분이 지났는데 여전히 문제는 해결되지 않았다.

반대쪽 개찰구로 가는 게 나을까. 그렇지만 기껏 기다려놓고 이제 와 가는 것도 좀. 내가 그쪽으로 가자마자 자, 됐습니다, 하고 상황이 종료될 가능성도 얼마든지 있다. 게다가 저쪽 개찰구에 가서 정산한다 해도 결국은 이쪽으로 돌아와야 하지 않나. 아무리 그래도 너무 오래 걸리기는 하네.

슬슬 움직여야 하나 싶을 때쯤 남성이 큰소리를 냈다. 성난 목소리. 뭐라고 하는지 다 들린다.

"뭐 하자는 거야! 기계가 멋대로 카드를 삼켰는데 돌려받으려면 이름을 밝히라니, 말이 되냐고!"

"아뇨, 그래도 일단은 확인을" 하고 답하는 역무원의 위축된 목소리가 이어진다.

"여기 계속 서 있었다고! 대체 뭘 확인하는데!"

지당한 말씀, 뒤에 서서 이런 생각을 하면서도 그 퍼런 서슬에 압도되고 말았다. 내가 오기 훨씬 전부터 여기 서서 역무원을 기다렸던 모양이다. 다만 역무원의 말도 이해가 되긴 한다. 절차상 규정이라는 면에서는.

남성은 반복했다.

"기계가 멋대로 카드를 먹질 않나, 한참을 기다리게 만들더니 이제는 돌려줄 테니까 이름을 대라질 않나? 뭐 하는 짓거리야!" 그러더니 나를 힐끗대며 덧붙였다. "뒤에 사람 있는 거 안 보여? 사람들한테 다 들리잖아! 개인정보가 얼마나 중요한지 몰라?"

아니, 아니, 저기요. 한마디 해주고 싶어진다. 뭐야, 내가 뭘 어쨌는데? 지금 나까지 휘말린 거야?

"실례되는 말씀을 드려 죄송합니다." 역무원이 사과한다.

남성은 멈추지 않는다.

"당신네 기계가 카드를 먹었잖아. 몇 분이나 사람을 기다리게 해놓고, 뭐? 돌려줄 테니 이름을 말해? 손님을 뭐로 보는 거야!"

틀린 말은 아니다. 화난 것도 이해는 된다. 역무원은 20대. 아마 딱히 실례되는 말투까진 아니었을 거다. 그저 더 저자세로 나오길 바랐던 거겠지. 마흔 살쯤 된 남성의 성에 차지 않은 것이다. 그건 그것대로 이해가 가긴 한다. 아무리 그래도, 살짝 도를 넘은 것 같다.

남성이 마침내 목소리를 낮췄다. 그래서 이름을 말했는지는 모르겠다. 어쨌든 카드는 돌려받은 것 같다. 남성은 뒤돌아 나를 한번 쓱 보더니 옆을 지나쳐 걸어갔다.

나는 정산기 앞으로 다가갔다. 창문이 아직 열려 있어서 안쪽의 역무원에게 묻는다.

"금방 고쳐지나요?"

"네. 잠시만요."

작은 창이 닫히고 10초 정도 지나자 정산기는 다시 사용 가능 상태로 돌아왔다. 나는 정산을 마치고 드디어 개찰구를 나올 수 있었다. 정산에 10분이나 걸렸다니. 길다.

만약 아까 그 사람이 원고를 퇴짜 맞았다면 화를 냈을까. 길길이 날뛰었을지도. 아카미네 씨가 원고를 되돌려드릴 테니 성함을 말씀해주세요, 같은 말을 하면 어떻게 될까.

아무튼. 겨우 지상으로 올라온 내가 어디에 가는가 하면, 카페에 간다.

셀프서비스 체인점. 200엔에 커피 한 잔을 마실 수 있는 곳이다. 저렴한 가격치고는 커피 맛이 괜찮다. 비슷한 스타일의 다른 브랜드보다는 거기가 맛있는 것 같다. 아마 맛이 덜하더라도 거기를 이용하겠지만. 그 카페는 유미코가 다니는 회사에서 운영하는 곳이다. 도쿄 시내에는 매장도 많아서 별생각 없이 그곳을 고르게 된다. 아니, 솔직히 별생각이 없진 않다. 생각해서 고른다. 조금 멀더라도, 걸어가더라도 그 카페에 간다.

내가 항상 다니는 매장에는 좌석이 차지하는 공간이 많다. 그것도 마음에 든다. 난 2인용 테이블이 아닌 바깥 통로 쪽 카운터 자리에 앉는다. 때때로 창밖을 바라보며 원고를 쓴다. 손으로 쓴다. 물론 초안이다.

그렇다. 나는 꼭 초안을 쓴다. 원고 전체를 일단 손으로 한 번 쭉 쓴다. 샤프펜슬로 노트에. 문법이든 뭐든 세세한 부분은 고려하지 않는다. 틀려도 지우지 않는다. 선으로 죽죽 그을 뿐이다. 그냥 쭉 써 내려간다.

책 한 권 분량의 초안이다 보니 노트로 두 권 반 정도의 양이 된다. 그 노트를 보면서 컴퓨터로 본 작업을 한다. 갈겨쓰는 지렁이 글씨라 내가 못 알아볼 때도 있다. 뭔가 그럴듯한 문장을 쓴 것 같은데 읽을 수 없을 때도 왕왕 있다. 두 번 쓰는 셈이라 품이 많이 든다. 괜한 짓이라고 생각하는 사람도 있을 테지. 그러나 나한테는 괜한 짓이 아니다. 본 작업의 단계에서 1차로 퇴고를 할 수 있다. 이게 꽤 크다. 큰 고민 없이 풀어나갈 수 있으니 문장에도 리듬이 생긴다.

본 원고를 쓴 부분은 그날 안에 한 번 더 퇴고한다. 끝까지

다 쓰고 나면, 이번에는 컴퓨터의 데이터 원고를 처음부터 읽으면서 다시 다듬는다. 그 작업까지 끝나면 프린터로 인쇄한 원고를 읽고 추가로 퇴고한다. 여기까지 하면 종료다. 초고 완성했습니다, 의 상태가 된다.

오늘은 바로 그 초안 집필을 시작할 작정이었다. 드디어 노트에 쓰기 시작하는 것이다.

유미코네 가게에서 커피를 한 모금 마신다. 그러다 문득 생각이 나서 노트 여백에 이렇게 메모한다.

정론을 큰 소리로 떠드는 사람이 거슬린다.

아까 그 사람 이야기다. 역에서 소란스럽게 클레임을 걸던. 어떤 식으로든 소재가 될 수 있으니 적어둔다.

자, 이제 시작.

제목은 미정. 정해놓고 시작할 때도 있지만 이번에는 미정이다. 정해둬봤자 어차피 나중에 바꾸는 게 어떨까요? 라는 말을 듣는다. 출판사는 본인들이 직접 제목을 정하고 싶어 한다. 그래서 요즘에는 나도 가제 정도만 정해놓고 시작하는 경우가 많다. 마음속으로 생각해둔 제목이 있으면서 말하지 않을 때도 있다. 먼저 글부터 읽게 한 다음 전하는 편이 더 잘 와닿기도 하고.

제목만이 아니다. 내용도 그렇다. 원고를 넘겼을 때 훌륭

합니다, 천재시군요, 이대로 출판하죠, 이렇게 나오는 일은 없다. 거장이라면 그런 일이 있을지도 모르겠다. 내 레벨에서는 없다. 편집자는 반드시 아쉬운 점을 찾아낸다. 발굴해 온다. 설령 세상에 완벽한 소설이라는 것이 존재한다 해도, 내가 그런 소설을 썼더라도 편집자는 여기 좀 고쳐주세요, 라고 말할 것이다.

수정 요청을 받고 여기는 이런 의도가 있어서, 라고 설명해도 어지간한 편집자들은 물러서지 않는다. 한발 물러서주더라도 각도를 바꿔 다시 제안해 온다. 처음과는 다른 말을 꺼내기도 한다. 그것이 잘못이라고 할 수는 없다. 작품을 접하다 보면 관점이 바뀌기도 하니까.

편집자들의 의견이 모두 옳다는 말은 아니다. 마찬가지로, 내가 하는 말이 다 옳다는 뜻도 아니다. 그 사실을 몇 년 전에야 알게 됐다. 다 쓰고 나면 그때부턴 맡겨라. 이런 자세도 배우게 됐다. 고집 같은 건 갖지 않는 편이 좋다. 고집. 그런 건 의미 없다. 스스로 의미 있다고 믿는 것뿐, 남이 보기엔 아무것도 아니다. 아니, 그렇지 않아. 분명 의미가 있어, 라는 그 생각 또한 착각이다.

이런 것도 최근에서야 깨달았다. 신인 시절에는 몰랐다. 이제 깨달았으나 퇴짜를 맞았다. 그건 더 이상 어쩔 수 없다.

이러니저러니 해도 책을 내고 있으니 작가가 승자야. 혹자는 이렇게 생각할지도 모르겠다. 다른 작가들의 상황은 모른다. 내게는 승자라는 감각이 없다. 언제나 2승 8패의 느낌이다. 그 2승을 위해 계속 쓴다. 이것이 내가 느끼는 실제 감각이다.

그렇게 두 시간 정도 글을 쓴 다음, 카페를 나와 길을 걸어 약속 장소로 향했다. 긴자 2가 지하에 있는 '도리란'. 닭 요리 전문점이다.

오후 여섯 시. 여기서 다가 마스유키와 오기와라 미치를 만났다.

두 사람은 나와 동갑이다. 대학 동창. 유미코와 마찬가지로 같은 어학 수업을 통해 말을 트게 됐다. 졸업 후에는 그리 자주 보지 않았다. 졸업 직후 3년 정도는 곧잘 만났지만. 유미코까지 넷이 자주 술을 마셨다.

"유미코는 못 온대." 미치가 내게 말했다. "좀 아까 메시지가 왔어. 아마 회사에 무슨 일이 생긴 모양이야."

"아, 그래."

오늘 이 모임은 미치가 유미코에게 제안한 자리다. 오랜만에 요코오랑 넷이 한잔하는 게 어떠냐고 말을 꺼냈던 모양이다. 그래, 같이 만나자, 하고 의기투합해 내게 이야기를 전해준 유미코가 정작 자리에 없다. 그렇지만 이대로 좋았다. 유미코와는 둘이 차분하게 만나는 편이 더 좋다.

4인용 테이블 자리에 세 명이 앉는다. 내 맞은편이 마스유키, 대각선 쪽이 미치다. 우선은 잔 맥주를 주문해 건배했다.

"이야, 진짜 오랜만이다." 마스유키의 말에

"몇 년 만이지?" 하고 미치가 묻는다.

"몇 년이더라?"라고 되묻는 건 나. "25년 정도 됐나?"

"25년!" 마스유키.

"반세기의 반이잖아!"

"하긴 그렇게 됐을 거야"라며 마스유키가 곱씹듯 말한다.

"시간 참 빠르다. 눈 깜짝할 새에."

"요코오가 작가가 됐다는 건 전부터 알고 있었어. 대단하다 싶었는데 드디어 만났네."

"언제 알았어?" 하고 물어본다.

"음, 영화 나왔을 때. 요코오 소설이 영화화됐던 그때."

"「기노카」 때구나." 대답한 사람은 내가 아니라 마스유키였다.

"그래. 와시미 쇼헤이가 나왔잖아."

"맞아." 이번 대답은 내가 했다.

"원작자 이름에 요코오 세이고라고 나오길래 어? 뭐? 하고 찾아봤지. 그땐 이미 책이 몇 권 나왔을 때였지? 신인상 받았잖아?"

"응, 소설 잡지에서."

"원래는 영화에서 이름을 봤을 때 연락하고 싶었는데. 그런 걸로 연락하려니 괜히 좀 그래서."

"나도 그랬어. 정기적으로 만나는 사이였으면 안 그랬을 텐데. 그거 때문에 연락하려니 좀 걸리더라고."

마스유키와 미치. 둘 다 많이 변했다. 당연하다. 스물다섯 살과 쉰 살. 안 변했을 리가 없다. 이 가게는 마스유키가 예약했다. 직장에서 가까워 예전부터 알던 가게라고 한다. 마스유키는 도로회사에 다닌다. 사무실이 긴자 1가라고 했다. 미치의 회사도 가깝다. 니혼바시. 주로 김을 만드는 식품회사다. 도보로 올 수 있는 거리지만 긴자선을 타고 왔단다. 걸어오면 지쳐서 안 돼. 쉰 살에 역 두 개의 거리를 걷는 건 힘들다고.

조림과 구이. 다양한 닭 요리를 먹으면서 두 사람은 내 책 이야기를 했다. 여러 권 읽어준 모양이었다.

대충 한 바퀴 이야기가 돌고 나서 미치가 말했다.

"요코오, 결혼은 안 해?"

"안 하지 않을까." 망설임도 없이 답한다. "할 수도 없고."

"못 하는 건 아닐 거 아냐. 작가니까 인기도 있을 텐데."

"인기는 무슨. 사람 만날 기회도 없어. 매일 마냥 글만 쓰는데. 한 달 동안 다른 사람이랑 대화 한마디 안 할 때도 있다니까."

과장이 아니다. 정말 있다. 젓가락은 하나면 돼요, 라고 편의점 직원에게 말해놓고 와, 나 지금 엄청 오랜만에 말했구나, 싶을 때도 있다.

"파티 같은 이벤트 없어?"

"없어, 없어. 나는 한 번도 안 가봤어. 상을 받은 적이 없으니 파티 열 일도 없었고."

"그래도 신인상 받았잖아."

"그때도 시상식 같은 건 없었어. 출판사 사무실에서 상장이랑 기념품 받은 게 다야."

"기념품?"

"나 때는 회중시계였어. 약을 안 갈아서 계속 멈춰 있지."

이번에는 내가 질문한다. "오기와라는 언제 결혼했어?"

"스물아홉 살에."

"그럼, 지금은 성이 뭐야?"

"오기와라."

"어?"

"원래 성으로 돌아왔거든."

"아. 그럼….."

"이혼은 아니고 사별."

"아아, 미안."

"괜찮아, 벌써 3년이나 지났는데 뭐. 예전 성은 와카사였어. 와카사만(若狹灣) 할 때 그 와카사. 남편은 두 번째 결혼이었고 나보다 열여덟 살 많았어. 사별했을 때 그 사람은 이미 예순 다섯이었지. 이르긴 했지만 그렇다고 아주 젊은 나이에 죽은 것도 아냐. 전 부인 사이에 애도 있었어. 벌써 마흔이니까 애라고 하기도 그렇지만. 지금이야 완전 남이지 뭐."

"그래?"

"어, 그 집이랑 연 끊었거든. 인척 관계 종료 신고서를 냈어."

"서로 더 이상 관계가 없음을 밝히는 그거?"

"응."

"냈어?"

"냈어. 좀 귀찮은 집안이었거든. 한마디로 좋은 집안. 가족 회사를 경영했고 남편도 임원이었어. 셋째라서 지위가 좀 낮은 임원이긴 했지만. 애초에 만나게 된 것도 우리 회사에서 선물용 김을 대량 구매해준 일이 계기였어. 좋은 집안에 시집가서 팔자 폈다는 소리를 들었지만, 남편은 재혼이기도 했고 딱히 그런 느낌도 없었어. 사람이 괜찮아서 내가 많이 좋아하긴 했는데 솔직히 그 집안은 버거웠거든. 처음부터 날 마음에 안 들어 했어. 재산을 노린 결혼이라고 생각했는지."

"자식은 있지?"

"응. 아들. 이제 열여덟이야."

"그런 신고서는 본인한테만 적용되는 거 아냐?"

"맞아. 나만 해당돼. 그래도 원래 성으로 돌아가겠다고 신고했고 아들 성도 오기와라로 바꿨어. 본인도 찬성했고. 가정재판소 다니느라 고생했는데 이제 겨우 정리됐어. 아들이랑 와카사 집안의 관계까지는 끊지 못했지만, 그 집안도 별말은 안 할 거야. 오히려 환영하는 분위기니까."

"환영?"

"알아서 떨어져주니 환영할 만하지. 장남은 따로 있고 벌써 회사도 물려받았거든. 떼어버리고 싶었을 거 아냐."

"그쪽 집이랑도 얘기해봤어?"

"얘기했어. 원래 내가 신고서 낼 때 그쪽 동의는 필요 없어서 맘대로 내버려도 그만이긴 한데, 아들이랑도 얽혀 있으니까 확실히 얘기했지. 변호사도 고용했고 다 해결됐어."

『115개월』의 야부시타 모녀도 비슷한 상황이었다. 그 두 사람은 핏줄은 다르다. 와카사 집안과 미치도 그렇지만, 와카사 집안과 미치의 아들은 혈연관계다. 존재했던 관계가 사라진다. 그런 의미에서는 『3년 남매』와도 이어진다. 가족에는 다양한 형태가 있다.

인척 관계 종료 신고서. 엄청난 명칭이다. 하긴, 달리 표현할 말도 없겠지. 사람과 사람의 관계를 종잇장 하나로 끝내 버린다. 뒤틀림도 생길 것이다. 신고하는 쪽도 그 대상이 되는 쪽도 평온하지는 않을 것이다.

끝남으로써 시작하는 관계도 있다. 그런 내용을 『3년 남매』에도 썼다. 또 다른 방식으로 써봐도 좋을지 모른다. 인척 관계 종료 신고서. 머릿속 한구석에 메모를 남긴다.

식사가 진행된다. 술도 마신다. 각자 세 번째 잔을 마시는 중이다. 나는 맥주, 마스유키는 일본 소주를 온더록스로, 미치는 매실주에 물을 섞어 마신다.

"다가, 너희 딸은 몇 살이지?" 미치가 물었다.

"스물셋."

"아, 벌써 그렇게 됐구나."

"응. 난 스물여섯에 결혼했으니까."

"그랬었나. 꽤 일찍 했네."

"속도위반이었거든."

"아, 그랬구나."

"근데 있지,"

"응."

"나, 할아버지 됐어."

"어?"

"손주가 태어났거든."

"진짜?"

"진짜."

"왜 말 안 하고 있었어."

"말하려고 했는데 오기와라 얘기를 듣고 나니까 좀 그래서."

"왜?"

"왠지 나만 속 편하게 사는 거 같기도 하고."

"뭐 어때. 앞으로도 잘 살아. 나 그런 걸로 질투 같은 거 안 해. 잘됐다. 축하해."

"고마워."

"남자? 여자?"

"남자아이야."

"이름은?"

"소라. 한자로 하늘宙을 써."

"소라 군. 누가 지었어?"

"딸이랑 사위 둘이서. 성이 마루코거든. 시모마루코, 신마루코 같은 동네 이름에 들어가는 그 마루코. 풀 네임이 마루코 소라야. 소리 낼 때 발음이 예뻐서 그렇게 지었대."

"그러게, 울림이 예쁘다. 마루코 소라. 발음하고 싶은 이름이네."

"혹시 몰라 말해두는데 우리 딸이 아직 어리긴 하지만 속도위반은 아닙니다."

"딱히 그런 생각은 안 했어. 그래서 마루코 소라 군은 태어난 지 얼마 안 된 거야?"

"응. 이제 3개월이야."

"귀엽겠다."

"귀엽지. 내가 매일 사진 보내달라 그래. 다 챙겨놔야지. 쑥쑥 자라버리면 안 되니까."

"그게 무슨 말이야. 쑥쑥 자라야 좋은 거 아냐?"

"그렇긴 한데."

"만나러 가진 않고?"

"친할머니, 할아버지가 계시니까 그렇게 자주는 못 봐. 2주에 한 번 정도?"

"자주 가는 편 아냐?"

"아냐. 가깝기도 하고 진짜 사랑스럽거든. 딸도 귀여웠는데 그거랑은 또 다르게 귀여워. 책가방도 미리 다 사놓고 싶다니까."

"너무 이르지. 진짜 쓸 나이가 되면 이미 중고겠다."

"딸도 그러더라고. 아들 바보 아빠도 아니고 손주 바보 할아버지냐고."

"바보 할아버지, 좋은데? 바보긴 하지만 왠지 우직한 느낌이야."

난 입을 다문 채 두 사람의 대화를 듣는다. 웃는다. 아이들 이야기가 나오면 아무 말도 할 수가 없다. 손주 얘기는 말할 것도 없다. 할 수 있는 말이 한 마디도 없다. 손주라니, 나한테는 아득히 먼 존재다. 이래서 유미코랑 대화하는 게 편한 건가. 이런 이야기를 할 일이 없으니까. 딱히 이런 주제가 싫은 것은 아니다. 그저, 너무 멀다.

그건 그렇고, 마스유키, 나이 50에 손주가 있구나. 동갑인 나는 아내도 자식도 없는데. 대단하네, 감탄한다. 회사원을 향한 동경과 비슷한 것이다. 그런 일을 제대로 해내는 사람을 난 역시 존경한다. 결혼이나 아이를 갖는 게 전부는 아니야, 이렇게 말하기는 쉽다. 맞는 말이다. 그게 전부는 아니다. 그러나 큰 부분인 건 맞다. 그 점은 인정해야 한다.

"소라라는 이름은 소설에 갖다 쓰지 않을게." 마스유키에게 말했다.

"어? 왜?"

"캐릭터에 가둬버리면 안 되니까. 꼭 악역이 아니더라도."

등장인물의 이름을 정할 때면 꽤 애를 먹는다. 내 소설에는 항상 40명 정도가 나온다. 그러다 보니 빠른 속도로 이름을 소진해버린다.

본격적으로 작품을 쓰기 전에 이름은 다 정해둔다. 플롯이나 캐릭터가 잡히기도 전에 이름부터 정하는 경우도 있다. 이름에 맞춰 인물을 만들어낼 때도 있고.

지인과 겹치는 이름은 쓰기 불편하다. 그 사람과 친한지 아닌지, 그런 건 상관없다. 단순한 이유다. 글을 쓸 때 그 사람의 이미지가 간섭하기 때문이다.

"제한하지 말고 써줘. 소설에 써주면 고맙지. 자랑거리도 되고. 마스유키든 다가든 다 좋으니 내 이름도 써주길 바랄 정도라고. 악역이라도 괜찮으니까."

"오기와라랑 미치도 가져다 써."

"오기와라는 이미 썼어."

『강은 흐르지』에서 썼다. 미치를 의식하지 않았기 때문에 쓸 수 있었다. 그 인물의 이름을 오기와라로 정할 때 미치를 떠올리지는 않았다. 이건 이것대로 실례 같아서 말하지는 않겠지만.

"요코오, 진짜 대단하다." 마스유키가 소주 온더록스를 마시며 말한다. "세상에 작품을 남기잖아. 나는 아무것도 남길 게 없는데."

"어차피 책은 머지않아 절판될 텐데 뭐."

"그래도 도서관에 가면 있잖아." 미치가 받아친다. "일본 전역에 퍼져 있는 거라고. 작가로서의 이름도 남을 거고."

"흐음."

난 그런 일에는 흥미가 없다. 물론 죽은 다음에라도 누가 내 책을 읽어준다면 기쁠 거다. 하지만 그건 어디까지나 내 작품을 누군가 읽어준다는 기쁨이다. 내 삶의 증거를 남기고 싶다는 생각은 하지 않는다. 오히려 그런 마음이 있었다면 진즉에 작가를 그만뒀을지 모른다. 차라리 결혼해서 자식을 남기는 쪽을 택했을지도.

저녁 여덟 시 반. 마스유키의 제안에 따라 마지막 메뉴로 닭죽을 시켰다. 1인분의 양이 그리 많지는 않다고 했다. 그러나 우리는 쉰이다. 앞접시를 받아 2인분을 셋이 나눠 먹기로 했다.

"또 만나서 같이 마시자." 미치가 말한다.

"마시자." 마스유키가 말한다.

"그러자." 내가 말한다.

오늘은 즐거웠다. 이렇게 만나서 같이 한잔할 수 있다니 즐거운 일이다. 그러나 다음은 없을지도 모른다. 한동안은 안 봐도 되겠다 싶을 수도 있다. 그 또한 쉰 살다운 일이다.

다음 날. 눈이 떠진 시각은 오전 아홉 시였다.

스스로도 깜짝 놀랐다. 간만에 긴 잠을 잔 것 같았다. 다행히 괴로운 숙취는 없었다.

아파트 창문 셔터를 열자 햇빛이 비쳐 들어왔다. 이불을 말리자는 생각이 들었다. 오늘은 이틀에 한 번, 장을 보는 날이다. 벌써 시간이 이렇게 됐으니 요쓰바의 하트 마트도 문을 열 것이다. 글 쓰기 전에 다녀오자. 말리고, 다녀오자.

아침 스트레칭과 세수, 양치를 재빨리 해치우고 베란다에 이불을 널었다.

지금 생각해보니 어릴 적에는 왜 이불을 말리는지 도통 알 수가 없었다. 어제도 말린 이불을 엄마는 왜 오늘도 말리는 걸까. 젖은 것도 아닌데 왜 그렇게 이불을 못 말려서 난리지? 정말 희한했다.

애들이란 그런 법이다. 맑음, 비, 구름은 알아도 습도는 모른다. 정확히 말하면 의식하질 않는다. 장마철에 복도가 축축해지더라도 그 이유까지는 생각하지 않는다. 왠지 좀 젖어 있네, 이러면 슬라이딩 못 하는데, 같은 생각이나 한다.

어느 정도 자라고 나면 마침내 장마와 여름의 습기를 이해하게 된다. 똑같이 더운 날이라도 바싹한 날과 꿉꿉한 날이 있음을 깨닫는 것이다. 이불이 서서히 물기를 머금어가는 게 느껴진다. 아재가 되면 서서히 스미는 그 물기가 불쾌해진다. 그래서 말리고 싶어진다. 할 수만 있다면 매일이라도 말리겠다.

그런데 지나쳤다. 하기로 정한 일은 해야만 직성이 풀리는 내 단점이 작용했다. 맑은 날에는 이불을 말린다. 그렇게 정해뒀다. 그 맑음의 범위가 너무 넓어졌다. 조금이라도 맑으면 말린다, 비만 안 오면 말린다, 의 상태가 되어버렸다.

집을 나설 때는 별로 볕이 들지 않았다. 창문을 열었을 때만 잠깐 햇볕이 내리쬐었던 것 같기도 하다. 뭐 문제없겠지 싶어서 요쓰바의 하트 마트를 향해 걷기 시작했다.

집에서 나올 때만 해도 하얗던 하늘이 육교를 건널 무렵부터 회색으로 바뀌었다. 꽤 짙은 잿빛이었다. 어라, 이거 좀 위험한 거 아냐? 그때 처음 이런 생각이 들었다. 설마, 괜찮겠지. 이쯤 되자 근거 없는 자신감이 넘치는 중고생이나 다름없어진다.

괜찮지 않았다. 미쓰바의 하늘에 게릴라가 숨어 있었다. 잿빛 하늘은 눈 깜짝할 새에 검게 물들었다. 물에 검은 물감을 풀어놓은 모양새였다.

요쓰바 쪽으로 육교를 건넌 순간 쏴아 하고 쏟아졌다. 예고 따위 없음. 난데없이 쏴아. 하늘에서 누군가 나를 겨냥해 양동이에 물을 담아 퍼붓는 느낌이었다. 하늘의 누군가. 기노카?

말도 안 돼. 큰일이다, 큰일이야, 큰일 났다고. 이불 널어놓고 왔잖아! 1층의 좁은 베란다. 일단 차양이 있긴 하지만 없는 것이나 진배없다. 무방비.

바깥에 무방비 상태로 널어둔 이불 위로 비가 내린다. 이비, 절대로 내려선 안 됐다. 신발은 괜찮다. 빨랫감들도 괜찮다. 괜찮은 건 아니지만 별수 없다. 하지만 이불만은 안 된다. 절대로 안 돼.

일단 나도 비를 맞지 않는 곳으로 몸을 피했다. 버스가 다니는 길가에 있는 오코노미야키 가게의 처마 밑으로. 오전 열 시 반을 조금 넘긴 시간. 가게는 닫혀 있다.

노면에 부딪힌 물방울들이 통통 튕겨 오를 정도로 무시무시한 비다. 호우. 육교 밑 도로에 가득한 빗물이 마치 강물인

양 흐른다. 그 강물을 바라보며 나는 넋을 잃고 서 있었다.

게릴라 호우 vs 솜이불. 승산이 없다. 샌드백 수준이 아닐 거다. 샌드백은 사람들의 펀치를 받아내기 위해 만들어졌지만, 솜이불은 비에 젖기 위해 만들어지지 않았다. 샌드백은 펀치를 맞을 뿐이지만 솜이불은 물을 다 흡수해버린다.

이 정도 비면 3분만 맞아도 아웃일 텐데 호우가 20분이나 이어졌다. 그러더니 뜬금없이 그쳤다. 시작도 갑작스럽더니 끝도 갑작스럽다. 한순간에 구름이 걷히고 푸른 하늘이 펼쳐진다.

캘리포니아, 라는 단어가 머릿속에 떠오른다. 초등학생 때 캘리포니아 스카이라는 이름의 드롭 핸들이 달린 자전거를 탔던 일까지 기억났다.

그냥도 더운데 해까지 나니 급격하게 기온이 상승했다. 지면이 젖어 있으니 습도도 오른다. 그런데도 나는 여전히 오코노미야키 가게의 처마 아래 멍하니 서 있다. 충격이 컸던 탓이다. 현실을 받아들일 수가 없다.

나는 1지망 대학에 떨어졌다. 그때도 이렇게까지 충격이 크진 않았다. 이런 말을 꺼내면 안 되겠지만 아버지가 돌아가셨을 때도 마찬가지다. 물론 충격을 받기는 했지만 어느 정도 예상은 했었다. 각오하고 있었다.

지금 이건 다르다. 입시 실패나 아버지의 죽음과는 달리 내 손에 달려 있었다. 피하려면 피할 수 있는 일이었다. 그런데 피하지 못했다. 구름의 움직임이 충분히 수상했는데도 뭐 괜찮겠지 하고 나와버렸다. 근거 없는 중고생의 치기가 아니라 노쇠한 아재라서 내린, 뭐 괜찮겠지 하는 판단이었다.

빨래한 옷가지를 널어놓은 날 비가 내린 경험을 한 사람들이야 많겠지. 하지만 이불은 다르다. 이 정도 수준의 게릴라를 경험한 사람은 생각보다 많지 않을 것이다. 평생 한 번도 겪지 않는 사람이 더 많을 거야.

충격을 받아 드러눕고 싶지만 드러누울 때 쓸 이불이 없다. 망했다. 앞으로 어떡하지. 덮는 이불이면 모르겠는데 하필이면 깔개랑 매트리스, 더블. 쓸 수 있을 리가 없다. 잘 수 있을 리가 없어. 어떡해야 하나. 물이 뚝뚝 떨어질 정도로 젖은 그 이불을 어떻게 처리해야 한단 말인가. 당장 오늘 밤엔 어떻게 잔담.

곧장 이불을 사러 간다. 그리고 전자레인지를 샀을 때처럼 직접 들고 간다. 깔개와 매트리스. 여차하면 두 번 왕복한다. 기력이 달리면 오늘은 깔개만 산다. 이게 맞겠지.

손자가 있는 마스유키는 이렇게 멍청한 짓은 안 할 거야. 손주를 위해 이불을 말려주기야 하겠지만 이런 식으로 위험을 무릅쓰지는 않을 것이다. 설령 지금 막 이불을 널었더라도 구름의 움직임이 수상하면 곧바로 걷을 것이다. 그대로 외출하는 짓은 안 할 테지.

이제 와 바둥거려봤자 소용없다. 나는 집으로 가지 않고 곧바로 하트 마트로 향했다.

도중에 그 할아버지랑 또 마주쳤다. 자전거를 탄 할아버지. 역시나 뭐라고 말하고 있다. 스쳐 지나간다.

"아익, 웃쇼."

웬일로 확실히 알아들었다. 내가 들으려고 했기 때문이겠지. 그리고 깨달았다. 인사였구나. 아이고, 안녕하쇼. 나는 서둘러 뒤를 돌아 이렇게 답했다.

"안녕하세요."

"엇, 요오~" 같은 소리를 내며 할아버지가 멀어진다.

살짝 초조해졌다. 할아버지가 여태 인사를 했던 거라면 난 계속 무시한 꼴이 된다.

장을 보고 집에 돌아오니 이불이 흠뻑 젖어 있었다. 솜 안쪽까지 물이 다 스몄다. 그럴 만도 하지, 비가 그렇게 왔는데. 연못에 처박힌 것이나 다름없다.

그런 줄 알았는데 여기서부터가 놀라웠다.

설마 방법이 있으리라고는 기대조차 안 했다. 오전에는

게릴라 호우에 감정이 곤두박질치더니 오후에 다시 한번 요동쳤다. 온종일 격동했다고 해도 과언이 아니다.

오전 열 시 반을 조금 넘겨 게릴라 호우가 쏟아졌고 20분 후쯤 비가 그쳤다. 그러니까 이불을 말리던 원래 상태로 돌아온 때가 오전 열한 시쯤이었다는 뜻이다.

이날은 어쩔 수 없이 저녁 여섯 시까지 계속 이불을 말렸다. 그리고 그 저녁 여섯 시에는 웬걸, 이불이 말라 있었다. 내부가 스펀지 같은 매트리스뿐만 아니라 솜 깔개까지.

군데군데 누런 얼룩이 조금 남기는 했다. 그거야 어쩔 수 없다. 그래도 말랐다. 두께가 제법 있는데도 안쪽까지 바싹 말라 있었다. 말이 돼? 의구심을 안고 방에 이불을 들여와 깔고, 누웠다. 밑에서부터 서서히 물기가 배어 나온다든가 하는 일은 일어나지 않았다. 정말로 마른 것이다. 햇볕 아래 이불을 널었다 걷었을 때의 딱 그 느낌이다.

오전 열한 시부터 오후 여섯 시. 일곱 시간. 비 온 뒤가 대개 그렇듯 햇볕은 강렬했다. 그 상태가 계속됐다. 기온이 아마 35도 가까이 됐을 것이다.

아무리 그래도 그 이불을 말리다니. 대단하잖아, 햇빛.

8월의 이구사 나타네

 가지카와 출판사에서 고야나기 다이 씨가 출간한 『야마모토 존 이치로의 모험』은 잘 팔렸다. 잘 팔렸을 뿐 아니라 일찌감치 영화화가 결정됐다. 처음부터 정해진 거나 마찬가지였다고 한다. 담당자인 니헤이 씨에게 들었다. 집필에 들어가기도 전에 이미 영화계에서 제안이 왔던 모양이다.
 나나다 겐스케 군이 담당하는 여성 작가 이치무라 가와이 씨의 책 『사랑이 없는 날, 그다음 날에』도 잘 팔렸다. 이 책은 TV 프로그램에 소개된 영향이 컸다. 인기 여성 탤런트가 예능 프로그램에서 책 제목을 언급하며 극찬했기 때문이다.

그런 일이 생기면 파급력이 엄청나다. 광고가 아닌 순수한 독자의 생생한 목소리는 역시나 힘이 있다. 실제로 방송 다음 날 판매 부수가 단숨에 급상승하는 사례도 있다. 그러다 흐지부지되기도 하지만 『사랑이 없는 날, 그다음 날에』는 탤런트의 강력한 추천이 SNS를 통해 널리 퍼지면서 그 효과가 오래 이어졌다.

나나다 군은 나보다 두 살 어린 스물여덟. 그 책이 두 번째 히트작이다. 첫 히트작은 얼마 전에 출간된 시라토 로만 씨의 축구 연애 소설 『영주님의 볼란치』.

시라토 씨는 마흔이 안 된 여성이다. 이 책을 쓰기 전까지 축구에 관해서는 문외한이었다고 한다. 한 팀의 선수가 열한 명이라는 사실조차 몰랐다고.

연애 소설 작가로 정평이 나 있던 시라토 씨에게 나나다 군이 축구라는 소재를 들고 갔다. 당사자의 표현을 빌리자면 '마구 들이밀었다'고. 작가님, 축구 선수의 사랑 이야기를 한번 써보시죠, 라고 직접 제안한 것이다.

처음에는 시라토 씨가 별로 내켜 하지 않았지만 회의를 여러 차례 거치며 마음을 바꿨다. 스스로도 새로운 것이 필요하다는 생각을 하고 있었기 때문이다.

나나다 군은 시라토 씨를 데리고 J리그 경기를 관전하러

다녔다. 1부가 아닌 3부 리그. 클럽에서 취재 허가도 받아냈다. 그렇게 열심히 달린 결과, 마침내 히트작을 탄생시켰다.

『영주님의 볼란치』라는 제목도 한몫했다. 볼란치라는 용어로 축구와의 연관성이 전달된다. 영주님이라는 단어와의 조합도 흥미롭다. 의미도 명확하게 담겨 있다. 경기의 방향을 잡는 수비형 미드필더인 볼란치, 이른바 팀 전략의 중심. 영주라고도 할 수 있다.

니헤이 씨도 나나다 군도 성과를 올렸다. 나는 어떤가.

담당인 미도리 도키무네 씨의 미스터리 소설 『배럴하우스 부기』는 잘 팔리지 않았다.

미도리 씨는 올해로 마흔다섯이다. 본명은 이케베 게이시. 원래 이름도 충분히 근사해서 본명을 써도 좋았을 것 같은데 미도리 씨는 데뷔와 동시에 필명을 지었다. 도키무네는 호조 도키무네北条時宗(가마쿠라 막부에서 섭정을 통해 일본을 통치하고 몽골 제국과 싸웠던 인물― 옮긴이)에서 따왔다. 특별히 그를 좋아하는 건 아니지만 도키무네라는 발음의 울림이 마음에 들었단다.

『배럴하우스 부기』는 제목이 별로였다. 배럴하우스란 20세기 초반 미국에 있던 저렴한 술집을 뜻한다. 그곳에서 재즈 음악이 연주되곤 했다고 한다. 이야기의 배경은 그 시대의 미국이 아니다. 현대 일본. 라이브 클럽에서 일어난 살인 사건을 그린 미스터리 소설이다.

나는 미도리 씨에게 말했다.

"대부분은 배럴하우스란 말을 모를 것 같아요. 어떤 얘기인지 상상이 안 갈 텐데 그러면 마이너스 아닐까요."

미도리 씨는 이렇게 답했다.

"그래도 부기가 들어가니까 음악과 관련이 있다는 건 알지 않을까."

"부기라는 말도 그렇게 일반적이진 않으니까요."

"일반적으로 쓰지 않더라도 음악이란 건 알겠지."

"행여 알더라도 뚜렷한 이미지가 떠오르진 않을 것 같은데요."

"안 떠올라도 괜찮아. 아는 사람만 알면 되니까. 모른대도 딱히 문제 될 건 없잖아."

대화는 계속 이 패턴이었다. 평행선. 제목에 대한 소신이 무척 확고했던 미도리 씨는 끝까지 물러서지 않았다.

"이 작품은 이 제목이 아니면 의미가 없어."

이런 말까지 들었으니 방도가 없었다. 나 자신도 더는 밀어붙이면 안 되겠다고 판단했다. 이 제목이 아니면 책을 내지 않겠다는 말이 나올 수도 있었다.

그럼, 그냥 내지 맙시다. 그렇게 될 가능성도 없지는 않다. 없지는 않지만, 현실적이지도 않다. 벌써 이래저래 비용이 들어갔기 때문이다. 요코오 씨의 경우와는 완전히 다르다. 심각한 사태를 초래하게 된다.

그렇다고 한들, 미도리 씨의 탓은 아니다. 내 잘못이다. 미도리 씨에게 더 좋은 제목을 제안하지 못했던 내 잘못. 어떤 제목을 제안했어도 '배럴하우스 부기'가 낫다는 답이 돌아오기는 했을 것이다. 하지만 조금이라도 관심을 끄는 제목을 제안했다면 그것을 계기로 더 밀어붙여볼 수도 있었다.

결국 『배럴하우스 부기』는 빗나갔다. 화제조차 되지 않았다. 제목만이 문제는 아니었을 것이다. 총체적으로 잘 풀리지 않았다. 지금 그 책이 세상에 나오는 의미를 제대로 어필하지 못했다.

반드시 새로워야 하는 것은 아니다. 그러나 책도 상품인 이상, 눈길을 끄는 무언가가 필요하다. 내용이 좋으면 된다? 물론이다. 그러나 그것은 최소한의 조건일 뿐, 그것만으로 책을 많이 팔 수는 없다. 어렵다. 정답은 없다. 만약 무엇이 정답인지 알 수 있다면 모든 책이 잘 팔리겠지.

미도리 씨는 『배럴하우스 부기』 전에도 우리 회사와 두 권의 책을 냈다. 두 권 모두 구로타키 마오리가 담당했고 뒤를 이어 내가 맡게 됐다. 마오리가 부서 이동을 한 것은 아니다. 특별히 갈등이 있지도 않았다. 그저 다음에는 남자 편집자와 일해보고 싶다는 미도리 씨의 요청이 있었다. 그때 마오리가 나를 추천했다. 마침 잘 맞을 것 같은 동기가 있는데, 이구사 편집자는 어떠세요? 하고.

그러니까 내가 요코오 씨를 담당하게 된 것과는 조금 다른 형태였다. 자주 일어나는 일은 아니지만 그렇다고 전혀 없는 일도 아니다. 예를 들어 이치무라 가와이 씨와 나나다 군이 그렇다.

이치무라 씨의 예전 담당자는 여성이었다. 지금은 정보지 편집부에서 일하는 교고쿠 쓰바사 씨다. 이번에는 남성의 의견을 들어보고 싶다며 이치무라 씨가 남성 편집자를 희망했다. 그런 연유로 기타자토 편집장이 나나다 군을 담당으로 지명했다. 결과적으로는 성공이다. 『사랑이 없는 날, 그다음 날에』는 잘 팔렸으니까.

오늘은 겐푸칸이 주최한 파티에 참석했다. 작가들도 몇 명 올 거라며 니헤이 씨가 같이 가자고 권했다.

그러나 참석 예정이었던 고야나기 다이 씨가 직전에 취소하는 바람에 결국 니헤이 씨도 가지 않게 되었다. 이렇게 된 이상 나도 갈 필요는 없었지만, 면식 없는 작가들에게 인사라도 해둘 겸 혼자 가기로 했다.

장소는 마루노우치. 약간의 시간 여유가 있었기 때문에 요코오 씨를 흉내 내어 황궁 옆길로 걸어갔다.

파티에는 시라토 로만 씨와 이치무라 가와이 씨가 와 있었다. 우리 출판사에서는 나나다 군이 담당하는 두 작가였다. 각자 겐푸칸 담당자가 옆에 붙어 인사하러 오는 인파를 정리하고 있었다.

나나다 군을 제치고 저 자리에 나서기도 뭣해서 따로 인사는 하지 않기로 했다. 그 대신 눈에 들어온 다른 출판사 편집자 몇 명과 이야기를 나눴다.

이 편집자들 대부분은 이런 파티를 통해 알게 되었다. 때로는 이런저런 정보를 교환하기도 한다. 약간의 눈치 싸움도 있다. 저 작가가 차기작으로 어떤 내용을 구상하고 있는지, 어느 정도 진척되었는지 등의 정보를 알아내 본인 회사에서 출간할 가능성을 타진하는 것이다.

다른 출판사 직원들이라고 해서 껄끄러운 분위기가 조성되지는 않는다. 출판계는 워낙 좁아서 오히려 동료 의식이 강하다. 이른바 전우 같은 관계가 되는 것이다. 직접 얽히는 일이 없는 만큼 다른 출판사 사람들과의 대화가 더 편할 때도 있다.

회장을 한 바퀴 쓱 돌고 슬슬 집에 갈까 생각하는데 등 뒤에서 누가 말을 걸었다.

"이구사 씨."

뒤를 돌자 아담한 체구에 안경을 쓴 여성이 보였다. 도가와 후카 씨다. 스이레이샤의 편집자.

"어, 안녕하세요."

"이구사 씨도 와 계셨네요."

"네. 선배가 가자고 해서 왔는데 정작 그분은 안 오셨어요."

그 선배가 니헤이 씨라고는 말하지 않았다. 그러면 고야나기 씨가 직전에 참석을 취소했다는 이야기까지 나오게 될 테니까.

"역시 겐푸칸은 대단하네요"라고 도가와 씨가 말했다. "특별한 일도 없는데 이런 파티를 열다니."

"특별한 일까진 아니어도 항상 뭔가가 있는 회사이기도 하니까요."

스이레이샤와 가지카와도 대형 회사이긴 하지만 회사 규모 자체만 보면 겐푸칸에 비할 것이 못 된다.

도가와 씨와는 전에도 이런 자리에서 몇 번인가 인사를 나눈 적이 있다. 그래서 요코오 씨를 담당한 적이 있다는 사실도 알고 있다. 문예 편집장이 된 모모치 씨의 후임이었다. 그렇게 『3년 남매』를 출간하게 된 것이다.

마침 잘됐다는 생각에 말을 꺼냈다.

"저도 요코오 씨를 담당하게 됐어요."

"아, 그러세요? 가지카와에서 원래 담당하시던 분이 그… 누구셨더라."

"아카미네 씨요."

"맞다, 아카미네 씨. 몇 번 뵌 적 있어요. 부서를 옮기셨나요?"

"네. 4월에요. 순문학 쪽으로 가셨어요."

"요코오 씨를 계속 맡진 않으셨나 보네요."

"네, 그렇게 됐어요."

잠시 망설였지만 그냥 경위까지 말하기로 했다. 요코오 씨가 도가와 씨에게 직접 말할 수도 있으니까. 요코오 씨가 우리 회사를 나쁘게 말하지는 않겠지만 도가와 씨가 어떻게 받아들일지는 알 수 없는 일이다. 아카미네 씨를 안 좋게 볼 수도 있다. 그것만큼은 피하고 싶었다.

부드러운 어조로 상황을 전했다. 그 장편은 요코오 씨가 제안한 기획이었다는 것. 두 차례 수정을 거쳤으나 이렇다 할 결과가 나오지 않았다는 것. 요코오 씨에게는 미안하지만 새로운 작품을 쓰는 방향을 제안했던 것. 그 직후에 아카미네 씨가 부서 이동을 했다는 것. 그 일을 내가 이어받게 됐다는 것까지.

"그렇게 된 거였군요." 도가와 씨가 답했다.

"작가님한테 얘기 못 들으셨어요?"

"네. 최근엔 연락을 안 해서요. 슬슬 다음 책을 준비할 생각이긴 한데."

"어떤 작품인지 정해지긴 했나요?"

"아뇨, 작가님의 기획을 기다리는 중이에요."

『토킹 블루스』 때랑 비슷한 상황인가, 생각하고 있는데 도가와 씨도 같은 생각을 했는지 웃으며 이런 말을 꺼냈다.

"작가님이 혹시 새 기획이 아니라 가지카와에서 엎어진 그 원고를 가지고 오시는 거 아닐까요?"

"그렇지는 않을 것 같은데요."

"그 장편 그 정도로 별로였나요?"

"실은 저도 아직 안 읽어봤어요. 담당이 되자마자 엎어진 원고부터 읽는 것도 작가님한테 실례인 것 같아서요. 괜한 선입견이 생기는 게 싫기도 했고요."

"만약의 경우지만, 혹시 그 원고가 마음에 들면 스이레이샤에서 출간해도 되는 건가요?"

"그건 괜찮습니다. 저희 쪽에서 이래라저래라 할 수 있는 부분도 아니니까요."

"음, 현실적으로 어렵긴 하겠죠. 아카미네 씨의 판단이 틀렸을 확률도 낮고. 대화체로 이어진다는 점이 재미있을 것 같긴 한데 독자들한테는 낯설 수도 있겠어요."

"저기, 뭐라도 좀 마실까요?"

"그래요."

우리 둘은 가까운 테이블에 있던 우롱차 잔을 집었다.

도가와 씨가 한 모금 마시더니 입을 열었다.

"새 작품은 잘 진행되고 있나요?"

"지금 쓰고 계세요."

"출간은요?"

"내년 2월 예정입니다."

"꽤 금방이네요."

"죄송해요. 뭔가 저희가 중간에 끼어든 모양새가 됐네요."

"아녜요. 원래 내기로 예정되어 있던 책인걸요. 작가님한테도 그게 좋을 테고요. 원고료 문제도 있고."

동감이다. 기획이 엎어져도 우리는 돈을 받을 수 있다. 회사원이니 월급은 들어온다. 하지만 작가들은 다르다. 곤란해진다. 그렇다고 작품에 대한 판단 기준을 낮출 수는 없는 일이지만.

만약 내가 그렇게 된다면. 처음으로 한발 더 들어가 생각해본다. 원고를 엎었다는 이유로 내 월급이 삭감된다면 나는 퇴짜를 놓을 수 있을까. 나한테 유리한 쪽으로 판단하지는 않을까.

"요코오 작가님, 좀 재미있는 분 같지 않아요?" 도가와 씨가 말했다. "보기랑 다르게 은근히 사람들을 배려하시잖아요. 메일 같은 거 쓸 때도, 장난도 종종 치지만 기본적으로 정중하시고."

"맞아요. 답장도 금방 하시죠."

"빠를 땐 정말 빨라요. 5분 만에 올 때도 있다니까요. 그럴 때는 아, 컴퓨터 앞에 앉아 계셨구나, 알게 돼요. 두 시간 정도 걸리면 산책 다녀오셨구나, 더 오래 걸리면 어디서 회의하고 오셨나 보네."

"그런 것까지 아세요?"

"알아요. 작가님이 직접 얘기하셨거든요. 휴대폰으로 메일 쓰는 법을 잘 몰라서 그렇게 된다고."

"아, 하긴 저도 종종 들었어요. 본인은 IT 약자라고."

"메일도 업무 외에는 거의 안 쓰신대요. LINE 같은 건 원래 안 하고. 익숙지 않으니까 쓸 때마다 괜히 더 조심하게 된다고 그러시더라고요. 저는 작가님보다 스무 살이나 어린 데다가 작가와 편집자 관계잖아요. 작가님이 신경 쓸 필요는 없는데 말이죠."

"도가와 씨, 작가님이랑 스무 살 차이예요?"

"네. 얼마 전 결국 되고 말았어요, 서른이."

"동갑이네요. 저도 서른이에요."

"아, 그래요? 저보다 몇 살 아랜 줄 알았어요. 이구사 씨는 어려 보이셔서."

"덜 자란 것뿐이에요."

"우리 말고도 이런 경우 꽤 있겠죠. 정작 본인들은 모르지만 실은 동갑인 사람들."

"나이는 별로 중요하지 않으니까요. 같은 회사면 그나마 선후배의 개념이 있겠지만 다른 회사면 애초에 나이를 물어볼 일도 없잖아요. 특히 여자분들한테는 더 묻기 어렵고."

"요코오 작가님도 그런 거 안 물어보세요. 아마 제가 말했던 것 같긴 한데. 작가님, 제가 몇 살인지 아시려나. 혹시 한 마흔쯤으로 알고 계신 거 아닌가. 다음에 만나면 말 좀 해주세요. 스이레이샤의 도가와랑 동갑이라고."

"기회를 봐서 말해둘게요."

"부탁 좀 드릴게요" 하고는 이어 말한다. "요코오 작가님은 '작가 선생님'의 분위기를 풍기지 않아서 편하죠. 이런 말 하면 좀 그렇지만 회의하러 갈 때 하나도 긴장이 안 돼요."

"그렇긴 해요. 처음 만날 때는 어쩔 수 없이 좀 긴장했거든요. 작품이 엎어진 후에 맡게 됐으니까."

"분위기 싸하겠구나, 싶으셨죠?"

"그랬어요. 근데 괜찮더라고요. 아 맞다, 스이레이샤의 모모치 씨한테 받은 다운재킷 얘기도 해주셨어요."

"겨울철이면 입는 그 옷 말이죠? 이탈리아제에 꽤 비싸다는."

"그거요."

"물려받기가 아니라 올려받기."

"맞아요."

"사실 작가님도 화가 전혀 안 났을 리는 없을 텐데."

"그럴 리 없죠."

"타격이 꽤 큰 일이잖아요, 작가님 입장에서는."

"크죠."

"그렇지만 출판사로서도 아무거나 낼 수는 없으니까. 어쨌든 이구사 씨가 담당이라니 잘됐네요. 작가님이랑 얘기하기도 좋고요. 아무래도 다른 출판사 일은 물어보기 어려운 부분도 있는데 마음이 편해졌어요."

"저도요."

"2월 출간 기대하고 있겠습니다. 그거 끝나면 작가님한테 저희 작품에 힘써달라고 할 거예요."

이런 이야기를 나누고 도가와 씨와 헤어졌다.

파티 장소를 빠져나와서 나는 히비야도리를 걸어 도쿄 메트로 오테마치역으로 갔다.

지하도만 통해서 가는 방법도 있지만 모처럼 온 히비야도리이니 황궁 부근 밤길을 걸었다. JR 도쿄역에서 황궁까지 쭉 뻗어 있는 교코도리. 그 길을 걷는데 주머니 속 휴대폰이 윙윙 진동한다. 꺼내서 화면을 본다. LINE으로 걸려 온 전화다. 발신자는 후지타니 히카루. 전화를 받는다.

"여보세요."

"여보세요, 나탓치?"

"응. 웬일이야?"

묻기는 했지만 용건이 뭔지 알고 있다. 책 감상평을 들려주려는 것. 히카루는 그럴 때만 이렇게 전화를 건다. 다른 용건일 때는 LINE 메시지로 보내는데 평을 들려줄 때는 통화를 한다.

"지금 전화 받을 수 있어?"

"응. 밖이긴 한데 괜찮아. 집에 가는 길이라."

"그거 읽었어. 『배럴하우스 부기』."

"그랬구나. 고마워. 어땠어?"

"솔직히 말해도 돼?"

"그래도 돼."

"뭔가 부족해."

"아, 그래."

"내 취향은 아니더라."

"미스터리 별로 안 좋아했던가?"

"꼭 그런 건 아닌데 이건 좀 안 맞았어."

후지타니 히카루. 스물일곱. 내 친구는 아니고 동생 아즈나의 친구다. 집이 가까워서 자주 놀러 왔었다. 나랑도 곧잘 이야기를 나눴다. 지금은 전공의라 바쁜 아즈나보다 나랑 대화하는 일이 더 많을지 모른다. 예전에는 나타 오빠라고 부르더니 언제부턴가 나탓치라고 불렀다.

히카루는 상당한 독서가다. 어떻게 보면 내가 출판사에 들어갔을 때 나보다 더 기뻐했던 것도 같다. 쓸모가 좀 있겠다면서. 실제로도 이런저런 질문을 했다. 내가 어떤 작가를 담당하는지, 어떤 책을 내는지. 나는 이야기할 수 있는 범위 안에서 답해줬다. 내가 담당한 책을 선물하기도 했다. 히카루는 감상을 들려줬다. 매번 성실하게 들려주니 나도 책이 나올 때마다 보내주게 됐다. 책을 주려고 일부러 만나지는 않는다. 본가에 맡겨둔다. 히카루가 오면 전해달라는 말과 함께.

"우선, 굳이 배경이 라이브 클럽일 필요가 있었을까? 작가가 음악을 좋아하는 건 알겠는데 그게 다인 것 같다고 해야 하나, 딱히 와닿질 않는다고 해야 하나."

참으로 신랄한 의견이다. 편집자도 이런 말은 하기 어렵다. 작가님이 음악을 좋아하시는 건 알겠는데요, 그걸 고집하시는 마음도 알겠는데 그게 과연 재미있을까요? 이런 말은 못 한다.

하지만 말해야 했을지도 모른다. 더 이른 단계에. 늦어도 초고를 읽었을 때.

구성안을 들었을 때부터 이거 괜찮을까 싶었다. 하지만 환골탈태할지도 모른다고 생각했다. 작가의 의견을 존중했다. 지나치게 존중하고 말았다. 환골탈태에 실패했다고는 말하지 않겠다. 그렇게 단언할 수는 없다. 많지는 않지만 호의적인 평도 있다. 음악을 사랑해 마지않는 작가의 마음이 느껴지는 작품이었다든지 라이브 클럽에 가보고 싶어졌다든지 하는.

"그리고 공감 가는 등장인물이 별로 없었어. 누구 편에 서야 할지를 모르겠더라."

공감. 많이들 쓰는 말이다. 어쩌면 독자 서평에서 가장 자주 보이는 단어일지도 모르겠다. 독자는 등장인물에 공감하고 싶어 한다. 개중에는 그것을 최우선으로 여기는 이들도 있다.

"라이브 클럽 탐정이라는 건 좀 웃기긴 했어. 무슨 목욕탕 여주인의 추리 같은 느낌이잖아. 목욕탕 여주인 레벨이 아니면 비교가 안 돼. 라이브 클럽은 목욕탕보다도 드물잖아."

"뭐 실제로 탐정이 되는 건 아니니까. 우연히 탐정 역할을 맡은 게 라이브 클럽의 주인이었을 뿐이지."

시리즈물로 만들긴 어렵겠구나, 다시 한번 확인했다. 처음부터 알고는 있었다. 단지, 한 권의 작품으로 잘 팔리길 바랐다. 독자들이 즐겨주었으면 했다.

"읽는 데 시간이 좀 걸렸어. 늦어서 미안."

"아냐. 읽어준 걸로 충분해. 근데 왜? 요즘 일이 바빠?"

"아니. 그런 건 아니고, 읽을 책이 밀려서."

히카루는 시계 제조 회사에 다닌다. 손목시계는 만들지 않는다. 탁상용이나 벽시계 같은 걸 취급하는 회사다. 회사는 본가 근처에 있다. 걸어서 10분이면 갈 수 있다. 그래서 아직도 부모님 댁에 산다. 집을 따로 구할 필요가 없으니까.

"히카루, 아즈나랑은 종종 만나?"

"요즘에는 못 만났어. 나탓치는?"

"나도 전혀."

"힘들겠지, 의사니까. 뭐더라? 수련의랬나?"

"전공의."

"아, 그랬지. 그래도 안심이야. 아즈나가 이구사 클리닉의 선생님이 된다니. 우리 엄마도 그러더라. 아프면 입원시켜 주지 않을까? 뭐 이런 얘기도 하고."

"입원은 못 하지. 클리닉인데."

"대형 병원을 만들면 되잖아. 고토 이구사 병원, 뭐 이런 이름으로."

"그럴 땅이 없다."

"땅이야 사버리면 그만이지. 돈도 많은데."

"없어. 그럴 돈이 어딨어."

"거기에 아즈나처럼 젊은 여의사가 오면 남자 환자들이 다 두근두근하겠다."

"아즈나가 그 병원에 들어가더라도 더 나이 먹고 나서지. 아직 아버지도 계시고."

"아버지, 이구사 선생님은 지금 연세가 어떻게 되지?"

"쉰아홉."

"그렇구나. 의사니까 앞으로 10년은 문제없으시겠네."

"은퇴하기 몇 년 전에는 불러들이시지 않을까."

"난 당연히 오빠가 뒤를 이을 줄 알았지."

나도 그렇게 생각했었다. 고등학교 3학년 3월 의학부 입시에 줄줄이 낙방하기 전까지는.

"설마 출판사에 들어갈 줄이야. 역시 머리 좋은 사람은 다르구나 싶어서 감탄했다니까."

"정말로 감탄을 했다고?"

"응, 했어. 넘어져도 어설프게 일어나진 않네, 하고."

"비유가 묘하네."

"고맙기도 하고. 책을 주잖아. 그것도 부모님 집을 못 떠나는 소소한 이유 중 하나일지 몰라."

"따로 살아도 책은 챙겨줄게."

"진짜?"

"응."

"그럼, 그냥 독립해버릴까. 벌써 스물일곱이니 나갈 때가 지나긴 했지. 근데 이 주변 집값이 비싸더라고."

"잘 찾으면 싼 데도 있어."

"원룸에 10만 엔 막 이렇잖아."

"7만 엔 정도 하는 곳도 있을 거야."

"지은 지 30년 넘은 그런 건물?"

"30년이면 그렇게 오래된 것도 아닌데 뭐."

"나탓치랑 동갑이잖아."

"동갑이라니."

"하긴 우리 집도 지은 지 30년은 됐을 거야. 아니, 재건축 30년인가. 부럽다, 아즈나랑 나탓치. 나도 돈 많은 집에서 태어났으면 좋았을 텐데. 의사가 아니어도 좋으니 부잣집에서 태어나고 싶었다고."

"의사는 아니어도 상관없어?"

"상관없어. 너무 고되잖아. 아즈나를 보고 생각했어. 의사가 되는 데만 10년이 넘게 걸리잖아. 재미없는 소설 같은 거 읽을 시간도 없고."

"허어, 재미없는 소설이라 그랬지, 방금."

"아니 『배럴하우스 부기』가 그렇다는 게 아니라. 그냥 일반적인 표현으로."

"소설이 재미없다는 게 일반적인 표현이라니 그게 더 곤란한데."

"재미있는 소설 읽을 시간도 없고, 이렇게 말하면 느낌이 안 살잖아"라며 히카루가 웃는다.

나도 따라 웃었다. 재미있는 녀석이라니까, 옛날부터 쭉.

중학생 때, 가출했다면서 토요일 오후에 우리 집에 온 적이 있었다. 그러더니 평소처럼 아즈나랑 놀고 나서 저녁밥 먹을 시간에 맞춰 집에 갔다. 가출이라며? 하고 물었더니 아! 했다. 까먹고 있었던 거다.

이제 슬슬 끊을 타이밍인가 싶었는데 바로 그 히카루가 말을 이었다.

"근데 나탓치."

"어?"

"아즈나가 만나는 사람, 알아?"

"뭐? 남자친구 생겼어?"

"아, 역시 모르는구나."

"몰랐어. 요즘 얼굴도 못 봤으니까."

"나도 만난 건 아닌데 마지막으로 봤을 때 남자친구 생겼었거든. 같이 갔던 미팅에서."

"미팅? 아즈나랑 같이?"

"응. 마침 시간이 있다길래."

"그래서 남자친구가 생겼다고?"

"응. 근데 그 남자가 좀 위험한 사람 같아서."

"위험하다고?"

"뭐 폭력을 쓰거나 그런 식으로 위험한 건 아니고. 아무렇지도 않게 바람을 피우고 그러는 부류. 내키면 세 다리도 걸치고 그러나 봐."

"하아."

"시부사와 군이라고 몰라?"

"몰라."

시부사와 도모타다라는 사람이란다. IT 관련 회사에 다닌다고.

"히카루는 어떻게 그 남자가 그런 놈이란 걸 알았는데?"

"그 미팅이 4대 4였거든. 나랑 아즈나랑 여자 둘이 더 있었어. 내 고등학교 동창들."

히노 아미, 후루키 신이 함께였단다.

"우리가 잡은 미팅에 아즈나를 부른 거였어. 근데 시부사와 군이 미팅에서 아즈나랑 잘되고 나서 아미한테도 연락을 했나 봐. 아즈나만 다른 학교를 나왔다고 그때 말했었거든. 아즈나랑 아미는 친분이 없다는 걸 아니까 안 들킬 줄 알았던 거겠지."

"다른 친구한테도 연락을 했다고?"

"어. 그 얘길 아미가 나한테 해줬어. 그 사람이 자기한테 이러는데 어떡하면 좋겠냐면서."

"아즈나는 그걸 알아?"

"말했어. 모른 척할 수가 없잖아."

"아즈나는 뭐래."

"알았다고. 내가 그날 만나서 메신저 아이디 교환했던 다른 남자한테 연락해서 시부사와 군에 대해 슬쩍 물어봤거든. 그 두 사람도 별로 안 친해 보이길래 괜찮을 거 같아서. 그랬더니 그런 사람이더라고."

"그런 사람."

"손이 빠른 남자? 손이 몇 개나 달린 남자."

"아즈나한테 그 얘기도 했고?"

"했어. 당연히 해야지."

"아즈나는?"

"알았대. 근데 헤어지진 않은 것 같더라고. 그래서 나탓치한테 말하는 거야. 미팅에 불러낸 사람으로서 책임감도 좀 있고, 아즈나가 의사가 되겠다고 몇 년 동안 얼마나 애썼는데 이상한 놈한테 걸리면 안 되잖아. 나탓치도 그건 원치 않을 거 아냐."

"원치 않지."

아즈나는 언젠가 병원을 이을 것이다. 결혼도 하겠지. 그게 어떤 형태일지는 알 수 없다. 시댁으로 들어갈지, 남편이 우리 집에 들어와 이구사 집안을 이어갈지.

아즈나 본인의 생각이 어떤지도 모른다. 내가 참견할 수 있는 문제도 아니다. 친오빠니까 말해볼 수 있을지도 모르지만, 말 못 한다. 난 동생에게 많은 짐을 얹어준 오빠니까. 그런 남자 만나지 마, 같은 말은 차마 꺼낼 수 없다.

"그래도 내가 아즈나한테 얘기하면 히카루가 말했다는 게 들통날 텐데?"

"그런 건 상관없어. 아즈나를 위해서니까. 아즈나를 위해서란 말도 좀 웃기지만 안 좋은 일이 생기면 안 되잖아."

"안 좋은 일까진 안 생길 거야. 아즈나도 바보가 아니니까."

바보는 아니다. 나보다 머리도 훨씬 좋다. 성적 편차치도 높았다. 의사가 됐을 정도니까.

"나탓치 생각이 그렇다면 괜찮을지도 모르지만, 일단 알아는 둬."

"응. 알아는 둘게. 신경 좀 써볼게."

"다행이다, 얘기할 수 있어서. 나도 어떻게 해야 하나 생각이 많았거든. 아무리 그래도 나탓치한테 말하는 건 과하지 않나 싶기도 하고."

"나도 알게 돼서 다행이야. 아즈나 얘기도, 책에 대한 감상도."

"미안, 책 얘기는 말이 좀 심했지. 작가한테는 말하지 마."

"말 안 해."

지금은 이렇게 답하지만, 미도리 씨한테 넌지시 이야기해 봐야 할지도 모른다. 신뢰할 수 있는 독자의 의견을.

"그럼, 끊을게. 밤늦게 미안."

"아직 늦은 시간도 아닌데 뭘. 고마워."

"책 또 보내줘."

"응. 나오면 연락할게. 본가에 맡겨놓고."

"기대할게. 그럼, 안녕."

"그래."

전화를 끊는다.

나도 모르는 새에 멈춰 서 있었기 때문에 다시 히비야도리를 걷기 시작했다. 횡단보도를 건너 지하로 내려간다.

아즈나한테 그런 일이 생겼구나.

다음 날은 토요일. 오랜만에 아야네와 내가 같이 쉬는 날이라 예전부터 약속해뒀던 한 달에 한 번 하는 카페 데이트에 나섰다.

6월은 긴자였고 5월은 에비스였다. 이번에는 아야네의 제안으로 비교적 가까운 니혼바시에 갔다. 가게도 아야네가 골랐다. 역시나 디저트가 유명한 가게였다. 인테리어는 블랙을 기본으로 꾸며져 있었다. 여태 써본 적 없던 '시크'라는 표현을 쓰고 싶어졌다. 세련된 가게이긴 했는데 지난번이나 그전처럼 고급 카페는 아니었다.

케이크는 카운터 쇼케이스에 진열된 것 중에서 선택하게 되어 있었다. 아야네는 딸기 타르트를, 나는 슈크림을 골랐다. 거기에 같이 나눠 먹을 롤케이크 하나도 추가했다.

우리는 테이블 자리에 앉았다.

"아야네가 이런 가게를 고르다니, 드문 일이네."

"이런 가게?"

"종이컵에 커피가 나오는 가게."

"아. 스타벅스 같은 데도 그렇잖아. 가끔은 이런 데도 괜찮지."

쉬는 날에는 조금 호화로운 카페에서 쉬자는 게 이 데이트의 취지인데 그것과는 조금 맞지 않는 듯한 느낌이 든다. 아야네가 괜찮다니 상관없지만.

슈크림을 먹는다. 예상대로 맛있었다. 생각해보면 맛없는 디저트란 걸 먹어본 적이 없는 것 같다. 난 뭘 먹어도 맛있어, 라고 말하던 요코오 씨의 말이 떠오른다.

"나, 니헤이 씨 만났어."

"어?"

"가지카와의 니헤이 씨."

"아아."

"『야마모토 존 이치로의 모험』 영화화 건으로. 내가 맡게 됐거든. 정확히는 내가 나서서 담당하고 싶다고 했어."

"그랬구나."

아야네를 니헤이 씨와 연결해준 것은 나다. 니헤이 씨는 나와 아야네가 사귀는 사이라는 걸 안다. 아야네가 광고대행사에 다니는 것도. 4월에 영화 관련 부서로 옮긴 후에 아야네의 명함을 전해줬다. 니헤이 씨를 위해서라기보다 고야나기 작가의 팬인 아야네를 위해서. 뭐, 연결해줬다고는 하지만 내가 한 일은 그것뿐이다. 그 후의 일은 아야네가 직접 발 벗고 뛰어서 이뤄냈다. 역시나 아야네.

"그래서 니헤이 씨도 동석해서 고야나기 씨를 만났어. 이런저런 얘기도 듣고."

"잘됐네."

"잘됐지. 고야나기 씨가 시간을 많이 내주셔서. 소설 쓸 때의 얘기도 해주시고."

"오호, 팬이라고 말했어?"

"일 때문에 만난 거라 그런 말 하면 안 되는데, 그냥 말했어."

"말하면 안 될 건 없지. 작가님도 들으면 기분 좋을 테고."

"응. 안 그래도 그렇게 말해주시더라. 사인도 해달라 그럴까, 살짝 고민했어."

"안 받았어?"

"거기까지는 좀 그렇더라고."

"그것까진 괜찮을 거 같은데. 사인해달라는 말이 기분 나쁠 리는 없지 않나."

"그런 말도 하시길래 다음에 만날 때 부탁드린다고 했어. 사인 용지 제대로 준비해둔다고. 고야나기 씨, 웃으시더라. 니헤이 씨도 웃고."

상상이 간다. 아야네는 그런 일에 능숙하다. 분위기를 화기애애하게 만들 줄 안다. 상대방을 기분 좋게 해줄 줄 안다. 머리가 좋아서가 아니다. 천성적으로 지닌 능력이다. 편집자 중에도 잘하는 사람과 서툰 사람이 있다. 나는 서툰 쪽에 속하는 것 같다. 니헤이 씨는 틀림없이 잘하는 편이다. 스이레이샤의 도가와 씨도 능숙한 쪽일 테고.

"영화화는 오래전부터 정해져 있던 거야?" 내가 물었다.

"영화화 전제로 움직이긴 했지. 내가 이 부서에 오기 전부터."

"그나저나 그 얘길 어떻게 영화로 만들려나."

야마모토 존 이치로는 사람이 아니다. 개다. 개가 인간 세계를 모험한다. 나쓰메 소세키의 작품 속 고양이 같은 것이다. 다만 그 고양이보다는 조금 더 적극적으로 모험한다. 스스로 움직이며 이야기를 이끈다. 그러니 영화로 만들기는 쉽지 않을 터였다. 어쩌면 야마모토 존 이치로를 인간으로 바꿔버리지 않을까. 그게 아니면 어떤 조건이 갖춰졌을 때는 인간이 된다든지.

"고야나기 씨가 다음 작품은 존 이치로로 할 생각인데 그 작품이라도 괜찮다면 영화화해도 좋다고 했던 모양이야."

"오호."

니헤이 씨의 말에 따르면 고야나기 씨는 개를 무척 좋아한다. 그래서 『굿 배드 맨』 속편이 『도그 캣 맨』이 됐다. 그리고 이번에는 개가 바라본 인간 세상을 그렸다. 예전부터 하고 싶었던 이야기라고 한다. 니헤이 씨와의 신뢰가 있어 가지카와에서 출간하게 된 것이다.

"뭔가 굉장하지 않아? 감탄스럽더라."

"응?"

"당신의 차기작을 영화화하고 싶다는 연락을 받았을 때 다른 소재를 생각할 수도 있잖아. 그렇다고 존 이치로를 못 쓰는 것도 아니고, 다음으로 미뤄둘 수도 있는 건데."

"마침 그걸 쓰고 싶었달까, 쓸 수 있는 타이밍이었던 거겠지."

"그렇게 밀어붙이는 힘이 정말 대단해. 역시 이 사람은 창작가구나 싶더라."

나도 동의한다. 하지만 그건 고야나기 씨라서 할 수 있는 일이다. 다시 말해, 엄청나게 잘 팔리는 작가라 가능한 일이란 말이다. 퇴짜 맞을 가능성 따위, 고야나기 씨는 생각해본 적조차 없겠지.

영화화 여부는 중요하지 않다. 어차피 고야나기 씨의 소설은 잘 팔릴 테니까. 『야마모토 존 이치로의 모험』도 이미 잘 나가고 있다. 영화화되지 않아도 고야나기 씨에게는 큰 문제가 없다. 오히려 영화로 나오면 리스크만 더 커진다. 영화가 흥행에 실패하면 소설도 한데 묶여 『야마모토 존 이치로의 모험』은 재미없어, 라는 평을 들을 테니까. 그런 리스크를 두려워하지 않는다는 점에서 확실히 고야나기 씨는 대단하다.

"그래서 말이야, 내가 쭉 생각해봤는데."

"뭘?"

"나타네가 더 넓은 집으로 옮기자고 했을 때부터 계속 생각했거든."

"무슨 얘기야?"

"나 이제 그 집에서 나오려고."

"어?"

"동거하는 집에서 나와서 혼자 지낼래."

"그 말은 그러니까…."

말문이 막힌다. 이쯤 되면 짐작이 안 가는 건 아니지만 내 입으로 확인할 용기가 나지 않는다.

"그만하자."

"헤어지잔 말이야?"

"헤어지잔 말이야. 잠시 혼자만의 시간을 갖고 싶어. 계속 얹혀살 수도 없고."

"얹혀살다니. 아야네도 월세 내잖아."

같이 낸다. 그럴 필요 없다고 했지만 함께 지낸 지 3개월쯤 됐을 때부터 같이 냈다. 그래서 나도 생각한 거였다. 이렇게 반씩 부담하면 월세가 더 높은 곳으로 옮겨도 되겠다고.

"혼자 지내고 싶은 건 알겠는데 그렇다고 헤어질 필요는 없지 않아?"

아야네가 커피 한 모금을 마시고는 답했다.

"있을 거 같아."

"이유가, 뭘까."

아야네는 여기서 잠시 사이를 뒀다. 타르트에 올라간 딸기를 먹는다.

그 모습을 보고 나도 슈크림을 먹었다. 맛이 잘 느껴지지 않는다는 건 과장일지 몰라도 그냥 들쩍지근하기만 했다. 아까는 분명 맛있었는데.

"나타네가 대학교 때 복싱을 했다는 게 흥미로웠어. 계획대로 되지 않길래 미련 없이 끊어냈다는 얘기도 재미있었고. 그 얘기를 듣고 관심이 갔어. 이 사람, 재미있는 사람이네. 근데."

"근데?"

"나타네는 그 경험을 전혀 살리지 못하고 있잖아. 그냥 복싱을 했었다, 여기서 끝나 있어."

뭐지. 이해가 되는 것 같기도 하고 아닌 것 같기도 한 느낌.

"지금도 뛰긴 해."

"그건 남들도 하는 거잖아. 복싱을 안 해본 사람들도 다 해. 그런 얘길 하는 게 아니라고."

열정적이지 않다는 말을 하는 걸까.

"흐음."

"의사가 되진 못했다, 그래도 편집자는 됐다. 대단한 일이지. 근데 나타네는 거기에 멈춰 있어. 더 높은 곳으로 향하려는 의지가 없어."

"더 높은 곳?"

"더 높은 곳."

"그게 뭔데."

"그래. 이럴 때 그런 질문을 하는 사람이지, 나타네는."

"아니, 정말 몰라서 그래."

"편집장 자리를 노리라든가 그런 걸 말하는 게 아니야. 그냥, 더 넓은 세계를 꿈꾸지 않는 게 너무 느껴져."

"더 넓은 세계."

"다리가 있으면 건너야지! 하는, 그런 태도가 없는 것 같아."

하긴 그렇겠지. 실제로 내가 그런지는 몰라도 아야네 눈에는 그렇게 보일 거다.

잠시 생각에 빠진다. 뭘 하면 그런 태도를 보여줄 수 있단 말인가. 복싱을 다시 시작해? 다른 새로운 일에 도전할까? 그것도 아니면, 편집자로서 잘 팔리는 책을 만든다? 그 히트작을 영화로 만들어 내가 감독을 맡는 정도면 되려나?

무엇 하나 현실성이 없다. 아야네와 나는 이미 끝난 거겠지. 이제 와 뭘 한들, 다 시켜서 하는 일이 될 뿐이다. 아야네도 그런 걸 바라진 않을 거다. 나 또한 바라지 않는다.

"오늘은 처음부터"라고 내가 말을 꺼냈다. "이 얘길 할 생각이었구나."

"응, 그랬어."

그래서 가까운 동네의 이런 가게에 온 거다. 늘 가던 화려한 가게가 아니라.

"이사할 곳이 정해지는 대로 바로 나갈게."

"아직 살 집은 안 정한 거야?"

"아직 못 정했어. 알아보고는 있고."

"이런 얘기였으면 굳이 이런 데 올 거 없이 그냥 집에서 했어도 됐을걸."

"그것도 좀 그렇잖아. 이런 얘기 하고 나서 계속 집에 같이 있기도 좀 괴롭고."

"이 상태로 집에 들어가는 것도 좀 괴로울 것 같은데."

"나 어디 다른 데서 잘까?"

"아냐, 그럴 필요는 없어. 그런 뜻으로 한 말 아냐."

"미안. 나도 내가 너무 멋대로라는 거 알아. 미안하게 생각해. 이것만은 알아줘."

"알았어."

"이렇게 쉽게 안다고?" 아야네가 웃는다.

"모른다고 할 수도 없잖아." 나도 웃었다. 힘없는 웃음이다.

어쩌면 아야네는 꽤 오래전부터 이제 무리구나, 하고 느꼈을지 모른다. 그런 생각이 들었다.

결국 아야네는 그날 바로 집에서 나갔다. 짐은 그대로였지만 일단 친구네 집에서 지내겠다고 했다. 한 번은 붙잡았지만 두 번 붙잡지는 않았다.

동거 생활은 이토록 깔끔하게 끝나버렸다.

9월의 요코오 세이고

"지난번 만났을 때 꼬마가 쏜 총에 맞았다고 했잖아." 내가 유미코에게 말했다.

"응. 그래도 화는 안 냈다며."

"맞아. 퇴짜 맞은 충격 때문에 그럴 마음도 안 들었어. 지금 생각났는데, 그날 술 마시고 집에 가는 길에도 비슷한 일이 있었어. 애들한테 습격당할 뻔했거든. 총을 쐈던 꼬마처럼 어린애는 아니고 고등학생쯤 돼 보였는데, 자전거 도둑으로 의심되는 2인조한테."

"습격당할 뻔했다고?"

"좀 과장해서 말했지만 습격당할 것 같은 분위기이긴 했어. 미연에 방지했지만."

유미코에게 그때의 일을 들려줬다. 만나서 술을 마시고 집에 가는 길, 공원 앞을 걷는데 자전거를 탄 두 사람이 나타난 것. 두 사람이 자전거를 던져놓고 나와 같은 방향으로 걸어왔다는 것. 설마설마하면서 경계했던 것. 파란불에서 횡단보도를 건너는 척하며 뛰어갔다는 것. 결국은 아무 일도 없었던 것. 스스로도 이상한 아저씨로 보였을 거라 생각했다는 것까지.

유미코는 내 이야기를 듣고 웃었다.

"연기한 거네?"

"연기했어. 어이쿠, 큰일 났네. 파란불이 깜빡이잖아. 뛰어야겠네! 이런 느낌으로. 주택가라 다니는 차도 한 대 없었는데."

"필요 이상으로 신호를 지키는 아저씨로 보였겠네."

"그러니까. 그러면서도 다음 신호까지 기다릴 마음은 없는 성질 급한 아저씨."

"확실히 놀라긴 했겠다, 개들도."

"그랬겠지. 앞에 걸어가던 아저씨가 느닷없이 전력 질주하니까."

"그래도 잘한 거야. 백 점짜리 행동 아니야?"

"백 점?"

"걔네 둘, 정말로 그런 애들 아니었을까?"

"나를 공격할 생각이었을 거라고?"

"응."

"아니겠지."

"장담은 못 해도 그랬을 가능성이 크지. 아무래도 좀 이상하잖아. 거기서 자전거를 던져버릴 이유가 뭐가 있겠어."

"공원 주변이니까 자전거를 버리기 좋은 장소라고 생각한 거 아닐까? 남의 집 앞에 세워두면 눈에 띌 거 아냐. 안에서 누가 볼 수도 있고."

"그렇다 쳐도 자전거 도둑일 확률이 높지. 자기 자전거를 그런 데 던져놓을 리도 없고. 세워두려던 거면 열쇠로 잠그지 않았을까."

"그건 그래."

"걔들 쪽에서도 요코오가 보였겠지?"

"아마도."

"거기서 내린 게 더 수상해. 먹잇감을 찾다가 발견한 거야. 빡빡머리가 살짝 무섭긴 하지만 여리여리한 몸인 게 멀리서도 보였겠지. 두 명이 달려들면 어떻게든 될 거고. 혹시 칼이라도 가지고 있었으면."

"가지고 있었을까."

"진짜 그런 애들이었으면 가지고 있지 않았을까? 맨손은 아니었을 거야."

"그래도 진짜였으면 쫓아왔겠지. 나는 나이 먹은 아저씨고 자기들은 젊은데."

"심야에 성인 남자 셋이 미친 듯이 뛰어다니면 일이 커지지 않겠어? 요코오도 쫓기는 걸 눈치챘으면 소리 질렀을 거 아냐. 걔네도 소리쳤을 거고. 그렇게 되면 곤란하니까."

"흐음."

"그래서 포기했을 거야. 요코오가 뛰기 시작하니까 눈치챘다는 걸 알고. 도망가길 잘한 거야."

"네가 그렇게 말하니까 진짜 그랬을 것 같기도 하다."

"안 도망쳤으면 험한 일을 당했을 수도 있어. 늦은 밤 길바닥에서 칼에 찔린 작가. 그런 뉴스가 나왔을지도 모르지."

"뉴스에까진 안 나와. 뭐 대단한 작가라고."

"나올걸. 책을 쓴 작가는 그것만으로도 유명인 취급을 받으니까."

"나 같은 사람도?"

"요코오 같은 사람도."

"그럼, 그 덕에 책이 잘 팔릴지도 모르겠네."

"바보 아냐?" 하고 유미코가 웃는다.

나도 웃었다.

각자 잔에 담긴 맥주를 마신다. 하프 앤드 하프 두 잔째.

오늘도 역시 긴자의 맥주 전문점이다. 둘이 카운터에 앉아 술을 마신다. 지난번 만남이 5월이었으니까 아직 4개월이 좀 안 됐다. 우리로서는 꽤 빠른 페이스다. 얼마 전까지는 자주 만나봤자 1년에 두 번이었으니까.

이번에는 내가 먼저 만나자고 했다. 니혼바시와 긴자 지역을 조사할 일이 있어 오후부터 근처에 나와 있었다. 이렇게 된 거 얼굴이나 볼까 해서 유미코에게 연락했다. 당일 연락이라 안 될 줄 알았는데 유미코는 마침 잘됐다고 했다. 오늘은 일찍 나갈 수 있다고.

조사 자체는 별로 어렵지 않았다. 말 그대로 지역 조사. 이 거리는 어떤 느낌인지, 이 위치에선 그 빌딩이 어떻게 보이는지, 이런 걸 확인하고 싶었다. 사진이나 검색된 이미지만으로는 거리 분위기가 충분히 전해지지 않는다. 직접 그곳에 서보지 않으면 알 수 없는 것들이 있는 법이다.

"그런 건 진짜 종이 한 장 차이잖아." 유미코가 말했다. "아주 사소한 계기로 어떤 일이 일어나기도, 일어나지 않기도 하니까."

"응, 50센티미터만 왼쪽에 있었으면 살았을 걸 오른쪽에 있는 바람에 죽는 일도 허다하니까. 일단 길거리를 다닐 땐 늘 그렇다고 봐야지."

"보통은 아무 일도 일어나지 않지. 아무 일도 없으면 그냥 넘어가게 되고. 일어나지 않은 일에 대해서는 인식하지 못하니까. 그런 얘기를 요코오는 소설에 자주 쓰잖아."

"자주 쓰나?"

"써. 어쩌면 그런 일이 일어날 수도 있었겠구나 하고 독자를 상상하게 만들어."

"그건 딱히 인식하지 못했어."

"분명 의식적으로 쓸 수 있는 게 아닐 거야."

"내가 글을 통제하는 것 같은 기분이 들 때도 있지만, 자동으로 써지는 기분이 들 때도 있거든. 흐름을 탄다고 할까, 태워진다고 할까."

"그럼 좋은 거 아냐?"

"그렇게 믿고 싶다."

"그럴 수 있게 잘 이끄는 게 편집자의 역할 아닌가. 나도 잘은 모르지만."

"나도 잘 몰라. 신인 시절에는 편집자는 왜 있는 건가 싶을 때도 있었어. 교정보는 사람은 필요하지. 그건 이해가 됐어. 오탈자가 있거나 사실관계에 모순이 생기면 안 되니까. 그런데 대체 편집자는 왜 필요한 거지? 작가가 쓰면 그만이지, 왜 다른 사람이 그걸 감독하냐고. 야구나 축구에 감독이 있는 건 납득이 가. 팀이 움직일 때는 감독이 필요하니까. 근데 작가는 개인이잖아."

"편집자가 감독은 아니지 않나?"

"맞아. 제작자야. 프로듀서. 책 그 자체를 만들어내는 사람."

"프로듀서의 역할은 잘 안 보이니까. 모르는 사람이 볼 땐 뭘 하는지 알 수 없지."

"소설의 경우는 작가가 감독 겸 연기자고 편집자가 프로듀서라 할 수 있지. 프로듀서는 작품 전체를 보는 사람이니까 내용에도 관여해. 간혹 퇴짜를 놓기도 하고."

"너, 마음에 담아두고 있구나? 퇴짜 맞은 일."

"마음에 담아둘 생각은 없는데 농담에 써먹고 싶긴 해."

"새 편집자랑 하는 일은 잘되고 있어?"

"잘되고 있어. 그런 것 같아. 뭐, 지난번에도 잘돼가는 줄 알긴 했지만."

"그럴 거야. 이러니저러니 해도 요코오, 잘하잖아."

"내가 그래?"

"잘 이끈다고 할까."

"그건 그럴지도. 확실히 금방 끌어당기지, 나는."

"뒤쫓지는 않잖아."

"뒤쫓진 않아."

"대학 다닐 때도 그랬어."

"어?"

"아니 왜, 그 누구더라, 사카네 씨."

"사카네, 기누호?"

"맞아."

"옛날 생각 나네."

"잠깐 사귀었지?"

"잠깐. 여자친구였다고 말하기도 애매할 정도로 잠깐."

"금방 헤어지더라? 뒤쫓아가지도 않고."

"기억력 좋네."

"왜 쫓아가지 않는 거야, 너무 아깝잖아, 하고 생각했거든. 사카네 씨 꽤 인기도 많았는데. 노리는 남자도 여럿이었고."

"역시 그랬구나."

"그랬어."

"그럼 안 쫓아가길 잘했네. 다른 남자들이랑 경쟁하지 않길 잘했어. 나는 적수조차 안 됐을 테니까."

"그다음 여자친구는?"

"그 사람도 여자친구라고 하긴 좀 그래."

"좀 그럴 게 뭐 있어. 1년 정도 만났잖아."

"1년까지는 안 갔을걸."

모리시마 가야. 나보다 한 살 많았다. 대학 동문은 아니고 같이 아르바이트를 했다, 긴자의 레스토랑 바에서. 지금은 없어진 가게다. 그 뒤 가야는 시청 직원이 되었다. 연락은 하고 지냈기 때문에 내가 회사를 그만두고 소설을 쓰기 시작한 것은 알고 있었다. 딱 한 번 내가 쓴 원고를 보여준 적도 있다. 그러곤 왠지 모르게 그렇게 됐다. 사귀게 되었다.

사귄 기간은 1년도 채 되지 않았다. 원고를 보여준 건 사귀기 전이니까 내 글을 읽고 이 남자는 글렀네, 라고 생각한 건 아닐 터였다. 그저 나와의 미래가 보이지 않았을 테지. 어느 날 갑자기 다른 사람을 좋아하게 됐다고 했다. 그렇구나, 하고 답했다. 물론 쫓아가지 않았다.

이런 일들도 유미코에게는 다 털어놨었다. 그때도 같이 술을 마시곤 했으니까.

나도 유미코의 이야기를 조금은 알고 있다. 프러포즈를

받고 거절한 적이 있다는 것도 안다. 벌써? 하는 생각이 들더라고. 유미코는 이렇게 말했다. 너무 성급하다고 생각했던 모양이다. 서른이 되기 얼마 전이었을 거다. 그 이후로 그런 이야기를 또 들은 적은 없다.

유미코와는 많은 대화를 나눠왔다. 소설 이야기도 하고 나에 관한 이야기도 했다.

일찍이 유미코는 말했다. 남녀 사이에 우정이 성립하네, 마네 하는 거 진짜 시시하다니까. 당연히 성립하지. 친구라고 부르는 모든 사람이랑 섹스하는 것도 아닌데.

유미코의 그런 점을 좋아한다. 뭐랄까, 편하다. 유미코랑 있으면.

그러니까 유미코는 내 친구다. 친구는 진심으로 신뢰할 수 있는 한 명만 있으면 그걸로 된 것 같은 기분이 든다. 만약 그 한 명이 세상을 떠나버린다면? 굳이 대역을 찾을 것 없이 혼자 지내면 그만일 것 같기도 했다.

석 잔째 하프 앤드 하프를 마시고 유미코가 물었다.

"새 소설은 어때? 새로운 얘기가 좀 써져?"

"새로운 얘기 같은 건 어차피 못 써" 하고 답했다. "난 그냥 내가 쓸 수 있는 걸 쓸 뿐이지."

"그걸로 충분하잖아. 요코오가 알아차리지 못해서 그렇

지, 분명 새로운 뭔가가 만들어지고 있을 거야."

"만들어지고 있으려나."

"지금도 가끔 읽다가 놀란다니까. 오, 여태껏 봐온 요코오 글이랑 좀 다른데? 하고. 쉬지 않고 쓰는데 움직이지 않을 리가 없지."

"변하긴 하지. 실제로 『곁가족』을 쓸 때만 해도 꽤 달랐으니까. 좋든 나쁘든 이제 그렇게는 못 써."

"『곁가족』이라, 엄청난 제목이야."

"어쩌다 그걸 쓰게 됐는지 나도 잘 모르겠어. 어쩌다 신인상을 받았다 뿐이지, 그 작품이 특별한 것도 아니고."

"차기작 낼 때까지 시간이 꽤 걸렸지?"

"꽤 걸렸지. 이것도 안 된다, 저것도 안 된다고들 하니까 이대로 다음 작품을 못 낼 수도 있겠다 싶더라고."

"어쨌든 냈잖아."

"어찌어찌. 경력의 힘이었지. 수년간 꾸준히 써왔다는 의미에서의 경력. 쓰기 시작한 지 2, 3년 만에 상을 받았으면 위험했을 거야. 뭘 써야 할지 몰랐겠지."

"꽤 길었잖아, 암흑기." 유미코가 그 단어를 입에 올렸다. 내가 늘 아무렇지 않게 말하니까 유미코도 아무렇지 않게 쓰게 되었다.

"여전히 계속되고 있긴 하지만."

"계속되고 있다고?"

"완전히 계속되는 중이지. 쉰 살에 원룸에 살잖아. 겨우 입에 풀칠은 하지만. 앞으로도 계속되지 않을까."

"요코오는 그런 생활을 그냥 즐겨버리잖아."

"즐길 생각은 없었는데 결과적으로는 그렇게 되긴 했지. 달리 방법이 없잖아. 얼마 전에 마스유키랑 오기와라랑 오랜만에 얘기하다 보니까 아, 역시 난 평범한 쉰 살은 아니구나 싶더라. 그 둘이니까 그나마 괜찮았지만, 중고등학교 동창회에 가면 아무와도 대화가 안 통할 거야."

다코와사비를 집어 먹었다. 맛있다. 이 나이가 되면 이런 음식이 너무 맛있다.

유미코가 말한다.

"죽을 때까지 암흑기라도 실제로는 그렇게 나쁘지만은 않을 거야."

"그럴까?"

"응. 어둠 속에 있으면 빛을 느낄 수 있잖아."

"이야, 굉장한데. 미조구치, 작가 같아."

"놀리기는." 유미코가 웃는다.

"놀린 거 아냐. 진짜 맞는 말 같아서 그래. 나처럼 살다 보면 말이야, 사쓰마아게(일본식 튀김 어묵—옮긴이)에 할인 스티커가 붙어 있는 것만 봐도 기쁘다고. 진짜로."

"요코오, 너는,"

"응?"

"약해 보이지만 강해."

"강하지 않은데."

"요즘 시대에 살아남는 건 요코오 같은 사람일지 몰라."

"살아남지 않아도 상관없어. 난 그냥 글을 쓰고 싶을 뿐이야. 오래 살지 않아도 돼. 내가 매일 걷고 운동하는 건 오래 살고 싶어서가 아니라, 글을 쓰기 위한 최상의 상태를 유지하고 싶어서니까."

"최상의 상태라."

"아무래도 몸이 아프면 글을 못 쓰니까. 내가 꽃가루 알레르기 약을 열심히 먹는 것도 다 쓰기 위해서야. 목이 아프면 작업에 집중을 못 하잖아. 그거 진짜 괴롭거든."

"하긴 어디가 아프거나 몸이 무거우면 괴롭지. 뭘 해도 힘들고. 나도 암에 걸린 사람이라 잘 알아."

"뭐?"

슬쩍 지나간 말을 놓치지 않았다. 그 단어를 흘려들을 수는 없다. 그냥 흘려듣고 넘길 수가 없는 말이다.

"지금 암이라고 했어?"

"응. 자궁경부암."

"아니, 잠깐. 정말이야?"

"정말이야."

"그런 말, 들은 적 없는데?"

"말한 적이 없으니까."

"언제."

"진단받은 건 마흔일곱 살 때."

"진짜로?"

"진짜라니까."

"아니. 거짓말이라는 뜻이 아니라, 왜 말을 안 했어."

"보통 말 안 하지 않나? 남자한테 자기 자궁 문제는."

"그건 자궁 문제가 아니잖아."

"아니, 자궁 문제지."

"괜찮은 거야? 지금은?"

"괜찮아. 정기적으로 검사를 받긴 하지만."

"수술 같은 것도 했어?"

"했지. 자궁을 다 들어낸 건 아니지만. 원추절제술이란 수술을 했어. 의사 말로는 일단 안 좋은 부분은 다 잘라냈대. 혹시 재발하면 그때는 전체 적출이 필요한가 봐."

"재발 안 할 거래?"

"그건 모르지, 나도 의사도. 절대 재발 안 한다는 장담은 못 해."

"그야 그렇겠지만."

"만약 재발하면 살 확률은 낮아지는 모양이야."

"세상에. 내가 불러놓고 이런 말 하기 그렇지만 술 마셔도 괜찮은 거야?"

"지금은 괜찮아. 그냥 마셔. 예전보다 좀 절제하긴 하지만."

"하아."

"왜."

"너무 놀라서."

"뭐가."

"당연히 놀라지, 이런 얘길 들었는데."

모르고 한 말이긴 하지만, 난 유미코에게 오래 살지 않아도 상관없다고 떠들어댔었다. 여태껏 그런 말을 몇 번이나 했다. 글을 쓰지 못하면 살아봤자 의미가 없다느니, 그럴 바에야 차라리 죽는 게 나을 것 같다느니. 하아. 큰일이다.

"아마 잘 떠올려보면 알 거야. 한 1년 정도 요코오랑도 안 만났던 시기가 있었어. 아무래도 이렇게 술을 마실 수는 없었으니까."

"그러고 보니, 있었던 것도 같아."

"불렀을 때 두 번 연속 거절한 적 있잖아. 일이 바쁘다든지 뭐 그런 핑계를 대면서."

"응. 있었어."

말 그대로 바쁜 건 줄 알았다. 회사에서 직책이 높아지니까 이래저래 정신없나 보다 생각했다. 그게 다가 아니었다.

"그러고 보니 얼마 전에 꽃가루 알레르기 약 안 먹는다고 했지. 그것도 관계 있는 거야?"

"그런 이유도 약간은 있어. 어디까지나 기분의 문제지만. 안 먹고 넘어갈 수 있으면 최대한 안 먹고 싶어서. 아마 요코오에 비하면 증상이 심한 편도 아닐 거야."

"왠지 미안하네."

"응? 뭐가."

"아니, 이래저래. 맘대로 떠들었잖아, 무신경한 말들도 막 하고."

"그러지 마. 모르는데 말할 수도 있지. 얘기하다 보니 나도 모르게 튀어나온 거야. 미안해. 말하지 말걸."

"아냐, 알게 돼서 다행이야. 말하길 잘했어."

"심각하게 받아들이지 마. 지금은 괜찮으니까."

"그냥 뒀으면 위험할 뻔했네."

"그냥 뒀으면 그랬겠지. 그래도 일찍 발견했어."

"일 그냥 해도 되는 거야?"

"괜찮아. 수술하고 2주일쯤 됐을 때 바로 복귀했어."

"회사에서도 알고 있는 거지?"

"그럼. 중간중간 휴가도 써야 되니까 말했지."

"회사에 대해 잘은 모르지만, 그런 일로 그만두게 하거나 그러진 않겠지?"

"그러진 않지. 멀쩡히 일할 수 있는 사람을 자르진 않아."

"일을 못 하게 되면 자른다는 건가?"

"그건 뭐라고 말하기가 어렵네. 일을 아예 못 하게 되면 계속 회사에 두진 않겠지만 거야 당연한 거고. 나도 계속 다닐 마음이 안 생기지 않을까. 뭐, 다 하나 마나 한 얘기야. 누구나 똑같을 테니까. 요코오만 해도 그렇잖아. 언제 못 쓰게 될지 모르는데. 그런 일이 생기면 나보다 더 힘들지 않겠어? 출판사가 돌봐줄 리도 없고."

"그럴 리 없지. 고용 관계도 아닌데."

"그래서 암이란 얘기 들었을 때 요코오는 걸리면 큰일이겠다고 생각했어."

"나는 됐으니까 네 생각이나 해."

"내 생각이야 맨날 했지. 눈앞이 까매지더라. 마흔일곱밖에 안 됐는데 그런 일이 있을 줄 알았나."

"그랬겠다."

"그때 요코오가 등장. 프리랜서인 요코오가 걸리는 것보다는 낫나? 이렇게 생각하고 마음을 바꿔 먹었지."

"그때 말하지 그랬어. 생각만 하지 말고."

"말 못 하지. 아니, 안 해. 회사 사람들 말고는 지금 요코오한테 처음 말한 거야. 지난 일이기도 하고, 이런 얘기를 하는데 입 다물고 있기도 뭐해서 그냥 말해버렸어. 마침 얘기가 나온 김에."

각자 맥주 세 잔씩. 오늘도 거기까지 마시고 헤어졌다. 여느 때와 다름없는 마무리이긴 했다. 또 봐, 그래. 이런 말을 주고받으며 헤어졌다.

도쿄역까지 걸어서 전철을 타고 미쓰바에 돌아왔다.

주택가를 걷는 발걸음이 무거웠다. 2인조 자전거 도둑을 만나면 오늘은 도망치지 못하겠구나, 하고 생각했다. 돈을 빼앗고 나를 두들겨 패러 덤벼드는 두 사람을 붙잡고 말해버릴 것만 같았다. 친구가 암에 걸렸어. 근데 난 그걸 몰랐다고.

유미코의 이야기가 오랫동안 머릿속을 떠나지 않았다. 맴

돌고 또 맴돌았다.

와중에도 일상의 기반이 흔들리지 않도록 애쓰며 나는 글을 썼다. 쉬지 않고 썼다. 계획대로라면 일주일 내에 초고가 완성될 것이다.

그 시점에 태풍이 왔다. 무시무시한 태풍이. 밤새 거친 바람이 불었다. 창문 밖의 셔터가 덜컹덜컹 시끄럽게 떠들어 댔다. 베란다에서 멧돼지가 난동이라도 부리는 것 같았다.

겨우 잠들었다가 언제나처럼 새벽 네 시를 조금 넘겨 눈을 떴다.

왠지 평소와 조금 다른 느낌이 들었다. 그 감각의 정체가 무엇인지도 모른 채 "쓸데없이 상상하지 않는다, 쓸데없이 쉬지 않는다, 쓸데없이 바라지 않는다, 쓸데없이 지키지 않는다"라고 읊조린 후 벌떡 일어나 불을 켰다.

그런데 형광등에 불이 들어오지 않는다. 어라? 껐다가 켠다. 세 번 정도 반복했다.

정전이구나, 그제야 깨달았다. 평소와 다른 느낌이 이것 때문이었구나. 집 안이 컴컴했던 것이다. 컴퓨터 모뎀에서 나오는 작은 불빛마저 모두 꺼져 있었으니까.

정말로? 컴퓨터를 켤 엄두가 나지 않았다. 충전해뒀으니 당장은 사용할 수 있을 터였다. 그러나 언제 배터리가 닳을지 몰라 전전긍긍하며 쓰고 싶지는 않았다.

그래서 한숨 더 자기로 했다. 평소에는 이러기 어렵지만, 사정이 사정인지라 어느샌가 잠들었다.

다시 눈을 뜬 것은 아침 일곱 시가 지났을 때였다. 현관의 외시경으로 들어오는 희미한 불빛으로 이미 날이 밝았음을 알 수 있었다. 그러나 모뎀의 불빛은 여전히 꺼져 있다.

쓸데없이 상상하지 않기 운운은 생략하고 일어나 전등의 스위치를 켜봤지만 형광등 불도 들어오지 않는다.

정말로? 또다시 생각한다. 휴대폰도 40퍼센트만 충전된 상태라 상황이 좋지 않다. 미쓰바시, 정전, 으로 검색해봤다. 새벽 두 시경부터 정전 상태였음을 알게 됐다. 다섯 시간이 넘었다. 이렇게 오래 걸리는 건 처음이다.

이제 태풍은 지나간 모양이라 바람은 잦아들었다. 9월이라고는 해도 밤 기온은 꽤 높았는데 태풍이 휩쓸고 간 후 한층 더 높아졌다. 틀림없이 30도는 넘을 것이다. 한여름의 무더위다.

작업이 불가능하니 오늘은 장부터 보기로 했다. 조바심이 났다. 일단 제일 가까운 편의점의 문이 닫혀 있었다. 정전 때문이 아니다. 아니, 그 영향도 없지야 않겠지만 입구 위쪽 벽이 보기 흉하게 부서져 있었다.

여기저기에 주택 지붕의 기와가 떨어져 있다. 뭐가 날아왔는지, 아니면 바람 자체가 너무 셌는지 2층 창문이 깨진 집도 있었다. 역 앞 마트도 문을 안 열었다. 임시 휴업이라는 간판이 세워져 있었다. 신호등도 작동하지 않았다. 자동차들은 자발적으로 속도를 줄이며 긴장 속에 움직이고 있다.

이 정도로 위협적이었다니 깜짝 놀랐다. 대지진이 일어났던 때가 떠올랐다. 편의점과 마트가 모두 문을 닫은 건 그때 이후로 처음이었다.

집에 돌아와 다시 이불 속을 뒹굴었다. 이게, 뭐야. 몇 번이나 중얼거렸다. 기온은 점점 더 올라서 집 안에 가만히 있기만 해도 땀이 흥건했다. 셔터며 창문이며 다 열어뒀지만 바람이 들어오질 않는다. 바람 한 점 없다. 어젯밤엔 그렇게 매섭게 불어대더니.

냉장고에는 낫토 두 팩과 김치, 차가 담긴 페트병밖에 없다. 냉동실에서는 냉동 단호박이 녹아내리고 있었다. 전자레인지를 쓸 수 없으니 즉석밥도 데울 수가 없다. 어쩔 수 없이 낫토와 김치, 단호박을 먹었다. 저녁까지 버티지 못할 거 같아서 한 번에 낫토 두 팩을 다 먹었다. 김치도 평소의 두 배. 살짝 녹은 단호박은 셔벗 디저트라 생각하며 먹었다.

다행히 화장실 물은 내려간다. 한시름 놓았다. 신식 맨션

들은 난리겠구나. 개중에는 화장실 물을 내릴 때 전기를 쓰는 곳도 있다고 들었다. 작동을 안 하면 양동이에 물을 담아 내릴 수밖에 없다.

겨울이 아니라 다행이라는 생각은 들지 않았다. 지금이 봄이나 가을이었으면 그런 마음도 들었겠지만, 여름은 무리다. 어쩌면 겨울보다 더 괴로울지도 모른다. 히터가 없는 겨울도 힘들지만, 에어컨 없는 여름도 고되다. 이것만큼은 확실히 알겠다.

겨울에는 하다못해 이불에라도 들어갈 수 있지. 다른 행동을 하긴 힘들겠지만 아쉬운 대로 추위는 견딜 수 있다. 여름은 어렵다. 뜨거운 열기에서 벗어날 방법이 없다. 찬물로 샤워를 하면 잠시 열을 식힐 수야 있겠지만 어디까지나 임시방편일 뿐, 종일 샤워를 할 수도 없는 노릇이다.

결국 아무 일도 하지 않고 하루를 보냈다. 전기가 들어오지 않으니 아무것도 할 수가 없다. 아후, 더워~ 소리를 백 번쯤 하면서 책을 읽었다. 내가 쓴 책. 데뷔작인 『곁가족』을 오랜만에 다시 읽어봤다. 재미있군, 하는 생각이 들었지만 너무 더워서 좀처럼 집중이 되지 않았다.

그럭저럭 시간을 보내고 저녁으로 컵라면을 먹었다. 이럴 때를 대비해 하나씩 사둔다. 평소에는 유통기한이 다 되기 직전에 먹는다. 그리고 또 하나를 사 온다. 이 습관이 처음으로 빛을 발했다. 그나마 가스불이 살아 있어 다행이었다. 집에 설치된 것이 전기스토브였으면 큰일 날 뻔했다.

이날 밤은 정말이지 찜통더위였다. 말 그대로 푹푹 쪘고 지독하게 더웠다.

우리 집은 목재로 마감되어 있다. 겨울에 추운 대신 여름에는 시원하다. 시원한 것까진 아니더라도 덥지는 않다. 에어컨은 제습 기능만 써도 충분하고 잠자는 밤에 켜는 일은 거의 없다. 그렇지만 오늘은 무리다. 켜야 하는 날이었다. 그런데 켜지 못했다.

집이 1층이라 창문을 열고 잘 수도 없다. 방 안에 열기가 고였다. 공기가 얼굴과 몸에 들러붙는다. 온탕 안에 들어가 있는 것 같다. 당최 도망칠 곳이 없었다. 에어컨을 틀 수 있는 상황에서 전기요금을 아끼려고 안 트는 것과 틀고 싶은데 틀 수 없는 것은 하늘과 땅 차이다. 받는 압박이 다르다. 건물 안에서도 열사병에 걸릴 수 있다. 이대로라면 쉰 살에 죽을지도 모른다. 진심으로 그렇게 생각했다.

잠들었다 더워서 깨는 일을 몇 번 반복한 후 어찌어찌 아침을 맞이했다. 아침이 왔다고 달라지는 건 아무것도 없다. 더 더워지기 시작할 뿐.

설마 했던 정전 이틀째. 편의점도 문 닫은 곳이 늘었다. 영업하는 가게도 있긴 했지만 도시락과 반찬류는 팔지 않았다. 빵 판매대도 텅 비었다.

이대로는 안 되겠다는 판단에 탈출을 계획했다. 유치원 시절의 소박한 탈주와는 다르다. 말 그대로 탈출이다.

좀 지연되긴 했지만 전철은 다녔다. 나는 미쓰바에서 세 역 정도 떨어진 곳으로 가 쇼핑몰에 들어갔다. 배터리가 얼마 남지 않은 휴대폰으로 재빨리 검색해두었기 때문에 그 지역은 정전 상태가 아니라는 걸 알고 있었다. 애초에 정전이 되지 않았다.

그곳에는 일상이 있었다. 모든 것이 평소처럼 움직이고 있었다. 편의점도 정상 운영 중이었고 마트도 영업 중이다. 여기저기서 에어컨 바람이 나왔다.

나는 카페에 들어가 하루 하고도 반나절 만에 냉방을 맛봤다. 커피보다 그 감각을 더 온 힘으로, 아니 온몸으로 맛봤다. 그러고도 한동안은 나른함이 이어졌다. 꽤나 녹초가 되어 있었기 때문이다.

점심 식사로 규동을 먹었다. 붉은생강절임을 잔뜩 넣어 우걱우걱 먹고 차도 벌컥벌컥 마셨다. 그제야 겨우 다시 살아난 느낌이 들었다.

오후 한 시가 넘어 점심을 먹었다. 아직 해가 높이 떠 있다. 오랜만에 영화를 보기로 했다. 쇼핑몰 안에 영화관이 있었기 때문이다. 처음부터 염두에 두긴 했다. 영화를 보는 방법밖에는 없겠지. 여차하면 두 편을 봐야 할 수도 있다고 생각했다.

무슨 영화를 보든 상관없었다. 가능하면 관심 있는 영화를 보고 싶지만, 지금은 긴급 상황이다. 나는 그저 더위를 피할 곳이 필요할 뿐이다. 금방 상영이 시작되는, 기다리지 않아도 되는 영화를 골랐다. 일본 영화. TV 드라마의 극장판을 보게 됐다.

표를 사서 영화관 안으로 들어간다. 평일 오후. 감탄스러울 정도로 널널했다. 백 명은 들어갈 영화관인데 관객이 스무 명도 안 됐다. 영화 시작 전에 나오는 영화 도둑 어쩌고 하는 촬영 금지 안내도 오래간만에 봤다. 내가 아는 버전이 아니었다. 영화를 보는 것 자체가 정말 오랜만이라는 사실을 새삼스레 깨달았다. 일본 영화는 「기노카」 이후 처음일지도 모른다.

그 영화는 그래도 두 번 봤다. 원작자라고 예매권 두 장을 줬기 때문이다. 더 달라고 하면 줬겠지만 달리 줄 사람도 없어서 말하지 않았다. 그 두 장을 쓰기도 살짝 버거웠다. 유미코를 불러볼까 했지만 그 생각이 든 순간 웃음이 나왔다. 단둘이 영화를 보는 나와 유미코. 이상하다. 밤에 만나 술 한잔하면서 시답지 않은 이야기를 나누는 것, 그 외의 무언가를 하는 우리 모습을 상상할 수가 없었다. 그래서 혼자서 두 번 봤다. 아무리 그래도 내 작품이 원작인 영화의 티켓을 버리기는 조금 그래서.

「기노카」는 그럭저럭 재미있었다. 그야 내가 원작자라서겠지. 여기는 이렇게 찍고 거기는 이렇게 만들었구나. 그런 생각을 하며 볼 수 있었다. 와시미 쇼헤이 씨가 주연을 맡은 만큼 헬기 조종사인 이와쿠라 요마가 훨씬 멋있어졌다. 영화 자체가 누구나 즐기기 좋은 작품으로 완성되었다.

그렇게 「기노카」를 떠올리면서 TV 드라마의 극장판을 봤다. 내가 재미있게 봤는지 아닌지 잘 알 수 없었다. 요즘은 그런 일이 많다. 알 수 없다는 건 그렇게까지 즐기지는 못했다는 뜻이겠지. 그렇다고 영화가 별로였다는 말은 아니다. 그저 내 감각이 더 이상 따라가지 못할 뿐.

영화를 다 보고 나자 오후 네 시가 넘었다. 그때 이미 영화 한 편을 더 보겠다는 마음은 사라졌다. 이 또한 쇠약해졌기 때문일 테지. 이제는 영화를 두 편 연속 보는 일이 버거워진 탓이다.

그러고 다시 카페에 갔다가 또다시 규동 가게에 들어갔다. 오랜만에 먹은 규동이 제법 맛있어서 저녁도 그걸 먹으면 되겠다 싶었다. 물론 저렴한 가격이 한몫하긴 했다.

어두워졌는데도 바깥은 여전히 더웠다. 휴대폰으로 재빨리 검색해보니 미쓰바는 여전히 정전 상태였다. 오늘 밤도 어제 같으면 큰일이라고 진심으로 생각했다. 호텔에 묵든가, 다른 방법도 고려해봐야 할지 모르겠다.

전철에서 내려 역에서부터 걸었다. 역과 그 주변은 밝았다. 그러나 조금만 더 가도 이내 어두워졌다. 그 대비가 매서울 정도로 극명했다. 길 하나를 사이에 두고 완전히 달라지는 것이다. 한 발 내디디면 숲속 같은 어둠. 발을 떼려면 각오가 필요하다. 내가 사는 곳인데도 말이다.

그 정도로 어두우면 공기마저 멈춘 듯한 느낌이 든다는 사실을 알게 됐다. 빛은 어떤 의미에서는 움직임인 것이다. 빛줄기가 뻗어 나온다. 계속해서 뻗어 나온다. 그곳에는 움직임이 있다. 어둠 속에 있으면 빛을 느낄 수 있잖아, 유미코가 했던 말을 떠올린다.

전봇대 옆으로 고소작업차가 서 있었다. 크레인 곤돌라에 탄 사람이 뭔가 작업 중이었다. 저녁 여덟 시에 이런 상황, 기대심이 생겼다. 너무 큰 기대를 품지 않도록 애쓰며 천천히 걸어 귀가했다.

정작 복구된 순간에는 어찌 된 일인지 알아차리지 못했다. 그러나 내가 사는 아파트인 카사 미쓰바가 평상시 모습으로 그곳에 있었다. 그러니까 외부 전등이 켜진 상태였다.

"됐다" 하는 육성이 튀어나왔다.

어제부터 전력회사에 온갖 욕을 다 퍼붓고 있었는데 한순간 마음이 바뀌어 감사 인사를 할 뻔했다. 다시 전봇대로 돌아가 진짜로 인사를 할까 하는 생각마저 들었다. 하지는 않았지만.

집에 들어서자 그곳 또한 여느 때와 다름없는 모습이었다. 모뎀의 불빛도 들어와 있다. 싸구려 냉장고에서도 희미하게 윙윙거리는 소리가 들렸다.

전등 스위치를 켰다. 형광등에 불이 들어온다. 껐다 켜고 다시 껐다가 켠다. 리모컨 버튼을 눌러 에어컨을 켰다. 평소에는 조금 시끄럽다고 생각했던 작동음 소리가 기분 좋게 들린다. 곧바로 퍼지는 차가운 바람이 뺨에 닿는 감촉도 기분 좋았다.

"오오." 이번에도 소리 내어 말했다. "좋네. 아주 좋아."

기뻐하는 사이 다시 전기가 나갈 수도 있다는 생각에 얼른 휴대폰부터 충전했다. 그러고는 컴퓨터를 켜서 인터넷

뉴스를 확인한다. 송전선을 잇는 철탑. 높이가 50미터 정도 되는 탑이 무참히 쓰러져 있는 사진이 눈에 들어왔다. 이건 위험한데. 미쓰바의 정전은 해결됐으나 아직 언제 복구될지 알 수 없는 지역들도 여러 군데라고 한다.

내가 정전을 겪은 기간은 불과 이틀 남짓. 그런데도 힘들었다. 체력적으로도, 업무 면에서도, 제법 큰 손해를 입었다. 그러나 이 사실은 그 누구도 모른다. 게릴라 호우 때도 그랬다. 이번에도 내가 우왕좌왕했다는 사실을 아무도 모른다.

그런 거다. 혼자 살아간다는 건.

10월의 이구사 나타네

10월 1일. 동기인 구로타키 마오리가 부서를 옮겼다. 문예편집부에서 홍보팀으로.

조금은 의외였다.

마오리는 나와 동기고 나이도 같다. 서른 살. 영업직을 거쳐 편집부로 온 과정은 똑같은데 나보다 1년 먼저 편집부에 들어왔다. 그러니 나가는 것도 먼저라고 생각하면 이상할 건 없다. 이상할 건 없지만 너무 이르다. 벌써 5년 반이 지났으니 덮어놓고 이르다곤 할 수 없지만 그래도 이르게 느껴지는 건 어쩔 수 없다. 아카미네 씨처럼 편집부에서 편집부로 옮긴 케이스가 아니라서 그럴지도 모른다. 홍보 일은 편집부 일과 거리가 멀진 않지만, 그렇다고 가깝지도 않다. 아무래도 일의 성격이 다르다는 생각이 든다.

문예 편집부에서 히트작을 내지 못해 다른 부서로 이동시킨 건 아니다. 우리 회사에 징벌적 인사는 없다. 그러나 적성을 고려한다는 의미에서는 그 또한 판단 기준이 될 수 있겠지. 히트작을 내지 못하는 걸 보면 적성에 맞지 않는 것 같다고 판단할 가능성도 있다는 뜻이다.

히트작을 내는가 못 내는가는 편집자의 능력 말고도 다양한 요소가 관여한다. 누구든 고야나기 씨를 담당하면 히트작은 낼 수 있다. 다만 그걸로 높은 평가를 얻을 수는 없다. 가장 높이 평가받는 건 역시 신인 작가를 발굴해 히트작을 만든 사람일 것이다. 그다지 잘 팔리지 않던 작가를 맡아 히트작을 만들어내는 케이스도 높은 점수를 따겠지. 나를 예로 들자면 요코오 씨.

마오리는 어땠느냐 하면, 누가 봐도 히트작이라고 할 만한 작품은 내지 못했다. 그렇다고 낸 책들이 다 초판에 머문 것도 아니다. 중쇄를 찍은 작품도 여러 편 있다. 업무 평점이 낮았다고는 볼 수 없다.

이동하게 된 이유를 얼마 후 알게 됐다. 마오리에게 직접 들었다.

 느지막하게 점심을 먹으러 나가는데 마침 마오리와 마주쳤다. 이렇게 된 거 밥이나 같이 먹자며 근처에 있는 인도 요리 전문점에 들어갔다. 거기에서 마오리가 자진하여 이동을 신청했다는 사실을 알게 됐다.

 난을 뜯어 양고기 카레에 찍어 먹으며 나는 물었다.

"새 부서는 어때?"

마오리는 이렇게 답했다.

"지금껏 해왔던 일이랑 달라서 꽤 힘들어. 기분 전환은커녕 하루하루가 전쟁이야."

"기분 전환이 목적이었어?"

"아, 기분이랑은 다른가? 그렇게 말하니까 너무 하찮아 보이네. 마음가짐. 마음가짐을 바꾸고 싶었어. 그대로 있다간 뭐랄까, 책이 싫어질 거 같았거든."

"책이 싫어진다고?"

"응. 옛날부터 책을 정말 많이 읽었어. 책 읽는 게 점점 더 좋아졌고 그래서 출판사에서 일하고 싶어졌지. 어찌어찌 들어와서 편집자를 지원했고 어찌어찌 편집자가 됐어. 그랬는데 최근 3년 정도는 계속 어라? 싶은 거야."

"그랬구나."

"특별히 담당 작가한테 심한 말을 들었다거나 상사가 뭐라고 한 것도 아니야. 그런 일이 있기는 했어도 그건 어떤 일을 하든 겪는 일이잖아. 그러니까 그런 문제는 아니야."

"그럼?"

"언제부턴가 책을 읽고 싶지가 않더라고. 그걸 깨닫고 나니까 책 읽는 게 고통스러워졌어. 그냥 글자를 눈으로 좇고 있을 뿐이지, 내용이 머리에 하나도 안 들어오기 시작했어. 푹 빠져서 읽는 적극적인 독서 같은 게 불가능해진 거지. 그냥 흘려버리는 거야, 전부."

우리는 수많은 책을 읽는다. 화제가 된 책들은 다 훑어보고 신인상 응모 원고들도 읽는다. 편집자라고 다 속독이 가능한 것은 아니다. 책 읽는 습관이 없는 사람보다야 낫겠지만 대단히 빠르지도 않다. 혹여 그러다 독서의 질이 떨어지면 빨리 읽는다 한들 아무 의미도 없고.

내 경우, 300쪽 분량의 책을 읽으려면 네 시간은 걸린다. 걸린다기보다 그 정도의 시간을 들인다. 생각하며 읽는다. 무언가를 찾아내려 한다.

반면, 지나치게 생각에 골몰하지 않도록 신경 쓰기도 한다. 편집자의 시선에만 치우치는 건 그것대로 위험하기 때문이다. 독자는 그런 방식으로 책을 읽지 않는다. 흘려보내기도 한다. 그 흘려보내는 감각 또한 항상 의식하며 읽는다.

개인 시간을 독서에 쓰기도 한다. 그런 경우가 더 많다. 근무 시간에 읽으면 업무가 진행이 안 된다. 그래서 집에 갈 때도 읽고 쉬는 날에도 읽는다. 일이라곤 하지만 독서는 독서다. 나한테도 도움이 된다. 일을 집에 가지고 간다는 기분은 들지 않는다.

그나저나 그런 이유였구나. 책을 읽고 싶지 않다니, 그건 확실히 괴로운 일이다.

"누가 시켜서 읽는 듯한 기분이 들었다고 해야 하나." 마오리가 말한다. "좋아하니까 그만큼 반동이 컸던 걸 수도 있고."

그 마음은 조금 알 것 같다. 좋아하는 일을 직업으로 삼는 것. 이상적이긴 하다. 하지만 일이 된 이상 부정적인 면도 보게 된다. 그게 보이기 시작하면 괴로워진다. 좋아하는 만큼 괴로움도 몇 배가 된다.

"그래서 이동을 신청했어."

"언제?"

"5월이었나. 연휴 끝나고."

"그리고 10월에 발령이 난 거구나."

"응."

반대였다면 이렇게 빨리 옮길 수는 없었을 것이다. 편집 일을 하고 싶어 하는 사람이 확실히 더 많으니까. 출발점부터가 그렇다. 많은 사람이 편집자를 꿈꾸며 출판사에 들어온다. 희망 부서가 어디냐고 물으면 문예 편집이나 잡지 편집이라고 답한다.

"그만둘 생각은 안 해봤어?"

"그런 생각은 안 했어. 좋아하긴 하니까. 좋아하니까 멀어지고 싶지는 않아. 편집부로 돌아가고 싶어질지도 모르지. 뭐, 어지간해선 제 발로 나간 사람을 다시 받아주진 않겠지만."

"편집자는 어느 정도 가능하지 않을까?"

"나도 그렇게 생각하려고. 그래도 결과적으론 옮기길 잘한 거 같아. 홍보 일을 배워두면 편집에도 도움이 될 테니까. 마흔 먹고 새로운 일을 하는 것보다야 지금, 서른 살 때 하는 편이 낫잖아." 마오리가 말을 잇는다. "나타네는 어때? 책 즐겁게 읽고 있어?"

"어느 정도는."

"그럼 됐네. 편집자로서의 행복을 만끽해."

"응. 근데 정작 난 편집자 지망이 아니었어."

"그래?"

"편집자가 되려고 출판사에 들어온 건 아니었으니까."

"그럼 왜 들어왔어?"

"재밌어 보이길래. 출판사는 뭘 하는지 알기 쉽잖아. 요즘엔 뭐 하는 곳인지 알 수 없는 회사들도 있으니까. 겉에서 보는 이미지랑 다른 일을 하는 데도 있고."

"아, 부동산에 손을 대거나 금융업에 기웃거리거나 하는?"

"응. 출판사라면 그런 일은 없겠다 싶었어. 일을 벌인다고 해도 출판 관련 분야일 테니까 느닷없이 전혀 상관없는 부서로 발령받을 일도 없을 것 같아서."

"오늘부터 자네는 가지카와 은행으로 출근하게, 이런 소리 들으면 난감하니까."

"난감하지. 정말 큰일 난다고. 금융에 대해서는 아무것도 모르니까."

"그래도 들어와서는 편집부에 지원한 거 아냐?"

"맞아. 출판사에 들어와서 인사부 같은 데 지원하기도 그렇잖아."

"그래서 더 잘된 건지도 몰라."

"뭐가?"

"편집에 대한 거리감 말이야."

"거리감."

"편집 일에 대한 나타네의 거리감. 그걸 유지할 줄 아니까 잘 헤쳐나가는 건지도 모른다고."

"잘 헤쳐나가긴. 히트작도 하나 못 냈는데."

"그건 또 다른 얘기고. 나도 못 냈어. 운도 따라야 하잖아. 편집자의 능력이 100이라도 히트작은 안 나올 수 있어. 편집자와 작가의 능력이 모두 100이라도 안 될 가능성은 있다고. 어차피 내 능력은 50 정도였지만."

"그럼 난 30."

"그렇지 않아."

"그럼 20인가?"

"뭘 더 내리고 있어." 마오리가 웃었다. "얼마인지는 몰라도 50보단 위야. 적어도 지금 이러고 있는 나보단 위지. 편집장님도 나타네한테는 기대하고 있을걸."

"나한테 무슨 기대를 해."

"기대하니까 아카미네 씨 후임을 맡겼지."

"무슨 말이야?"

"아카미네 씨가 요코오 작가님 원고 퇴짜 놨다며? 편집장님도 동의한 일이겠지만 아무래도 그거 꽤 큰일이잖아. 신인이라면 몰라도 그래도 책을 열 권 넘게 낸 작가인데. 엄청난 문제가 될 수도 있었다고. 화내는 작가도 있지 않겠어? 수정을 몇 번이나 시켜놓고 뭐 하는 짓이냐고."

"요코오 작가님은 화 안 냈다던데."

"그래도 그런 일이 있었는데 아무나 후임을 맡게 할 순 없잖아. 거기서 문제가 생기면 그땐 정말 끝인데. 또 그랬으면 아무리 요코오 씨라도 화를 내겠지. 그런 것까지 다 고려했을 거야, 편집장님은. 그래서 나타네한테 맡긴 거고."

"왜 나한테?"

"나타네는 사람을 화나게 하지 않거든. 기분 나쁘게 만들지 않아."

"내가 그래?"

"응, 그래. 그런 사람이었으면 나도 이런 얘기 안 하지. 이렇게 내 얘기 안 늘어놔."

"그런가. 아카미네 씨의 후임이 된 게 그런 의미였다고." 나는 장난스럽게 덧붙였다. "편집을 잘해서 뽑힌 게 아니었다니."

"나타네는 열심히 해봐. 요코오 작가님 신작 나오면 내가 전력을 다해 홍보해줄 테니까."

"전력 홍보라, 좋네."

"무슨 역 앞에서 판촉 행사라도 할 거 같은 느낌이다. 요코오 세이고 신작 발매! 피켓이라도 들고. 이다바시역 앞에서 진짜 한번 할까? 하자, 우리 둘이."

"나도?"

"나타네는 '담당 편집자 강력 추천!'이라는 피켓 하나 들어. 나타네 쪽으로 화살표 하나 그리고 이 사람이 담당 편집자라고 써서."

"담당자가 자기 책을 추천하는 건 당연하잖아. 어차피 할 거면 다른 사람이 해줘야지. 편집장님이라든가."

"편집장님 좋네. 편집장 강력 추천! 꽤 힘이 실리는 말이야. 해달라고 할까? 요즘 들어 엉덩이가 무거워진 마흔아홉 아저씨한테."

"그건 홍보실의 판단에 맡기겠어."

"오케이."

이런 대화를 나눈 후 나는 추가 난까지 주문해 먹고 가게를 나왔다.

회사로 돌아와 마오리와 인사를 나누고 자리에 앉았다.

그렇구나, 하는 생각에 살짝 웃는다. 나는 남을 화나게 하지 않는 사람으로 여겨지고 있구나. 남을 화나게 하지 않는 내가 복싱 선수가 되려고 했다니.

아무튼 이번 인사이동은 동갑 편집자를 두 명이나 둘 필요는 없으니 한 명을 잘라내자는 의도로 이뤄진 것은 아니었나 보다. 일단 그 사실에는 안도했다. 하지만 그건 관점을 바꾸면 내가 살아남은 게 아니라는 뜻이기도 하다. 내년 4월에 내가 부서 이동 대상이 되어도 이상하지 않다는 말이다.

"오, 나타네, 자리에 있었네?" 말을 거는 목소리가 들린다.

니헤이 씨다. 고야나기 씨 담당.

"점심 먹고 왔어요."

"잠깐 시간 좀 돼?"

"네."

자리에서 일어나 니헤이 씨 뒤를 따른다. 니헤이 씨는 휴게실로 가서 의자에 앉았다. 나도 맞은편에 앉는다.

쓸데없이 시간 끄는 일 없이, 니헤이 씨는 곧바로 본론을 꺼냈다.

"나타네 너, 여자친구랑 진짜 헤어진 거 맞지?"

"네?"

"광고대행사 다닌다는 그 이시즈카 씨 말이야."

"아아, 네."

아야네와 고야나기 씨가 만난 이야기를 들었다는 것도, 그녀와 헤어졌다는 것도 니헤이 씨에게는 다 말해두었다.

아야네는 이제 니헤이 씨와 업무상 관계자가 된 만큼 오해가 생기면 곤란하기 때문이다.

"틀림없는 거지?"

"네. 근데 그건 왜…."

"실은 고야나기 작가가 차기작으로 광고 업계 이야기를 쓰려나 봐."

"그래요?"

"아직 가제지만 제목도 정했어. 『카피 캣 우먼』이라고."

"또 그런 제목이에요?"

"응. 모방하는 사람이라는 뜻의 카피 캣이랑 배트맨에 나오는 캣 우먼을 합쳐서. 광고에서 쓰는 카피라는 의미도 있고. 그래서 작가님이 이시즈카 씨한테 취재 도움을 받기로 했거든. 광고 업계 종사자니까."

"아. 카피에, 우먼이네요."

"그렇지. 꼼꼼하게 취재할 생각이야. 한 번 얘기 듣고 마는 게 아니라 이런저런 현장에도 동행할 것 같아. 고야나기 작가, 그런 면에선 철저하거든."

"그렇군요."

"그래서 솔직히 말하는 건데, 작가님이 이시즈카 씨가 꽤 맘에 드는 모양이야. 물론 취재 대상으로서의 호감이 제일 우선이지만, 인간적으로도 맘에 들어 하는 거 같아."

"인간적으로라면… 그쪽으로 말인가요?"

"그쪽으로. 이성으로서도 호감이 있는 거 같아, 아마도."

"아마도."

"아무래도 작가님이 그런 것까지 일일이 말해주진 않으니까. 나도 굳이 묻진 않고."

"안 물어보세요?"

"안 물어보지. 물어볼 만한 내용도 아니잖아."

니헤이 씨 성격이라면 거리낌 없이 물어볼 줄 알았다. 고야나기 씨와 그 정도로 가까운 사이인 줄 알았다. 그러나 역시 선은 지킨다.

"그래도 오래 알고 지낸 사이니까 보면 알아. 혹시나 나중에 이상하게 꼬일까 봐 미리 확인해두는 거고."

"그렇군요."

"그래. 완전히 헤어졌다는 거지?"

"헤어졌어요."

"미련이 남았다든가 그런 건 아니고?"

"흐음, 아니요."

"앞에 붙은 흐음, 이 걸리는데?"

"아닙니다."

"그럼 상관없는 거지? 이시즈카 씨랑 고야나기 작가가 혹시 그런 사이가 돼도."

"괜찮아요. 제가 이런 말 하는 것도 웃기지만."

"다행이네." 니헤이 씨가 미소 띤 얼굴로 말한다. "아니 왜, 나타네가 나중에 스토커라도 되면 큰일이잖아."

"그런 일 없어요."

"하긴 그런 일이 생기면 작가님은 그것까지 소설로 쓸걸? 제목은 뭐가 좋을까. 그래, 편집자니까 『에디트 데드 맨』이런 거겠네."

"데드 맨이 저예요?"

"그렇지. 좀비 같은 스토커가 돼서 이시즈카 씨를 막 쫓아다니는 거야. 괴롭히고."

"은근히 기분 나쁜데요."

"그래도 소설로는 괜찮지 않을까? 슬슬 좀비물도 써보고 싶다고 했었으니까. 그것도 우리 회사랑 내자고 해보지 뭐. 그렇게 되면 널 취재할게."

"저는 스토커가 될 생각이 없습니다. 그러니까 취재 대상이 되지도 않겠네요."

"어쨌든 널 생각해서 말해두는데, 관심이 있는 쪽은 작가님이라는 거야."

"네?"

"이시즈카 씨가 접근했다든가 그런 거 아니라고."

"아아, 그건 알아요. 아무리 아야네, 아니 이시즈카 씨가 고야나기 작가님 팬이라도 일할 때 그럴 사람은 아니니까요."

"알았으면 됐어."

"그런 건 상관없어요. 다만,"

"다만?"

"고야나기 작가님은 이시즈카 씨의 전 남친이 저라는 거 아세요?"

"알지. 만나기 전에 말했으니까."

"그래도 괜찮대요?"

"괜찮겠지 뭐. 작가님, 그런 거 전혀 신경 안 쓰는 타입이거든. 전 남친이 어쩌고 하는 거. 상대가 진짜 캣 우먼이라도 마음에 들면 그냥 만날 사람이야."

"그럼 됐어요. 이 말도 역시 웃기지만."

"아무튼 문제없는 걸로 알고 있는다?"

"네."

"그나저나, 나타네. 요코오 작가랑은 어때?"

"얼마 전에 원고 받았어요. 어떻게 할까 고민 중입니다."

"완성도는?"

"나쁘지 않아요. 아니, 제가 보기엔 좋은 거 같습니다. 어떻게 하면 더 좋아질까 생각 중이고요."

"어쨌든 출간할 수 있을 거 같다는 거지?"

"네. 그럴 거 같아요."

"그럼 열심히 고민해서 좋은 작품 한번 만들어봐. 넌 분명 잘해낼 거야, 같은 말은 안 하겠지만 너라면 잘해낼지도 몰라. 어차피 우리 편집자들이 할 수 있는 일은 정해져 있잖아."

"니헤이 씨는 그 이상을 하시잖아요."

"아니야. 결국은 작가가 열심히 해주길 바랄 수밖에. 우린 그저 옆에서 거드는 게 다잖아. 아, 시간을 너무 뺏었네. 그럼 가볼게."

니헤이 씨는 자리에서 일어나 종종걸음으로 사라졌다. 편집부와는 다른 방향으로.

나도 따라 일어나 편집부로 돌아왔다.

자리에 앉는다. 그렇게 됐구나, 하는 생각에 얼핏 웃음이 났다. 지금의 웃음은 조금 씁쓸했다. 결국 나는 제 무덤을 팠다. 아야네한테 도움이 됐으면 하는 바람으로 니헤이 씨를 연결해줬다. 오작교 노릇을 자처한 셈이다. 설마 이렇게까지 연결될 줄이야.

결론적으로 아야네를 위한 일이 되긴 했다. 아마 고야나기 씨와 니헤이 씨에게도 도움이 됐을 것이다. 고야나기 씨가 원래부터 광고 업계에 대해 쓰고 싶었는지, 아야네를 만나고 나서 그런 마음을 먹었는지는 알 수 없다. 알 필요도 없고.

니헤이 씨 말대로 아야네가 먼저 호감을 보이진 않았을 것이다. 아야네는 그런 행동은 하지 않는다. 그러나 이렇게 되어 기쁘긴 할 것이다. 스스로 움직여서 이뤄냈다는 확신은 하고 있을 터였다.

그건 그것대로 좋다. 지금 내 진심은 이렇다.

고야나기 씨가 광고 업계를 배경으로 재미있는 소설을 써 줬으면 좋겠다. 『카피 캣 우먼』으로 소설의 재미를 세상에 널리 알려주길 바란다.

다음 날은 부서 회의가 있었다. 지난주에 출간된 책의 실적을 보고하는 마케팅 회의가 아니라 앞으로 낼 책의 진행 상황을 보고하는 진행 관련 회의다.

회의라고는 하지만 부서 내부 회의라 그리 숨 막히는 시간은 아니다. 오히려 시답지 않은 분위기에 가까워 우스갯소리도 곧잘 한다. 여기저기서 농담이 날아든다.

예컨대, 니헤이 씨가 고야나기 씨의 차기작 타이틀을 『카피 캣 우먼』으로 하려고 한다고 말했을 때는 다들 한바탕 웃음을 터뜨렸다. 또 그걸로 가? 캣 우먼이란 말 막 써도 되는 거야? 「배트맨」 제작사에서 뭐라고 안 하나? 이런 말들이 오갔다.

예, 또 그걸로 갑니다. 캣 우먼은 써도 괜찮다고 사료됩니다. 앞에 '카피'라는 말이 들어가니 클레임은 없을 것으로 예상합니다. 니헤이 씨가 정중하게 답하는 바람에 웃음소리는 더욱 커졌다.

나도 내 담당 작품의 진척 상황을 전했다. 요코오 작가의 신작 역시 2월 출간을 목표로 순조롭게 진행되고 있습니다, 라고 보고했다. 이번엔 괜찮은 거 맞지? 두 번 퇴짜는 안 된다? 라는 아슬아슬한 농담을 듣기는 했지만 나 역시, 그 수준까지는 겨우 맞췄습니다, 하고 아슬아슬한 농담으로 받아쳤다.

진행 회의를 마친 후, 기타자토 편집장에게 불려갔다.

"나타네, 요코오 작가 원고 읽어봤어."

"아, 그러세요?"

의견을 참고할 생각으로 초고를 건네뒀었다.

출간 도서는 편집장도 빠짐없이 읽는다. 초고를 수정하

원고나 1차 교정 단계에서 읽는 경우가 많다. 이번에는 시간이 넉넉지 않아 초고를 전달했다.

"어떠셨어요?" 조심스럽게 물었다.

"나쁘지 않아." 기타자토 씨가 답한다. "근데 복싱을 시작한 계기가 좀 더 확 와닿아야 하지 않나?"

"펀치 머신, 꽤 알기 쉽지 않나요? 적당히 바보 같기도 하고."

"거기를 아예 더 바보스럽게 다듬는다든지. 이를테면 그래, 불량배들한테 얻어터지다 큰맘 먹고 덤벼봤는데 상대의 움직임이나 주먹이 슬로모션처럼 보여서 간단히 이겨버렸다든가. 이건 어디까지나 예를 든 거지만."

편집장인 기타자토 씨는 항상 이런 식의 지시를 내린다. 지시는 하지만 그 정도에 그친다. 이미 초고가 나온 단계에서 스토리 전체를 바꾸라든가 하는 요구는 하지 않는다. 물론 그런 일이 생기지 않도록 편집자도 미리 플롯을 공유한다.

"그건" 내가 입을 열었다. "좀 과한 것 같습니다. 요코오 작가님 스타일도 아니고요."

"요코오 작가 스타일에서 한발 더 나갈 필요가 있다고."

"그래도 그 부분은 없어도 되지 않을까요. 담당을 맡고 나서 작품을 몇 권 읽어봤는데요, 요코오 작가님은 그런 요소를 의도적으로 피해왔다고 생각합니다. 일부러 B급 표현을 쓸 때도 있지만, 절묘하게 선을 넘지 않으면서 최소한의 격을 유지한다고 할까, 저급한 곳에도 존재하는 품격 그 자체를 묘사한다고 할까. 딱히 불량배가 나온다고 격이 떨어진다는 의미는 아닙니다만."

"나도 불량배를 등장시키란 말은 아냐. 하나의 가능성으로 생각해두라는 거지."

"네."

작가에게 전달받은 첫 번째 원고. 난 그 원고를 정독하는 일에 가장 많은 에너지를 쏟는다. 평범한 독서를 하듯 한 번 읽고, 잠시 시간을 두고 다시 읽는다. 두 번째 읽을 때는 처음에 읽으면서 알게 된 스토리 전체의 그림을 의식하며 읽는다. 그렇게 하면 더 좋은 작품이 될 가능성을 탐색하며 읽을 수 있다. 수정 제안을 고려하면서 한 번 더 읽는다. 그 제안이 정말 좋은 건지, 과하거나 부족한 부분은 없는지 검증한다.

때로는 편집장과 의견이 부딪칠 때도 있다. 지금 이 경우는 부딪친다고 할 만한 정도는 아니다. 훨씬 더 심하게 부딪치기도 한다. 그럴 때도 상대가 편집장이라고 해서 물러서지는 않는다. 기본적으로는 내 의견을 관철한다. 관철을 시도한다. 자신 있게 그럴 수 있도록 몇 번이고 다시 읽는다. 다른 사람과 의견 충돌이 있어도 흔들리지 않도록 꼼꼼히 읽는다.

고개 숙여 인사하고 자리로 돌아가려는 내게 편집장이 말했다.

"구로타키가 이동해서 하는 말은 아닌데,"

"네."

"나타네, 자넨 앞으로도 계속 편집 일을 하고 싶나?"

"하고 싶습니다."

"그럼 더 진심으로 해봐. 복싱처럼 내던지지 마. 물고 늘어져. 요코오 작가를 물고 늘어져서 뭐든 끌어내라고."

"네."

진심인지 농담인지 분간이 되지 않는다.

기타자토 편집장은 웃으며 말했다.

"나도 참, 뭐라는 건지."

아, 진심이었구나. 농담을 가장한 진심.

그래서 나도 이렇게 답했다.

"이번엔 확실히 프로가 될 거예요. 편집자에 프로 자격증 같은 건 없지만, 돼보겠습니다."

진심을 가장한 농담, 을 가장한 진심.

자리로 돌아와 생각한다. 하고 싶습니다, 편집장에게 이렇게 말했다. 하고 싶다. 입사했을 무렵에는 그래, 솔직히 꼭 그렇지만도 않았다. 그러나 지금은 하고 싶다. 이제 물러날 곳이 없다. 회사를 그만둘 수도, 편집자를 그만둘 수도 없다. 의대나 복싱은 딱히 이런 생각이 없었지만, 우연처럼, 운명처럼 만난 편집 일만큼은 좋아한다. 책이 좋다기보다 편집이 좋다. 이 편집 일을 계속하기 위해서라도 나와 마찬가지로 긴 정체기를 겪고 있는 요코오 씨와 제대로 부딪쳐야 한다.

그리하여.

요코오 씨에 대해 더 잘 알기 위해 처음으로 『토킹 블루스』를 읽었다. 원고는 아카미네 씨에게 받아두었다. 요코오 씨에게 데이터 원고도 받았다. 아카미네 씨에게 제안받은 수정을 거치기 전의 글이라는 데이터 원고를 인쇄해 읽었다. 읽으면서 신작의 수정 제안을 정리할 생각이었다. 한마디로, 가볍게 훑어볼 생각이었다.

그런데. 끌려 들어가버렸다. 어라? 하는 생각이 들었다. 이거 재밌는데?

주인공인 오미 쇼야가 그저 맥없이 중얼거리기만 한다. 그렇게 중얼대기만 하는데도 어둡지가 않다. 어딘가 근본적인 밝음이 있다. 낙관이 비관을 그럴듯하게 감싼다. 드세면서도 여린 오미가 매력적이었다. 기가 세지만 연약함도 감추지 않는 면이 절묘한 장점이었다.

이거 재밌는데? 라는 감상은 다 읽고 나자 이거 확실히 재미있어, 로 바뀌어 있었다. 나는 꽤 좋았다. 어쩌면 요코오 씨의 작품 중에 제일 마음에 드는지도 모른다.

단, 이건 나의 개인적 취향이다. 그저 약하기만 한, 강해지지 못하는 이구사 나타네의 개인적 취향. 편집자로서는 아카미네 씨의 의견에 동의할 수밖에 없다.

확실히 지금 이 책을 낼 수는 없다. 아마 출간해봤자 잘 안 팔릴 것이다. 하지만 요코오 씨가 고야나기 씨처럼 되면 낼 수 있을지 모른다. 그쯤 되면 작가의 이름만으로 책이 팔리니 내도 된다는 뜻이 아니다. 널리 읽힐 테니 낸다는 거다. 이 작품을 좋아할 독자에게 닿을 가능성이 커지니까 낸다는 의미다.

결국 중요한 건 매칭이다. 커플에만 해당하는 이야기가 아니다. 작가와 독자도 마찬가지다.

딱 네 시간 만에 『토킹 블루스』를 완독하고 그날 바로 신작 수정안을 정리했다. 말이 그날이지, 끝난 시간은 다음 날 새벽이었다. TV에서 가끔 쓰는 표현을 빌리자면 심야 이십

팔 시, 즉 새벽 네 시다. 그러고는 회의 날짜를 잡는 메일을 요코오 씨에게 보냈다.

항상 새벽 네 시쯤 일어나는 요코오 씨에게서 새벽 다섯 시에 답장이 왔다. 아마 버터롤 두 개와 전자레인지로 데운 따뜻한 차 한 잔을 마시면서 보냈겠지. 쉬이 그림이 그려진다. 시간이 많지 않으니 가능한 한 빨리 만났으면 좋겠다는 나의 요청에 요코오 씨는, 난 민망할 정도로 다른 약속이 없으니 내일 이후 아무 때나 좋다고 응답했다.

그렇다고 하니 내일 만나기로 했다. 다행히도 나 역시 다른 회의가 없는 날이었다.

이번에 고른 가게는 긴자에 있는 구시아게(고기, 해물, 채소 등을 꼬치에 꿰어 튀김옷을 입혀서 튀긴 일본 음식ㅡ옮긴이) 가게였다.

요코오 씨는 평소 튀김류를 거의 먹지 않는다기에 괜찮을까 싶었는데 막상 가보니 좋아하셨다.

"제대로 만든 튀김은 정말 맛있다니까. 마트 할인 도시락에 들어 있는 건 튀김옷만 씹어 먹는 느낌인데 이건 달라. 대충 얼버무리려고 튀긴 게 아니야. 맛의 레벨을 높이려고 튀긴 거지."

우리는 맥주를 마시며 본론에 들어갔다. 취기가 돌기 전에. 샤프로 메모를 적어둔 인쇄 원고를 보여주며 요코오 씨에게 이런저런 제안을 했다. 여기는 이렇게 하면 어떨까요? 거기는 그렇게 하면 어떨까요?

요코오 씨는 바로 답할 수 있는 문제에 대해서는 그 자리에서 해결책을 냈고 그렇지 않은 건에 대해서는 생각해보겠다고 했다.

마침내 나는 가장 큰 산을 마주했다. 여기다. 주요 등장인물 한 명의 성격을 완전히 바꾸고 싶다. 요코오 씨가 좋아하지 않는 표현을 빌리자면 캐릭터 변경. 구체적으로 말하면 타산적 인간으로 만들었으면 한다.

"흐음, 글쎄. 과연 그럴 필요가 있을까."

"저는 필요하다고 생각합니다. 그렇게 하면 작품의 인상도 어느 정도 바꿀 수 있고요."

"나쁘게 바뀌는 건 아니고?"

"그렇진 않을 것 같습니다. 주인공의 성격이랑 잘 중화될 거예요. 오히려 더 균형이 맞춰지지 않을까요?"

"과연 그럴지…. 그 정도로 건드리면 작품 전체에 영향을 끼치지 않을까? 여기저기 왜곡이 생길 텐데."

"그건 고칠 수 있어요."

"고치면서까지 해야 할 일인가?"

"제 생각엔 그렇습니다. 그렇게 하면 전체적으로 더 흡인력이 생길 거예요."

대담한 제안임은 분명하다. 확실히 작품 이곳저곳에 영향을 줄 테지. 하지만 그 부분에 관해서는 글을 쓴 요코오 씨보다 내가 더 깊이 고민했을 것이다. 그 점만큼은 자신 있다.

요코오 씨는 맥주를 마셨다. 그리고 꼬치에 꽂힌 메추리알을 먹고 다시 맥주를 들이켰다.

"더 나빠질 리는 없단 말이지?"

"나빠지지 않을 겁니다."

"장담할 수 있어?"

"장담할 수 있습니다"라고 장담해버렸다.

"하지만 그건 나타네 군의 개인적인 의견이잖아?"

"물론 그렇습니다."

요코오 씨는 생각에 잠겼다. 맥주를 마신다. 두 번째 메추리알을 먹는가 싶더니 내려놓는다. 꼬치를 접시 위에 올려두었다. 그러고는 다시 마신다. 대답은 쉽게 돌아오지 않는다. 침묵하고 있다.

처음으로 요코오 씨와 이런 분위기가 조성됐다. 부딪친다. 씨름으로 치자면 샅바를 맞잡고 있는 느낌. 서로의 샅바를 꽉 쥔 채 모래밭 위에 버티고 있는 느낌. 나는 양보하지 않는다. 요코오 씨도 양보하지 않는다. 물러서는 쪽이 패배다. 보통은 의지가 약한 쪽이 물러선다.

"나한테는 말이야," 요코오 씨가 입을 열었다. "나타네 군밖에 없어. 나한테 출판사는, 가지카와는 곧 나타네 군이야. 물론 뒤에 편집장이나 다른 사람이 있겠지만 그 사람들은 아무래도 상관없어. 아니, 아예 상관없단 말은 아니지만 보이지 않는 사람까지 생각할 수는 없다고. 그러니까 나는 나타네 군을 향한 글밖에 쓸 수 없어."

"저는 제가 느낀 그대로를 작가님께 전하는 것밖에 할 수 없습니다. 하지만 전할 거예요. 더 좋은 작품을 만들기 위해서라면 불편한 얘기도 마다하지 않을 겁니다."

"그 의견이 옳은지 아닌지는 누가 판단하지?"

"독자가 합니다."

그야말로 틀에 박힌 대답이었다. 그러나 틀리지는 않았다. 작가나 출판사 모두 저마다의 의도가 있겠지만 결국에는 독자다. 작가는 읽히기 위해 쓴다. 출판사는 읽히기 위해 책을 낸다. 그 전제가 존재하는 한, 달라지지 않는다. 팔리느냐 팔리지 않느냐와는 또 다른 문제인 것이다.

"지금 그렇게 수정하려면 나는 먼저 나타네 군의 의견이 옳다고 인정해야 해. 스스로 납득하지 못한 채로 고칠 순 없으니까. 이런 말 하긴 좀 그렇지만, 나타네 군은 쓰는 사람이 아니잖아. 나타네 군의 의견이 옳다는 확신을 난 어디서 얻지?"

"그건 그저 읽는 사람으로서의 제 감각을 믿어주시는 수밖엔 없습니다. 달리 답해드릴 말이 없네요."

요코오 씨가 맥주를 마신다. 잔을 비웠다.

나도 맥주를 마신다. 잔을 비웠다.

"다음 잔도 맥주로 하시겠어요?"

"그래."

점원에게 맥주 두 잔을 주문한다.

금방 나온 맥주를 한 모금 마시더니 요코오 씨가 의외의 질문을 던졌다.

"『토킹 블루스』는 아직 안 읽었지?"

"아뇨, 읽었습니다."

"그랬군."

감상 의견을 전하지는 않는다. 지금 할 이야기는 아니라고 판단했다.

요코오 씨도 딱히 묻지 않았다. 묻는 대신 말한다.

"나도 한 가지 생각한 게 있어."

"뭐죠?"

"조각 글을 넣으면 어떨까."

"조각 글이요."

"그래. 예를 들면 나오이 렌지 말이야, 복서."

"네."

"프로 복서 나오이 렌지의 일인칭. 그 조각 글을 몇 군데 끼워 넣는 거야. 짧은 것들로 여기저기에 툭툭. 난데없이."

"그건 나쁘지 않을 것 같은데요."

"그 조각 글을 『토킹 블루스』처럼 쓰는 거지. 오미 쇼야 느낌으로."

"중얼거리는 투로, 말씀인가요?"

"그래."

"그렇게까지 하면 너무 뒤죽박죽이 되지 않을까요. 전체적인 인상도 산만해질 것 같은데요."

"그런가?"

"처음에는 변주로 느껴져 읽는 재미가 있을지 모르지만 몇 번이나 반복되면 그때마다 독자의 집중력이 흐트러질 수 있으니까요."

"흐음, 그럴까. 그 생각은 안 해봤네."

"조각 글을 넣는다는 아이디어 자체는 재미있는 것 같아요. 이 작품에 그 요소를 넣어야 할지와는 별개로요. 다만,

그 문제는 장편에 써야 의미가 있다고 생각합니다. 여기에 그런 식으로 쓰는 건 좀 아깝네요. 충분히 살리기 어려울 거예요."

그렇지만 너희가 그 장편에 퇴짜를 놨잖아? 라고 말하면 아무 답도 할 수 없을 것이다.

요코오 씨는 그러지 않았다. 뭔가 생각에 빠져 있다.

내가 한 제안을 받아들이는 대가로 요코오 씨의 제안을 받아들이는 그런 일은 하고 싶지 않다. 그런 식의 타협은 의미 없다. 그런다고 작품의 완성도나 재미로 이어지지는 않는다.

나는 말했다. 말하지 않는 편이 나을지도 모른다고 생각하면서도 굳이 꺼낸다.

"작가님."

"응?"

"이제 『토킹 블루스』는 떠나보내시죠. 완전히 떠나보내는 걸로 해요. 이건 어디까지나 제멋대로의 추측이지만, 머릿속 한구석에 그 생각이 남아 있으니 지금 같은 말씀을 하시는 것 아닐까요? 어떻게든 살려보고 싶다는 마음이 남아 있어서."

"그럴지도…."

"그러면 안 될 것 같아요. 이 작품은 이 작품대로 만들어가시죠. 짜깁기처럼 되지 않도록 이 작품 자체의 완성도를 높여가요."

"버리는 용기도 필요하다, 뭐 이런 얘긴가?"

"그렇습니다. 중얼거림도, 조각 글도 결국은 형식이니까요. 작가님은 그런 것에 기대지 않아도 충분히 잘 쓰실 수 있잖아요. 쓰는 사람이시잖아요."

"오오." 요코오 씨가 말한다. "지금 나 칭찬받은 거야?"

"칭찬하는 거 맞습니다. 칭송의 의미로 드리는 말씀 맞아요. 하지만 제 칭송 같은 건 별로 중요하지 않습니다. 편집자는 원래 작가를 칭찬하는 사람이니까요. 그런 말은 적당히 넘기시고 작가님은 그저 열심히 집필에 매진해주세요. 작품 그 자체와 맞서주세요. 지금보다 더 치열하게 맞서주십시오."

"오오." 요코오 씨가 다시 같은 소리를 낸다. "나타네 군, 웬일이야? 뭔가 평소랑 다른데?"

"그런가요?"

"그래."

"여자친구한테 차인 충격이 이제야 오는 거 아닐까요?"

"너무 뒷북 아니야?"

"뒷북이네요."

"뭐, 그럴 수 있긴 해."

"네."

요코오 씨가 메추리알을 입에 넣었다. 아까 접시에 돌려놨었던 꼬치다.

"어후, 맛있어~"라고 말하더니 덧붙인다. "있잖아,"

"네."

"아부든 뭐든 상관없어. 나타네 군이 진심으로 날 기분 좋게 해주려고 한다는 걸 내가 느끼면 그걸로 충분한 거지. 사람이란 게 그렇잖아."

미처 이해하지 못한 채로 답한다.

"아, 네에."

"아주 짧은 메일 한 통을 보내주는 것만으로 내 마음이 편해질 때도 있어. 거기에 덧붙인 별거 아닌 말 한마디에 큰 도움을 받기도 하고. 그런 게 실은 꽤 크거든. 아마 편집자 본인이 생각하는 것보다 훨씬 클 거야."

"신경 쓸 수 있도록 노력하겠습니다."

"그런 뜻이 아니라."

"네?"

"나타네 군은 이미 그렇게 하고 있단 말이야. 나, 힘을 얻고 있거든. 게다가 가끔 이렇게 맛있는 음식까지 먹여주니 더 힘이 나고."

요코오 씨가 맥주를 마시며 말한다.

"뭐, 한번 해볼게. 내가 할 수 있는 거라곤, 먹고는 자고 쓰는 것밖에 없으니까."

나도 맥주를 마시며 말했다.

"부탁드립니다. 온 힘을 다해 먹고는, 자고 써주십시오."

회의는 끝났다. 각자 맥주를 네 잔씩 마셨다. 구시아게도 코스에 단품 몇 개를 추가해 먹었다.

그 주 토요일. 나는 기바공원에서 로드워크를 한 후 체육관에 들렀다. 예전에 복싱을 배웠던 도자키 체육관.

거기엔 도자키 관장님과 나오이 렌지 선수가 있었다. 나오이 선수는 팬텀급 프로 복서다. 꽤 강하다. 얼마 전 세계 챔피언을 딴 세오 유이토 선수한테 이긴 적도 있다. 관장님 말씀에 따르면 가장 최근에 치른 두 시합에서 지고 잠시 쉬다가 얼마 전 겨우 복귀했다고 한다.

나오이 선수는 지금 스물다섯. 나보다 다섯 살 어리다. 그래서 내가 여기서 훈련을 받던 시기에는 아직 체육관에 없었다. 복싱을 시작한 나이는 열여덟 살로 나랑 같았다. 내가 그만둔 후 1년도 채 지나지 않아 입문했단다.

세오 선수를 이긴 전적이 있으니 나도 이름은 알고 있었다. 소속 도자키 체육관. 그 사실을 알고 깜짝 놀랐다. 내가 다닐 때 이 체육관에 그렇게 강한 복서는 없었기 때문이다. 관장님은 이 녀석이라면 세계 제패를 노려볼 만하다고 진심으로 생각했다고 한다. 지금도 그 생각에는 변함이 없어 보였다.

8월 초에 한 번, 요코오 씨와 둘이 취재를 하러 왔었다. 그때 나오이 선수는 없었다. 마침 쉬고 있던 때였다. 그래도 관장님이 이런저런 이야기를 들려줬다. 한 시간 남짓이었지만 체육관 견학을 한 것으로 요코오 씨도 만족했다.

긴자의 구시아게 가게에서 요코오 씨가 나오이 씨의 이름을 언급했다. 그때 이런 아이디어가 떠올랐다. 요코오 씨가 "버리는 용기도 필요하다, 뭐 이런 얘긴가?"라고 말하던 그 순간에.

물론 나는 진작에 복싱을 버렸다. 하지만 완전히 버리진 못했다. 흔히들 하는 말로, 제대로 매듭을 짓지 못한 것이다. 어떻게 하면 지을 수 있을까. 구체적인 계획은 하나도 세우지 않은 채 나는 도자키 체육관을 찾았다. 계기는 관장님이 만들어줬다. 내가 아니라 나오이 선수에게 이런 말을 던짐으로써.

"렌지, 나타네랑 스파링 붙어봐."

"아뇨, 무리예요." 다급하게 말했다. 누가? 내가.

"헤드기어 쓰니까 문제없어. 나타네도 엄연한 경험자잖아."

"그만둔 지 8년이나 됐다고요."

"몸은 다 기억해. 로드워크는 한다면서?"

"그냥 뛰는 건데요."

"뛰면 됐어. 자 얼른 옷 갈아입어. 붙으라고."

상대가 안 된다는 걸 알면서도 붙었다. 세계 챔피언을 이긴 상대와 함께 링 위에 선다는 사실에 솔직히 혹했다.

빌린 트렁크를 입고, 빌린 복싱화를 신고, 헤드기어를 쓰고, 링 위에 올랐다. 나오이 선수는 헤드기어를 착용하지 않았다.

"렌지, 세계 대회라고 생각하고 덤벼."

"엡."

"나타네, 제대로 날려도 돼. 렌지를 KO 시키고 네가 세계 무대에 선다는 생각으로 싸워."

"대체 무슨 말씀이세요."

관장님이 직접 공을 울렸다.

나오이 선수는 현역 프로 선수. 게다가 톱클래스다. 재미로 하는 스파링이라고는 해도 박력이 달랐다. 글러브를 끼고 맞붙은 순간 바로 느꼈다. 움직임만으로 몸이 조여들었다.

레프트 잽을 날린다. 한 번, 두 번, 세 번. 상대는 매번 쉽게 피했다. 난 맞는 것이 두려워 처음부터 허리를 뺐다. 이 감각이 그리웠다.

그러자 상대는 단번에 거리를 좁혀왔고 아차, 하는 순간엔 이미 눈앞에 있었다. 오른쪽 옆구리에 가공할 만한 충격이 전해지며 헉, 하고 숨이 새어 나왔다.

레프트 보디 훅. 노리는 곳은 리버, 간 쪽이다. 그 한 방에 난 매트 위로 가라앉았다. 그 자리에서 무너지듯 쓰러져 고통 속에 기절했다. 버둥대며 몸부림칠 수밖에 없었다. 예전 고레나가 군에게 펀치를 맞았을 때와 완벽히 똑같았다.

오랜만에 느끼는 통증. 몸속 심지까지 퍼지는 격렬한 고통. 머리가 새하얘져서 눈을 꾹 감았다. 눈꺼풀 사이로 눈물이 번지고 있음을 느꼈다. 통증을 조금이라도 줄이려 이리저리 뒹굴었다. 나이 서른에 맞아서 기절. 하지만 나쁘지만은 않은 기절.

"엄살이 심하네." 나오이 선수의 목소리가 들린다.

"렌지, 진짜 안 봐주고 제대로 때린 거야?"

"그럴 리가요. 끽해봤자 30퍼센트예요. 아니, 20퍼센트."

20퍼센트의 펀치. 하지만 난 100퍼센트의 기절을 했다.
매듭, 지었다.

11월의 요코오 세이고

쉰 살이 되어도 부정당하는 것은 괴롭다.

인간은 이런 일에 좀처럼 익숙해지지 않는다. 신인상에 응모했다 떨어지는 것도 괴롭지만, 예상치 못한 수정 지시도 괴롭다. 퇴짜를 맞았을 때만큼은 아니지만 아무튼 괴롭다. 논리를 들먹일 일이 아니다. 아마 앞으로 예순이 되고 일흔이 돼도 익숙해지지 않을 테지.

그렇다면 이런 지시를 받았을 때 어떻게 할 것인가. 내 경우엔 일단 일주일 동안 원고를 방치한다. 사물함 아래 빈칸에 내버려둔다. 아예 들여다보지 않는다. 건드리지도 않는다. 일주일 정도 놔두면 그 위로 얇게 먼지가 쌓이기도 한다.

그런 식으로 일단 원고와 거리를 둔다. 가능하면 생각도 하지 않으려 한다. 따로 할 작업이 있으면 그걸 하고, 없으면 나중에 쓸 작품의 이야깃거리를 찾는다. 어떻게든 나 자신을 진정시킨다. 이건 써먹을 수 없어, 이건 억지야, 같은 부정적인 감정에 빠지지 않도록 애쓴다.

그렇게 고쳐봅시다. 네, 당장 고치겠습니다. 이렇게 하는 건 역시 무리다. 어찌어찌 할 수야 있을지도 모른다. 시키는 대로 고치는 건 오히려 쉽다. 그러나 이렇게 고쳐봅시다, 라는 말을 듣고 그렇게밖에 고치지 못한다면 틀려먹은 거다. 그럴 바에야 차라리 편집자가 직접 마음대로 고치는 편이 낫지.

신인 시절에는 진심으로 그렇게 생각하기도 했다. 그럼 당신이 고치든가. 실제로 입 밖에 내본 적은 한 번도 없다. 그저 말하는 모습을 상상만 해봤을 뿐이다. 이 얼마나 매혹적인 대사인가. 마음에 안 들면 당신이 쓰든가. 어쩌면 작가가 편집자에게 해보고 싶은 말 1위가 이것 아닐까.

하지만 이제는 안다. 이것만큼 의미 없는 말이 또 없다는 걸. 작가와 편집자는 엄연히 입장이 다르기 때문이다. 정확히 말하면 하는 일이 다르다. 그야말로 나타네 군이 말한 대로다. 작가는 쓰고 편집자는 읽는다. 오직 완성도 높은 작품을 만들어낸다는 도달점이 같을 뿐이다.

얼마 전 긴자의 구시아게 집에서는 나타네 군에게 자못 낯부끄러운 말을 했다. 나한테 출판사는 곧 나타네 군이라느니, 나는 나타네 군을 향한 글을 쓸 수밖에 없다느니 하는 이야기들.

취한 건 아니었다. 딱히 분위기를 타지도 않았다. 아무튼 말했다. 진심은 진심이다. 아카미네 씨에게는 결국 말하지 못했다. 이성이라서 못한 건 아닐 테다. 나이 차가 덜 나서도 아닌 것 같다. 아카미네 씨는 마흔, 나보다 열 살 아래다. 나타네 군은 서른, 나보다 스무 살 어리다. 어찌 보면 말하기 편한 쪽은 아카미네 씨일지도 모른다. 그러나 정작 말한 상대는 나타네 군이었다. 소위 말하는 궁합의 문제일 수도 있겠다.

그렇게 긴자 구시아게의 날로부터 일주일이 지났다.

나는 후우우우 하고 길게 심호흡한 후 마침내 사물함 아래에서 원고를 꺼냈다. 겉에 붙은 먼지를 털어내고 작업용 책상 겸 식탁인 테이블 위에 올려놓는다.

수정 지시가 적힌 페이지에는 파란 메모지가 붙어 있다. 여성 편집자라면, 예를 들어 스이레이샤의 도가와 씨였다면 메모지 색깔이 핑크나 노란색이었을 것이다.

"어이, 이거 메모가 너무 많잖아." 혼자 중얼거리고는 '내리지 않는 비도 없다'라는 가제가 인쇄된 표지를 넘긴다.

첫 페이지의 메모. 그걸 보고 피식 웃었다. 웃음이 나오는 건, 괜찮다는 뜻이다. 이제 부딪칠 준비가 됐다. 일주일의 시간 덕분이다. "자, 시작한다"라는 말과 함께 수정 작업에 착수한다.

일단 마주하기 시작한 나는 강하다. 그래봤자 2승 8패의 수준이지만, 강하다.

수정 지시는 대부분 받아들인다. 그러나 그 이상을 노린다. 예전부터 그렇게 하기로 마음먹었다. 대개 시키는 대로 하기는 하지만, 나름의 무언가를 더한다.

좋았어, 말한 대로 고쳐왔군. 편집자는 이렇게 생각할지도 모른다. 그렇대도 그건 상대가 눈치채지 못하는 것뿐이다. 나는 반드시 그 이상의 수준으로 돌려준다. 늘 그래왔다. 그 점만큼은 자신 있다. 그렇기 때문에 여태 글을 쓰고 있는 것이다. 아직도 의뢰를 받는 것이다.

수정 작업을 하는 동안에도 머릿속 반쯤은 유미코를 생각했다. 고치면서 동시에 생각했다는 뜻은 아니다. 작업이 끝나면 유미코가 돌아온다. 그러다 보니 하루의 절반가량을 유미코가 차지하는 셈이 됐다. 모드는 자동으로 전환된다. 의식할 필요는 없다. 알아서 전환된다.

유미코의 이야기는 충격이었다. 어느덧 쉰. 동창 중에는 이미 세상을 떠난 사람도 몇 명 있다. 나중에 소식을 전해 듣는 경우가 대부분이다. 친하게 지내던 가까운 이가 죽은 일은 없었다.

여기서 일단. 유미코는 죽지 않았다. 살아 있다. 얼마 전에도 같이 술을 마셨다. 그러나, 그렇지만.

흔들린다. 속절없이 흔들리고 있다.

암이라니 무슨 소리야. 수술이라니 무슨 소리야. 말 안 했다는 게 무슨 소리야. 이제야 말하다니 무슨 소리냐고.

유미코의 옆모습을 떠올린다. 왼쪽에서 본 옆얼굴. 내가 늘 유미코의 왼쪽에 앉아서 그렇다. 왜 왼쪽이냐면, 내가 왼쪽 시력이 안 좋기 때문이다. 제대로 보기 힘든 정도는 아니다. 그러나 미묘한 불편함이 느껴져 상대가 왼쪽에 있는 것보다는 오른쪽에 있을 때 대화하기가 편하다. 몇 년도 더 전에 유미코에게 이 말을 했다. 그때부터 카운터 자리에서 술을 마시면 유미코가 내 오른쪽에 앉았다. 따로 말하지 않아도 그렇게 해줬다. 지금은 유미코도 무의식적으로 하는 행동 같다.

그리하여, 내 머릿속에 떠오르는 것은 왼쪽에서 본 옆모습이다.

쉰 살. 유미코도 나이를 먹었다. 암에 걸릴 정도니 틀림없는 사실이다. 젊어 보이기는 한다. 삼십 대 같다는 말까진 못해도, 쉰 살로 보이지는 않는다. 사십 대 초반 정도? 회사에 다니며 매일 사람들과 어울리기 때문일 테다. 카페 매장들을 돌다 보면 젊은 직원들과 접할 기회도 많겠지.

지금까지는 유미코의 존재가 당연했다. 가까이 있지 않아도, 만나는 횟수가 반년에 한 번이라도, 항상 그 존재는 느껴왔다. 지금도 유미코는 존재한다. 존재해주고 있다. 그러나 앞으로는 그렇지 않을 가능성도 있다는 사실을 처음으로 인식했다.

유미코라면 혹여 누군가와 결혼하더라도 가끔은 나와 술잔을 기울여줄 것이라는, 그런 감각이 있었다. 내가 먼저 부르지 않더라도 유미코가 연락해줄 거라는, 그런 희망찬 예상도 했었다. 그러나 결혼 같은 일과 무관하게 유미코가 없어질 가능성도 분명 있는 것이다.

이야, 큰일이다. 요즘 하루 한 번씩은 이 말을 중얼거린다. 대체 뭐야, 미조구치. 말이 되냐고, 미조구치.

난 남자, 유미코는 여자. 그런 관계에 대해 한 번도 생각해보지 않았다면 거짓말일 것이다. 그런 생각을 몇 번인가 했다. 그러나 늘 에이, 설마 하는 결론이 났다. 유미코도 다르지 않으리라.

마지막으로 그 생각을 했던 게 20대 후반이었던가. 암흑의 시대. 미래가 보이지 않는 상황이 이어지자 더 이상 그런 생각을 하지 않게 됐다. 그건 그것대로 오히려 편했다. 유미코만은 부담 없이 불러낼 수 있었다. 유미코도 편하게 만나자는 연락을 했다.

그런 상태를 쉰 살이 된 지금까지 유지하고 있다. 서서히 멀어지거나 연락이 끊긴 상대가 여럿이지만 유미코와는 그렇게 되지 않았다.

확실히 1년 정도의 공백기가 있기는 했다. 상대가 유미코라 개의치 않았다. 유미코가 나랑 거리를 두고 있다고 해석하진 않았다. 그 이후 다시 아무렇지 않게 함께 술을 마시기 시작했으므로 1년간 만나지 않았다는 사실 자체를 잊고 있었다. 당시에 아무것도 몰랐던 것이 이제 와 후회스럽다.

유미코가 말한 원추절제술에 관해 찾아봤다. 자궁경부암은 20대 후반부터 환자가 늘고 40대에 정점을 찍은 후 그때부터 환자 수가 제자리걸음을 한다고 했다. 내가 본 기사에는 조기에 발견해 원추절제술로 암세포가 있는 부분을 완벽하게 도려내면 완치도 가능하다고 나와 있었다. 유미코가 지금처럼 지낸다는 건 완치됐다는 뜻이겠지, 이렇게 생각했다. 그렇게 생각하고 싶다.

몹시 동요하고 있음을 스스로 인정하지 않을 수 없었다. 그 대상이 유미코가 아니었다면 이렇게까지 동요하지 않았을 거란 사실 또한 인정할 수밖에 없다.

이제야 비로소 나는 유미코를 사람으로 의식했다. 아니, 여자로서 의식했다. 그야말로 내 안의 깊숙한 곳에서. 남녀 불문하고 단 한 사람, 유미코만이 내가 마음을 허락한 상대라는 사실을 깨닫는다.

그렇다면 지금까지는 뭐였을까. 20대에도, 30대에도, 40대에도 쭉 그래왔던 거겠지. 결국, 그것이 평안을 주는 형태였던 것이다. 1년에 두 번 정도 만나 술잔을 기울이는 시간이. 그 정도 일로는 관계가 흐트러지지 않으니까.

글을 쓰고, 유미코를 생각하고, 잔다. 그런 하루하루를 보냈다. 틈틈이 식사도 했다. 낫토와 김치를 먹었다. 두부도 먹었다.

그 두부가 10월부터 조금 이상해졌다. 맛의 문제가 아니다. 포장이다. 지금은 11월. 날짜를 역산해보니 10월부터 바뀌었음을 추측할 수 있었다.

난 언제나 요쓰바의 하트 마트에서 한 모에 30엔짜리 두부를 산다. 하루에 한 모를 먹고 장은 이틀에 한 번 본다. 그러니까 한 번에 두 모를 산다.

난 글을 쓰는 것도 좋아하지만 두부도 좋아한다. 아무리 먹어도 질리지를 않는다. 예전에는 연두부만 찾아 먹었다. 그 부들부들한 식감이 좋았다. 그러나 40대가 되고 나서는 모두부파로 전향했다.

어찌 된 일인지 하트 마트 매장에 당시 아직 29엔이던 연두부가 놓여 있지 않은 날이 있었다. 어쩔 수 없이 모두부를 샀다. 58엔 주고 다른 연두부를 사는 것보다는 낫다고 판단했기 때문이다.

먹어보고 오호, 싶었다. 나쁘지 않은데? 연두부보다 거칠긴 하지만 그만큼 포만감이 있을 거란 생각이 들었다. 더 단단한 만큼 밥반찬으로 먹기 좋을 것 같다는 생각도 들었다. 이틀에 한 번 장을 볼 때마다 연두부 한 모, 모두부 한 모씩 사기 시작했고 결국엔 모두부만 두 개 사게 되었다. 대략 두 달에 걸쳐 모두부로의 전향을 완료했다.

문제는 포장이다. 두부 한 모가 쏙 들어가 있는 그 용기, 위에는 투명한 필름이 붙어 있다. 그 필름이 이중으로 바뀐 건지, 더 강한 접착제를 쓴 건지, 벗기기가 영 힘들어졌다.

보통은 네 모서리 중 한 곳을 손끝으로 붙잡고 힘을 줘 당기면 벗겨지게 되어 있다. 그런데 고정력이 도를 넘었다. 왼손으로 용기를 누르고 오른손 엄지와 검지로 필름 끄트머리를 잡아 힘을 줘 벗겨본다. 안 벗겨진다. 꿈쩍도 안 한다. 온 힘을 다해봐도 소용없다. 네 모서리 어디를 노려봐도 안 된다.

어이, 진짜 이러기야? 어쩌라는 거냐고. 몇 번을 더 시도하다 포기하고 가위로 비닐을 뜯어버렸다. 윗면의 구석, 두부와 용기 사이에 물이 들어 있는 부분을 공략하는 것이다. 가윗날로 비닐을 푹 찌른다. 쉽게 말해 자른다기보다 뚫는 느낌. 그다음 물을 버리고 구멍에 손가락을 넣어 필름을 벗긴다. 찢어발긴다.

이 지경이니 깔끔하게 벗길 수가 없다. 용기 테두리에 필름이 그대로 붙어 있다. 어떻게든 두부를 꺼낼 수는 있다. 그뿐이다. 원래 용기를 그릇 삼아 먹는 나로서는 곤란한 일이다.

머지않아 원래대로 돌아오겠지 싶어 기다려봤지만 계속 이 상태다. 분명 사람들이 클레임을 걸 거라고 생각해 또다시 기다려봤지만 역시나 이 상태다.

흐음. 생각에 잠긴다. 매일 가위질을 하는 건 정말 귀찮은 일이다. 나는 요리를 하지 않기 때문에 여기에 쓰는 가위도 부엌용이 아니다. 하트 마트의 문구 코너에서 98엔 주고 산, 말 그대로 사무용 가위다. 종이를 자르거나 구멍 난 양말을 자를 때 쓴다. 위생적으로 이게 맞나 싶다.

다른 두부를 산다는 선택지는? 없다. 왜냐, 한 모에 30엔이니까. 압도적으로 싸다. 한 단계 위로 가면 가격이 곧바로 두 배 가까이 오른다. 58엔짜리가 된다. 가격이 싸다고 질이 나쁜가 하면 그렇지도 않다. 원재료인 대두가 조금 저렴할지는 모르겠지만 맛은 차이가 없다. 불만이 전혀 없다. 그래서 더욱 안타까운 것이다.

마침내 나는 휴대폰을 손에 들었다. 누군가는 해야 할 일이라는 생각에 0120으로 시작하는 숫자를 눌렀다. 포장지에 적혀 있는 고객 상담실 전화번호다.

이런 곳에 전화를 거는 일은 태어나 처음이었다. 연결음이 들리는 동안 스스로 되뇌었다. 클레이머가 되지는 말자. 지하철역에서 봤던, 거칠게 항의하던 그 남자처럼 되지는 말자.

"여보세요." 목소리가 들린다. 의외로 남성이었다. 회사 이름을 밝히고는 이어 말한다. "전화 주셔서 감사합니다. 고객 상담실입니다."

"여보세요. 클레임을 걸려는 건 정말 아닌데요"라는 묘한 서두가 튀어나왔다.

"예."

"그게, 이 회사 두부, 그 두부를 항상 먹고 있는데요. 정말 늘 먹습니다. 매일."

"감사합니다."

"두부 한 모를 30엔에 팔아줘서 저야말로 감사해요. 정말 큰 도움을 받고 있습니다."

"그렇게 말씀해주시니 정말 고맙습니다."

"그래서, 정말로 클레임은 아닌데요, 부탁드리고 싶은 게 있습니다."

"네, 무슨 일이시죠?"

"그, 포장 말이에요. 그 용기 위에 뚜껑이라고 해야 하나, 필름 같은 부분."

"네."

"거기가 너무 단단하게 붙어 있어서 벗기기가 어려워요. 전에는 그렇지 않았거든요. 별 어려움 없이 싹 벗겨졌어요. 근데 최근 한 달 정도 계속 안 벗겨지더라고요."

"아아, 그러셨군요. 죄송합니다. 늘 저희 상품을 구매하시는 매장이 어딘가요?"

"그, 하트 마트요. 미쓰바시 요쓰바에 있는 하트 마트."

"아, 그러세요. 정말 죄송합니다."

"아닙니다, 그런 말씀 마세요. 그저 예전처럼 만들어주시면 좋겠다는 것뿐이라서요."

"마침 지금, 다른 고객님도 그런 지적을 해주셔서 바꾸려던 차였습니다."

"아, 그런가요? 다행입니다."

"그러니까 조금만 기다려주시면 감사하겠습니다."

"네, 알겠습니다. 뭔가, 죄송하게 됐네요. 이미 그런 상황이었는데 괜한 연락을. 실례했습니다."

"아뇨, 아닙니다. 고객님께 불편을 드려 죄송합니다."

"아뇨, 아닙니다. 정말 항상 잘 먹고 있어요. 한 모에 30원짜리 두부, 다른 데선 안 파니까요. 매일 사 먹고 있습니다. 일주일에 7일."

"감사합니다. 앞으로도 잘 부탁드리겠습니다."

"저야말로 감사합니다. 잘 부탁드립니다."

"그럼, 실례하겠습니다."

"네, 실례합니다."

전화를 끊었다. 안도의 한숨을 내뱉었다. 통화 시간은 약 2분. 꽤 긴 대화를 한 것 같았는데 의외로 짧았다.

뭐야, 전화 안 했어도 될 뻔했잖아, 라는 생각이 드는 하편, 하길 잘했다는 생각도 들었다. 평소의 감사한 마음을 전할 수 있었으니.

한 모에 30엔. 그렇게 팔아서 남는 게 있는지 늘 걱정이었다. 회사가 망하지 않기를 바란다. 힘내주길 바란다. 도저히 무리라면 가격이 인상돼도 어쩔 수 없겠지만, 그래도 40엔은 넘기지 말아줬으면 좋겠다.

휴대폰을 테이블 위에 올려놨다. 온화한 클레임, 무사히 종료.

그리고 다시 유미코를 생각한다. 두부 다음 유미코. 인생 첫 클레임 전화를 건 후에, 유미코.

뭐 하는 건가, 하는 생각이 든다. 그러나 사람 사는 게 이런 거다. 슬퍼도 배는 고프고, 기뻐도 방귀는 나온다. 무슨 일이 있든 간에 시간은 흐른다. 생활은 계속된다. 멈추지 않는다.

그 생활을 이어가기 위해 나는 밖으로 나간다. 걷는다.

장 보는 날이 아니기 때문에 하트 마트에 들르지는 않지만 그래도 요쓰바에 간다. 밭 사이로 난 길을 걷는다. 잡목림에 둘러싸인 구불구불한 길도 걷는다.

도중에 어라? 싶었다. 며칠 전까지만 해도 있던 집이 흔적 없이 사라져버렸다. 잔해 조각 하나도 보이지 않는다. 땅도

다 골라져 있다. 공터가 되어 있었다.

 이럴 때마다 항상, 뭐라 말할 수 없는 기분이 된다.

 건물이 없어지고 나면 부지가 괜히 더 좁아 보인다. 집이라는 게 얼마나 작고 보잘것없는 것인지 알게 된다. 방이 있고, 부엌이 있고, 욕실도 있고 화장실도 있을 터인데 실제로는 그 모든 게 이토록 비좁은 바닥에 담겨 있었구나, 하고 깨닫게 된다. 누군가는 저 방에서 몇 번이고 잠들고 깼을 텐데. 몇 번이고 욕조에 몸을 담그고 화장실에 갔을 텐데. 집이 없어지면 그런 과거까지 통째로 소실된 것 같은 느낌이 든다.

 실제로 살았던 당사자들의 기억과 경험은 사라지지 않는다. 그 사람들이 세상에서 없어진 것도 아니다. 아마도 어디론가 이사를 갔을 뿐이겠지. 모두 살아 있을 것이다. 요쓰바의 주택 전소! 요쓰바에서 일가족 참변! 이런 뉴스는 못 들었으니까.

 이렇게 여기저기 걸어 다니다 보면 알게 된다. 마을은 이렇게 조금씩 움직이고 있다. 조금씩 모습을 바꿔간다. 조금씩일지언정 확실하다. 하루는 확실히 일주일이 되고, 확실히 한 달이 되고, 확실히 1년이 된다. 그리고 1년은 10년이, 25년이 되고, 50년이 된다. 그렇게 사람은 쉰 살이나 먹게 되는 것이다.

마치 노리기라도 한 것 같은 타이밍으로, 앞쪽에서 할아버지가 다가온다. 자전거를 탄 할아버지다. 어이, 워어, 진작부터 소리를 내고 있다. 그것이 할아버지 나름의 인사라는 것을 이미 알아버린 나는 할아버지가 가장 가까워지는 순간을 기다렸다가 목소리를 냈다.

"안녕하세요."

"오우, 안녕하십까."

말이 엄청 빠르기는 하지만 인사라는 걸 알고 들으면 들린다. 분명 안녕하십니까, 라고 말했다.

지나치는 순간, 나는 처음으로 할아버지와 제대로 눈을 마주친다.

의외다. 할아버지의 눈이 너무 고와서 놀라고 말았다. 예쁜 눈이다. 어디가 어떻게 예쁘냐고 물으면 잘 설명할 수 없지만 그런 생각이 들었다. 눈이 맑은 건가, 환한 표정이 더해져 그렇게 보인 건가.

할아버지. 그리고 할머니. 나처럼 평일 오전이나 이른 오후에 걷다 보면 역시 동네에 고령자가 많다는 사실을 알게 된다. 고령자밖에 안 보인다고 해도 과언이 아니다. 20년 후, 내가 일흔이 될 즈음에는 그 비율이 더 높아지겠지.

어떤 삶을 살아왔는지는 얼굴에 드러난다. 난 이 견해가 거의 옳다고 생각한다. 가끔 가만히 있어도 웃는 얼굴인 할머니, 할아버지 들이 있다. 무척 호감이 가는 사람들. 분명 괜찮은 삶을 살아왔을 거란 인상을 준다.

타고난 인격. 그게 제일이긴 할 것이다. 거기에 다양한 요소가 더해져 그렇게 나이를 먹을 수 있는 것이겠지. 그 요소 중 하나가 유복함이라는 사실은 부정할 수 없다. 어느 정도의 유복함은 역시 마음의 안정과 여유로 이어진다.

유감스럽게도, 난 그렇게 되지는 못할 것이다. 유복해질 수도 없고, 가만히 있어도 웃는 얼굴인 할아버지가 될 수도 없다.

그러나.

눈이 고운 할아버지는 되고 싶다는, 그런 생각을 한다.

12월의 이구사 나타네

요코오 씨의 수정 원고는 좋았다. 기탄없이 말하자면 기대 이상이었다. 됐다, 싶었다. 이건 되겠다. 잘 팔리느냐 마느냐 하는 문제와는 별개다. 그건 정말이지 알 수가 없다. 그러나 좋은 작품이 될 것이다. 확신이 들었다.

수정은 그렇게 딱 한 번. 바로 입고했다. 그 소식을 요코오 씨에게 메일로 전했다. 잘됐군요, 다행입니다, 라는 답장이 왔다.

그때가 11월 말이었다.

일찌감치 편집장에게 부탁해둔 프루프 제작의 허가가 떨

어져 바로 준비했다. 프루프proof, 즉 시험 인쇄를 말한다. 책처럼 만든 간단한 인쇄물. 교정 단계에서 만들어 서점 직원들에게 돌리는 경우가 많다. 발행 전에 미리 읽게 해서 어필하는 방법이다.

가지카와에서 매달 출간하는 도서는 단행본 기준 열 권 안팎, 문고본은 스무 권에서 서른 권 정도가 보통이다. 2월 출간 작품 수는 아홉 권. 그중 요코오 씨의 책만 프루프를 제작했다. 기대를 받고 있다고 할 수 있다.

첫 번째 교정 단계에서 교열자에게 특별히 큰 지적을 받지는 않았다. 발음 표기나 한자 사용에 관한 것이 대부분이었다. 수정에 시간이 걸린 만큼 교정 원고 확인은 조금 서둘러달라고 요코오 씨에게 요청했다.

실제로 요코오 씨는 작업을 서둘렀다. 불과 사흘 만에 원고가 돌아왔다.

수정 항목들을 훑어보고 문제가 없다는 사실을 직접 확인한 후 바로 재입고에 들어갔다.

어제 2차 교정지가 나와서 반나절 동안 다시 읽었다. 그리고 오늘, 이제 거의 수정할 것이 없습니다, 깔끔한 교정 원고예요, 라는 메모를 붙여 요코오 씨에게 보냈다. 2차 수정 원고는 깔끔한 상태로 보고 싶다고 요코오 씨가 말했었다. 그릴 수 있어서 다행이었다. 여기까지 와서 이것저것 고치고 있으면 그른 거다.

이번 책의 디자인은 마흔다섯 살의 베테랑 남성 디자이너 아오누마 다쓰미 씨에게, 표지는 스물아홉 살의 여성 신인 일러스트레이터 요쓰지 료 씨에게 의뢰했다.

아오누마 씨와는 이미 여러 번 작업을 해봤지만 요쓰지 씨와는 이번이 처음이다. 부드러우면서도 심지가 있는 그림 터치가 마음에 들어 제안했다. 요쓰지 료. 본명이 아닐 줄 알았는데 본명이었다. 요쓰지 씨도 내 이름을 보고 같은 생각을 한 모양이었다.

두 사람 모두와 여러 번 회의를 했다. 메일도 주고받았고 직접 만나 이야기하기도 했다.

아오누마 씨에게는 이렇게 말했다.

"이런 얘기야 매번 들으셨을 테니 따로 말씀드릴 필요도 없겠지만, 이번에는 정말 많이 팔고 싶어요. 좋은 작품이라 많이 팔렸으면 좋겠어요."

요쓰지 씨에게도 같은 말을 전한 후 한 가지를 덧붙였다.

"요코오 작가님은 사람을 쓰는 분이라 지금까지 나온 작품들은 표지에 인물이 있는 경우가 많았는데 이번에는 거기서 좀 벗어나면 어떨까 싶어요. 복싱 글러브 같은 것도 너무 전면에 내세우기보단 귀엽게 어디엔가 살짝 넣는 느낌으로요."

이미 원고를 읽은 요쓰지 씨가 답했다.

"저도 그 생각 했어요. 구석에 살짝, 그러면서도 존재감은 있게. 복싱 글러브라는 건 한눈에 알아볼 수 있는 그런 느낌이 좋지 않을까 하고요."

"예를 들어 방 안 테이블에 원고가 놓여 있고 벽 한쪽에 복싱 글러브가 걸려 있다든지."

"인물은 안 들어가는 거, 맞죠?"

"네. 당사자는 없고 원고랑 글러브로 그 존재를 보여주는 거죠."

"좋습니다."

"주인공이 복싱 글러브를 낀 채로 원고를 읽는 그림도 생각은 해봤는데."

"그건 좀 튀네요."

"그러니까요. 거기까지 가면 요코오 작가님 책답지가 않죠."

방 안에 주인공은 없고 테이블에는 원고, 벽에는 복싱 글러브. 이 콘셉트로 진행했다. 원고지 맨 앞장에 적힌 제목을 그대로 책 표지로 보여주는 방법도 생각했지만 그러면 원고지 그림을 크게 키울 수밖에 없어서 단념했다.

그러다 좋은 수가 떠올랐다. 짓궂다면 짓궂은 장난이지만 생각이 나자 써먹고 싶어졌다. 원고에 적힌 제목을 '토킹 블루스'로 하는 것이다. 보일 듯 말 듯한 조그만 크기로. 하지만 마음먹고 읽으면 알아볼 수 있도록.

요코오 씨는 디자인이나 표지 일러스트에는 일절 관여하지 않는 것이 원칙이란다. 그러나 이 건에 관해서는 허락을 받기로 했다. 아무리 그래도 무단으로 사용하면 요코오 씨가 불쾌할 수 있는 문제니까.

메일로 보내면 의도가 제대로 전달되지 않을 우려가 있어 전화를 걸었다.

"여보세요."

"여보세요."

"고생이 많으십니다, 가지카와의 이구사예요."

"어? 무슨 일이야?"

"지금 잠깐 통화 괜찮으세요?"

"괜찮아."

"밖에 계시나요?"

"응. 걷는 중인데 괜찮아."

용건을 간결하게 설명했다. 표지 일러스트가 원고지와 글러브의 방향으로 진행되고 있다는 것. 그림 속 원고의 제목을 '토킹 블루스'로 하면 좋겠다는 생각이 들었다는 말도.

"좋은데?" 요코오 씨가 웃었다. "『토킹 블루스』가 그렇게 부활하다니, 기분 좋네."

"정말 괜찮으세요?"

"좋아. 그걸로 가, 그걸로."

"다행입니다. 일단은 허락을 받아야 할 것 같아서요."

"그래서 전화한 거야?"

"네."

"안 그래도 되는데."

"그래도 실례가 될 수 있으니까요."

"전혀. 좋은 아이디어잖아. 책을 읽는 독자들이 내 옛날 작품인 줄 알고 검색해보거나 하면 재미있지 않겠어? 찾아봐도 안 나올 테니 아, 가상의 작품인가 보다 하겠지. 실제로는 가상의 작품도 아닌데 말이야. 얼마든지. 편하게 써."

"감사합니다."

"실은 나타네 군 이름이 휴대폰 화면에 떠서 순간 긴장했어."

"왜요?"

"설마 여기까지 와서 엎어지는 건가 해서."

"설마요. 그건 아웃이죠. 인간으로서도, 출판사로서도 완전 아웃."

"퇴짜가 아니라서 다행이야."

"문제없습니다. 퇴짜 아니에요. 그럴 리가 없죠. 그럼, 말씀드린 방향으로 진행하겠습니다. 디자인 나오면 이미지 보내드릴게요."

"응."

"좀 이른 얘기긴 하지만, 뒤풀이 때 뭐 드실래요? 드시고 싶은 거 없어요?"

"뭐든 좋아. 맡길게. 늘 그렇듯 어떤 메뉴가 될지 기대하면서."

"알겠습니다. 긴자에 다른 가게 있나 찾아볼게요. 안 드시는 거 없었죠?"

"없어. 음식 투정할 처지가 아니라고. 흙 아니면 다 먹어."

"알겠습니다. 긴자에서 먹을 수 있는 흙 요리 외의 메뉴, 찾아볼게요."

"부탁할게."

"그럼, 실례하겠습니다."

"들어가요."

전화를 끊자마자 바로 원고 제목을 '토킹 블루스'로 가도 된다는 내용의 메시지를 요쓰지 씨에게 보냈다.

신인상 응모 원고들을 훑어보려던 찰나, 편집장이 말을 걸었다.

"나타네."

"네."

"요코오 작가 프루프는?"

"서점에 돌렸습니다. 연말까지 읽기는 좀 촉박하겠지만 신년 휴가 때 읽어주면 문제없을 것 같아요."

"나도 읽었어."

"아, 어떠셨나요?"

"여동생 캐릭터, 꽤 좋아졌던데?"

"그렇죠. 작가님이 너무 잘 고쳐주셨어요."

"확 터져주면 좋겠는데 말이지."

"네."

그 말만 남기고 편집장은 자기 자리로 돌아갔다. 예전에 말했던 그, 복싱을 시작하는 계기를 좀 더 확실하게 하는 게 좋지 않냐는 부분에 대해서는 언급하지 않았다.

편집장의 의견이라며 요코오 씨에게 전달하기는 했다. 불량배의 등장은 좀 어려울 것 같다고 했지만 수정은 해주었다. 구체적으로는 주인공이 혼자 게임센터에 가는 횟수를 늘렸다. 똑같은 펀치 머신만 친 것이 아니라 다른 브랜드의 기계들로도 본인 펀치의 강력함을 시험한 것이다. 훌륭한 대안이었다. 주인공의 바보스러운 모습이 돋보였다. 바보이긴 하지만 신중한 바보. 좋다.

올해도 딱 열흘 남았다. 얼른 일을 마치고 이다바시에서 도자이선을 탔다. 니혼바시까지 네 역. 넉넉잡아도 8분이면 될 거다. 어떻게든 제시간에는 도착할 수 있을 것 같다.

통근하며 도자이선을 타는 시간은 10분 남짓. 빈자리가 있어도 앉지 않는다. 문 근처는 피하고 차량 가운데쯤에 서 있는다. 지금도 그렇다.

니혼바시보다 한 역 전인 오테마치. 이곳은 타고 내리는 사람이 많다. 내 오른쪽 대각선에 앉아 있던 20대 후반 정도 되어 보이는 여성도 벌써 오테마치야? 하고 놀라듯 벌떡 일어나 허겁지겁 내렸다.

그 직후에 바닥을 보니 뭔가 떨어져 있었다. 아마 조금 전 그 승객이 떨어뜨렸을 것이다. 카드였다. 앗, 하고 손잡이를 놓고 몸을 굽혀 그것을 주웠다. 나도 따라 다급하게 전철에서 내린다. 타는 사람들에게 죄송합니다, 사과를 하며 간신히 승강장에 내렸다.

그 사람이 입고 있던 회색 코트를 보고 따라가 뒤에서 말을 걸었다.

"저기, 이거 떨어뜨리셨어요."

여성은 몸을 돌려 멈춰 섰다. 나를 보고, 카드를 본다.

본인 것인지 확인하는 의미로 덧붙인다.

"떨어뜨리신 거 맞죠?"

"아아, 네." 여성은 카드를 받아 들고 말했다. "감사합니다."

"아니에요."

다행이다. 나도 확신은 없었기 때문이다.

뒤돌아 다시 걷는다. 오른편에 정차 중인 전철. 탈 수 있을까? 생각하는 사이 문이 닫혔다. 전철은 떠나버렸다.

그러나 이곳은 도자이선. 이 시간대에는 3분 정도만 기다리면 다음 차가 올 것이다. 다만 그 3분이 늦어지면서 일곱 시로 잡아둔 약속 시간에 지각할 것이 분명해졌다.

승강장을 조금 걷다 멈춰 서서 전철을 기다렸다.

줍는 순간, 신용카드가 아니라는 걸 알았다. 어떤 상점의 포인트 카드. 별로 소중한 물건은 아니었을지도 모른다. 그러나 눈앞에 있었고, 주운 이상 전해주지 않을 수 없었다.

만약 처음부터 중요한 물건이 아닌 줄 알았다면 줍지 않았을까. 그렇지 않다. 휴지 조각 같은 게 아닌 이상 나는 줍는다. 주인을 찾아준다. 왜냐하면 이럴 때는 그렇게 하기로 정했기 때문이다.

몇 년 전 전철에서 자리를 양보한 일을 계기로 그렇게 되었다.

그때는 통근길은 아니었다. 앉아서 담당 작가의 책을 읽고 있는데 나이가 지긋한 여성이 탔다. 자리에서 일어나 여기 앉으세요, 하고 말했다. 하지만 이런 대답이 돌아왔다. 다음에 내려서요. 살짝 부끄러웠다. 이래서 양보하기도 쉽지 않은 거구나 싶었다.

그러고는 책 읽기를 멈추고 잠시 생각했다. 부끄러울까 봐 양보하지 않는 건 이상하다는 결론을 내렸다.

그때부터는 실천하고 있다. 지금의 행동도 그 일환이었다. 이것저것 따질 필요 없다. 어르신이 전철을 타면 자리를 양보한다. 누가 물건을 떨어뜨리면 줍는다. 그렇게 정해두면 될 일이다. 결정한 대로 움직이면 끝이다. 그것 때문에 약속 시간에 늦어도 되는 건 아니지만.

3분 후에 도착한 다음 전철을 타고 니혼바시에서 내렸다. 거기서부터는 걸음을 재촉했다. 역 이름 그 자체인 니혼바시(일본교)를 건너 상업 지구에 있는 태국 음식점에 들어간다.

점원에게 말한다.

"저기, 일곱 시에 예약한 이구사라고 하는데요."

"일행분이 먼저 와 계세요"라는 말과 함께 자리를 안내받았다.

4인용 테이블. 거기에 아즈나가 있었다. 이구사 아즈나. 여동생이다.

"불러놓고 나보다 늦게 오다니 어디 매너야?" 하고 웃는다.

"미안. 좀 정신이 없었어."

"뭐든 5분 앞당겨 행동하기, 명심하세요."

"알겠습니다."

"내 맘대로 안쪽 자리에 앉았어."

"잘했어. 내가 불러서 온 손님이시니까."

말하면서 의자에 앉았다.

우선 음료부터 주문했다. 아즈나도 나도 맥주를 시켰다. 태국 음식점답게 싱하 맥주였다.

"먹고 싶은 단품으로 하는 게 나을 거 같아서 코스 주문은 안 했어."

"응. 그게 더 좋아."

아즈나는 당면이 들어간 샐러드와 공심채 볶음, 태국 동북부 스타일 소시지 등을 골랐다. 일단 그 세 메뉴를 먹기로 한다. 아즈나는 나랑 음식 취향이 비슷해서 다행이다. 아야네였으면 아보카도 샐러드, 소시지 대신 고수가 들어간 월남쌈 같은 메뉴를 주문했을 것이다.

뭐, 동생과 전 여자친구를 비교하는 일은 이쯤 해두고.

싱하 맥주로 건배한다.

"생일 축하해." 내가 말했다.

"고마워. 오늘 이 자리 대체 뭔데?"

"뭐긴 뭐야. 생일 기념으로 밥 사주는 거지."

"동생 생일에 오빠가 불러서 밥을 산다고?"

"그러게. 불러버렸네."

"보통 생일인 사람은 그날 일정이 있지 않을까?"

"없었잖아."

"없긴 했지만 깜짝 놀랐다고. 생일날 밥을 같이 먹자니 뭐야, 닭살 돋아! 하는 생각부터 들더라."

"닭살 돋을 게 뭐 있어."

처음에는 아즈나가 일하는 병원과 가까운 신주쿠에서 볼 생각이었다. 그런데 어차피 그날은 본가에 갈 거니까 본가 쪽 방면에서 보는 게 좋다고 아즈나 본인이 말했다. 니혼바시가 낫겠구나 싶었다. 집에 돌아가는 동선을 감안하면.

이의는 없었다. 아니, 솔직히 말하면 조금은 있었다. 아야네와 헤어진 장소가 니혼바시였기 때문이다.

"어때, 전공의 생활 힘들어?" 하고 물어본다.

"편하다곤 할 수 없지. 바쁘기도 하고. 오늘은 이 시간에 빠져나올 수 있었으니 그나마 나은 거야. 올 생각이긴 했지만 무슨 일 생겼으면 못 나왔겠지. 무슨 일은 툭하면 일어나니까."

"그렇겠네, 아무래도 병원은."

아즈나는 그 병원의 선생님 이야기를 했다. 사코토시 조 선생에 관해. 권위 있는 내과 의사라고 했다.

"사코토시 선생님, 좌우지간 대단하다니까."

"대단하다니?"

"아우라가 막 뿜어져 나와. 다들 납작 엎드려서 하핫, 하는 느낌이야. 나는 아예 근처에도 못 간다니까. 말은 이렇게 하면서도 은근히 다가가긴 하지만."

"결국 다가가네."

"응, 말 막 걸어. 근데 막상 얘기해보면 놀랄 정도로 부드러운 스타일이라니까."

"호오."

"그래서 더 대단하게 느껴져. 결국 의사도 커뮤니케이션 능력이 중요하잖아. 환자가 마음을 안 열면 아무것도 안 되거든. 병원을 운영하려면 더더욱 필요할 거 아냐. 지역 주민

들이 싫어하면 그걸로 끝이니까."

"그렇긴 하지."

아즈나라면 미움받지 않을 것이다. 대화하기 편한 좋은 의사가 될 것이다. 엄청난 미녀 의사라는 말까지는 못 듣겠지만 꽤 예쁜 의사라는 이야기는 들을지도 모른다.

"아무튼 다행이야. 오늘 아무 일도 없어서. 오빠 혼자 쓸쓸하게 태국 음식을 먹게 하진 않았네."

"그래. 잘됐다."

"오빠는 어때? 연말인데 회사 일이 바쁘진 않고?"

"딱히 그렇게까진. 인쇄소가 영업을 안 하니까 그전에 끝내야 할 일들이 있긴 하지만."

"연말연시에 작가들 일 시키기도 좀 그렇긴 하겠다."

"그건 작가 본인이 하기 나름이야. 연말연시에는 안 쓰는 사람도 있고 전혀 안 쉬는 사람도 있어. 가족이 있고 없고의 차이도 있을 테고."

"그렇기도 하겠네."

가족이 없는 요코오 씨는 글을 쓸 거라고 했다. 주말이든 연말연시든 상관없다고.

음식이 나오자 우리 둘 다 잘 먹겠습니다, 인사를 하고 먹기 시작했다.

가는 당면이 들어간 샐러드. 맛있다. 이 가는 당면을 좋아하기는 하는데 보기와 달리 열량이 낮지 않다. 100그램에 350칼로리 정도 된다. 실곤약과 비슷해 보여서 저열량이라는 오해를 받기 일쑤다. 실곤약은 꽤 낮다. 100그램에 6칼로리쯤 된다. 복싱을 할 때 찾아봤었다. 감량에 필요한 지식도 알아둬야겠다 싶어서.

"너, 오늘 정말 괜찮았던 거야?"

"뭐가?"

"모처럼 별일 없는 날인데 다른 약속 있었던 거 아닌가 해서."

"아, 뭐, 남자친구 얘기 같은 거 떠보는 거야?" 아즈나는 날카롭다. "혹시 아빠나 엄마가 한번 캐보라고 시켰나?"

"설마. 오빠가 돼서 동생 상대로 스파이 짓을 할까 봐."

"어, 오빠는 충분히 할 거 같은데."

"안 해."

할 것처럼 보였다니, 좀 충격이네.

아즈나는 주저 없이 말했다.

"나 남자친구 있어."

"있구나."

"당연히 있지. 나이가 스물일곱인데."

"바쁜 거 아니었어?"

"바빠도 남자친구는 있어."

"그렇구나. 근데 생일에 안 만나는 거야?"

"응."

"그 사람 일 때문에?"

"일을 하긴 하겠지."

"무슨 말이야 그게. 혹시 사이가 별로 안 좋아?"

"딱히 그런 것도 아니야. 그냥 원래 스타일이 이런 거지."

"어디서 만났는데?" 질문이 서툴렀다.

그 말에 아즈나는 바로 눈치를 챈 것 같았다.

"아아, 그렇게 된 거였어?"

"뭐가."

"히카루가 말했구나."

"아니, 그게."

"아니라고?"

이렇게 물어보는데 거짓말을 할 수는 없었다.

"아닌 건 또 아니고."

"이름도 들었어?" 아즈나가 자기 입으로 말을 꺼낸다. "시부사와 군이야. 미팅에서 만났어. 히카루랑 같이 나갔던 자리에서."

"그랬다며."

"오늘, 그거였구나."

"어?"

"그 말 하려고 만나자고 한 거지?"

"아냐, 그런 건."

"아니라고?"

"아예 아닌 건 아닌데."

"히카루가 부탁했어?"

"부탁한 건 아니야. 그냥 얘기만 해줬어. 생일 축하도 제대로 해주고 싶었고."

"갖다 붙인 티가 역력하지만 태국 요리 좋아하니까 봐줄게. 할 말이 뭔데."

싱하 맥주를 한 모금 마시고 그 기세로 입을 열었다.

"그 시부사와 군은 괜찮은 건가?"

"괜찮냐니 뭐가."

"그, 별로 좋은 사람 아닌 거 아냐?"

"별로긴 하지." 아즈나가 시원하게 말한다. "손도 못 쓸 바람둥이야. 처음 만날 때부터 알고 있었지만."

"알고도 사귄 거야?"

"어. 만나보지 않으면 알 수 없는 면도 있을 것 같아서."

"그런 면이 있었어?"

"있었어. 인간이 원래 입체적이잖아. 바람둥이라고 좋은 점이 없는 건 아니야. 실제로 꽤 괜찮은 사람이긴 해. 자상하고. 물론, 바람피우는 상대한테도 자상하겠지만."

아즈나와 이런 대화를 하는 건 처음이다. 보통 여동생이랑 이런 이야기는 안 하니까. 요코오 씨가 쓴 『3년 남매』에 나오는 슌과 유즈코 남매 같을 순 없다. 막상 얘기해보니 아즈나 입에서 의외의 말들이 툭툭 튀어나왔다.

"여자친구 생일에 아무것도 안 하는데 자상해?"

"그건 자상함이랑 상관없어. 내가 신경을 안 쓰는 것뿐이니까. 여자들이라고 다 그런 걸 챙기진 않아. 나는 딱히 관심 없는 편이고. 생일이나 크리스마스에 아무것도 안 해도 괜찮아. 핼러윈 파티 같은 것도 그냥 좀 넘어갔으면 좋겠어. 집에 가는 길에 전철만 붐비고 귀찮잖아."

"우리 집은 생일도, 크리스마스도 다 챙겼잖아."

"엄마 아빠가 챙겼으니까. 그걸 하지 말라고는 안 해. 그래서 봐봐, 오늘도 오빠가 사주는 밥 먹고 있잖아. 이건 이것대로 좋아. 그냥 내가 먼저 바라진 않는다는 말이야."

"그런 거구나."

"응. 딱히 생일이 축하받을 일이라는 생각도 없고. 이야,

이제 금방 서른이겠네 하는 생각만 들더라. 아, 그래도 이번 생일을 기점으로 담배는 끊으려고."

"어? 뭐야, 너 담배 피워?"

"피워."

"진짜로?"

"어. 혼자 살면서부터 피우기 시작했어. 아무래도 스트레스를 많이 받긴 하니까."

"병원에서는 못 피울 거 아냐."

"병원에서는 안 피우지. 방에서도 안 피워. 그래서 피우는 양이 많진 않아. 흡연 구역이 있으면 한 대 태우는 정도? 그 한 개비를 제대로 음미하면서 마음을 가라앉히지. 일종의 의식 같은 거랄까."

"의식."

"그래도 끊을 거야. 담배 피우는 의사, 환자들한테 영 설득력이 없잖아."

"끊을 수 있겠어?"

"끊을 수 있어. 지금까지는 딱히 끊을 이유가 없어서 안 끊었던 거고. 남자친구가 피워서 따라 피우고 그런 건 아니야. 만나기 전부터 피웠으니까. 시부사와 군은 담배 안 피워."

"네가 피우는 건 알고?"

"알아. 말했어. 그래도 시부사와 군 앞에서는 안 피워. 일부러 참는 게 아니라 거기서까지 피울 필요가 없으니까."

"아아" 하는 소리밖에 나오지 않았다.

싱하 맥주 한 잔을 더 시켰다. 아즈나도 같이. 매콤한 음식에는 역시 맥주가 잘 어울린다.

가져다준 맥주를 한 모금 마시고 입을 연다. 무심코 이런 말이 흘러나왔다.

"아즈나, 저기… 미안해."

"뭐가?"

"아니, 그냥 이래저래. 너한테 부담을 준 거 같아서."

"이래저래 뭐?"

"뭐, 의사가 된 것도 그렇고."

이 이야기를 처음으로 꺼냈다. 한 번도 말한 적 없다.

"뭐야, 그렇게 생각했어? 오빠가 날 의사로 만든 거라고, 오빠 때문에 내가 의사가 된 거라고?"

"그렇게 생각했다기보단,"

"했다기보단?"

"맞아, 생각했어."

"그렇다면 오빠가 완전히 잘못 짚은 거야. 착각도 어지간해야지. 난 그냥 의사가 되고 싶었던 거라고."

"그래?"

"그야 당연하지. 하고 싶지도 않은데 됐겠어? 그 정도 마음으로 될 수 있는 직업 같아?"

"그런 일이 아니긴 하지. 난 하고 싶어도 못 했고."

"정말 하고 싶긴 했어?"

"하고 싶었어. 할 수 있다면 하고 싶었지."

"할 수 있다면, 이라는 표현을 쓰는 것부터가 별로 안 하고 싶었던 걸로 들려."

이런 말을 들으니 잘 모르겠다. 곰곰 생각하게 된다. 내가 어땠더라.

"아무튼 잘됐어. 오빠가 아득바득 의사가 되겠다고 나서지 않아서 다행이지 뭐야."

"왜?"

"의사가 되면 내가 병원을 물려받잖아. 편하게 개업의가 되는 거라고. 그러니까 열심히 할 의욕도 생기고."

"다행이네. 열심히 하고 있다니."

"나도 다행이라고 생각해. 오빠보다 내가 더 머리가 좋아서."

"그런 말을 대놓고 한다고?"

"하지 그럼. 어쩌다 의대에 떨어지긴 했지만 좋은 대학 들어가서 편집자가 됐으니 된 거잖아. 보통 그렇게 되기 쉽지 않으니까. 입사 시험에 떨어지는 사람이 얼마나 많은 줄 알아? 못해도 천 명 단위는 될걸. 아니지, 서류 심사까지 치면 만 명 단위는 되겠다. 난 그런 취업 시험에는 못 붙었을 거야. 면접에서 떨어졌겠지."

"안 그랬을 거야."

"그랬을걸. 오빠처럼 사람들한테 호감을 주는 인상도 아니니까."

"그래?"

"그래. 난 편도 있지만 적도 있는데 오빠는 안 그렇잖아. 적을 만드는 일, 없지 않아?"

"뭐, 적극적으로 만들지는 않지."

"아빠도 엄마도 적으로 돌리진 않았잖아."

"응?"

"내가 오빠 입장이었으면 아마 엄마도 아빠도 적이 됐을 거야. 일단 의대 시험 자체를 안 봤겠지."

"봤잖아."

"그야, 내가 의사가 되고 싶었으니까 본 거지. 우연히 맞아떨어져서 잘 넘어간 것뿐이야. 적으로 돌릴 이유가 없었던 거지."

"흐음."

"편집 일도 나였으면 똑바로 못 했을걸? 아무래도 작가를 우선하는 분위기잖아."

"그건, 그렇지."

"그거 하나만 봐도 나한테는 무리야."

"그렇지 않아. 가끔은 따끔한 말도 해야 한다고. 지금의 너처럼."

"오빠도 그런 말을 해?"

"가끔은."

"그런 말을 한다고?"

"하지, 그럼."

"그래도 기본적으로는 작가를 치켜세우는 직업이잖아."

"치켜세우는 건 아니고. 지지하는 일이지."

"아, 그 지지하는 일, 난 못 할 거 같아. 내 뜻대로 되지 않으면 막 짜증 나거든. 게다가 편집자도 목표 수치 같은 게 있을 거 아냐?"

"있지."

"그런 것도 나랑 안 맞아."

수치로 책정된 목표는 있다. 판매 부수다. 편집자의 성과는 곧 부수다. 최종적으로 얼마나 팔렸는지. 그건 명확하게 드러난다. 부수에 관한 압박은 항상 있다. 몇 권의 작품을 몇만 부 판다는 연간 목표도 제출한다.

"오빤 머리는 좋지만, 바보 같은 구석이 있으니까 작가들이 좋아할 거야."

"바보 같지 않거든? 머리도 좋진 않지만."

"오빠 의대 떨어지고 문학부에 들어가더니 복싱 시작했잖아."

"응."

"그 얘기 듣고 아아, 이 사람 바보구나, 생각했어. 그래도 살짝 안심했어. 이 집에 바보스러운 사람도 있구나 싶어서. 복싱한 얘기 가지카와 면접 때 했어?"

"했어. 달리 할 말도 없었으니까."

"이 사람 바보구나, 면접관들도 그렇게 생각했을걸."

"그랬겠지."

"그 덕에 합격한 거 아닐까?"

"바보 전형으로 붙었단 말이야?"

"그거지."

"그거라니."

"오오, 나타났다, 이런 사람이 오다니 합격. 그런 사람도 필요하잖아. 내가 면접관이었으면 다자이 오사무 어쩌고 하는 사람 말고 오빠 같은 사람 뽑을 거야."

"의대에서 떨어져서 복싱을 했는데 그것도 때려치웠답니다, 하고 히죽거리는 사람을?"

"히죽거리기까지 했어?"

"내 기억으로는."

"히죽거려도 뽑았을 거야. 미팅에서 히죽거리며 웃던 시부사와 군이랑도 사귀었으니까. 그러니까 뭐, 나도 오빠 못지않은 바보긴 하지. 남자 보는 눈이 없어. 그건 인정. 지금까지 만난 사람이 다섯인데 다 한심한 놈들이었거든?"

"다섯?"

"응, 대학 시절까지 치면 몇 명 더 늘겠지만."

"그나마도 대학 때 만난 건 뺀 거라고?"

"뺐지."

아즈나 본인의 입에서 몰랐던 정보들이 줄줄 나온다. 굳이 따지자면 마이너스인 정보들이.

"수련의 하고 전공의 하면서 연애할 시간이 있어?"

"없지. 없는데 만드는 거야. 지금은 인내할 시기야, 같은 생각 난 안 하거든. 20대에 그걸 참는 게 인간한테 좋을 리가 없잖아."

"아무리 그래도 다섯 명이면 꽤 되네."

"그렇지." 아즈나는 선뜻 동의했다. "아무나 만나는 건 아닌데 어쩌다 보니 그렇게 됐어. 그 점에 대해서는 나도 반성해. 하지만 동시에 만나거나 하진 않았어. 양다리 걸친 적은 없다고."

"이야, 다섯 명이라니." 문득 떠오르는 것이 있어 덧붙여 말했다. "고등학교 때 사귀던 그 남자는?"

"고등학교 때? 아아, 도도로키 군?"

"맞다, 도도로키."

도도로키 슈. 지금도 기억이 난다. 이름이 특이하기도 하고 한 번 만난 적도 있으니까.

"와, 옛날 생각 나네. 도도로키 군, 어떻게 살려나."

"소식 몰라?"

"모르지. 전 남친 소식은 모르는 게 보통 아냐?"

"모르나."

"내가 만난 사람 중에는 도도로키 군이 제일 나았던 거 같긴 해. 맞아, 그래서 자신 있게 집에도 데려간 거였어. 그 사람이면 아빠도 마음에 들 거라고 생각했거든."

"실제로도 그랬잖아."

"아빠보다 엄마가 더 좋아했지. 좋은 애라면서. 꽃미남이라고도 했던 거 같은데."

"오호."

"정작 도도로키 군은 좀 불편해했어. 아즈나 너 엄청난 부자였구나, 이러면서. 그래, 생각났다. 그때 내가 말했거든. 오빠가 의대에 떨어졌으니 도도로키 군이 의사 되면 우리 병원 이을 수 있다고."

"그랬더니?"

"아주 기겁을 하던데?"

"왜, 도도로키 군도 의사 되고 싶어 한 거 아니었어?"

"오빠처럼 할 수 있으면 하고, 정도였을 거야. 의대에 안 간 걸 보면. 아마 응시도 안 했을걸."

"그러니까, 도도로키랑 헤어지고 나서 다섯 명인 거지?"

"더 되지. 말했잖아, 대학 시절은 안 쳤다니까."

"아아, 그렇지 참."

"대부분 남자가 바람피워서 끝났어. 내가 너무 구속을 안 하는 게 문젠가 봐. 왜, 구속당하는 거 싫어하는 남자들이 많다잖아. 나도 그런 타입이라서 상대를 구속할 마음은 없거든. 근데 구속을 너무 안 하는 건지 다들 바람을 피우더라. 인간한테 어느 정도의 구속은 필요한가 봐. 글쎄, 한번은 내가 바람피우는 상대가 된 적도 있다니까."

"그게 무슨 말이야?"

"남친이 바람피우는 걸 눈치채고 그것들이 있는 곳에 쳐들어갔거든? 걔들이 지저분하게 구는 게 너무 열받아서."

지저분하게 굴다니 뭘 어떻게 했길래. 무서워서 물어보지도 못하겠다.

"그랬더니 여자 쪽이 어리둥절해요. 남자는 어쩔 줄을 몰라 하는데. 얘기하다 보니까 그쪽이 먼저였고 나랑 만난 게 바람이었던 거야. 이러나저러나 바람둥이지만 그 남자한테는 그 여자가 애인이고 내가 바람 상대였던 거지."

"그게 언제 얘기야?"

"전공의 되기 전. 수련의였을 때."

"별로 오래되지도 않았네."

"그렇지. 그 사람도 의사였거든."

"어이쿠."

"그런 짓에 직업은 관계없으니까. 경찰관도 선생님도 바람 다 피우잖아. 편집자 중에도 있지 않아?"

"뭐, 아마 있겠지."

아즈나가 싱하 맥주를 마시고 태국 소시지를 먹는다. 오늘을 기점으로 스물일곱이 되었지만 음식을 맛깔나게 먹는 얼굴만큼은 어릴 때와 다르지 않다. 나를 쳐다보며 말한다.

"나, 생각만큼 그렇게 순수하지 않아."

"뭐?"

"내가 닳고 닳았다고 말할 생각은 없는데, 유감스러운 일이지만 순수하지도 않아. 좀 더 순수할 줄 알았어?"

"그런 건 아닌데. 흠, 이렇게 말하는 것도 좀 이상하네."

"오빠가 나보다야 훨씬 순수하지."

"순수하진 않아."

"아냐, 순수해. 아빠도 비슷하게 생각하지 않았을까. 나타네는 너무 순수해서 병원 경영을 맡기기는 어렵겠다고."

"설마."

"오빠가 의대에 떨어졌을 때도 재수하란 말 안 했잖아."

"기대가 없었다는 뜻인가?"

"그런 게 아니라, 오빠한테 의사란 직업이 안 맞는다고 생각했단 거지. 어쩌면 엄마가 조언했을지도 모르고. 엄마, 오빠를 정말 예뻐하지만 그런 면에서는 냉정하잖아." 아즈나가 말을 이었다. "우리, 그린 커리 볶음밥도 시켜서 나눠 먹자."

"그래. 술은?"

"난 계속 맥주로."

점원을 불러 그린 커리 볶음밥과 싱하 맥주 두 개를 주문했다. 앞접시도 부탁한다.

"그래서 오빠는?"

"뭐가?"

"여자친구랑 잘 지내?"

"아아."

내가 아야네와 동거했다는 사실을 아즈나는 알고 있다. 딱 한 번이지만 만난 적도 있다. 나는 위스키밖에 안 마시기 때문에 편집장이 준 와인을 받으러 우리 집에 왔었다. 본가에 왔다가 자기 집에 돌아가는 길에.

만 엔 정도 하는 와인이 생겼는데 가져갈래? 어, 가져갈래. 이런 메시지를 주고받았다. 그때 집에 여자친구도 있다고 알려줬다.

아야네가 그 와인을 먹을 줄 알았는데 본인이 먼저 동생 주지 그래? 하고 제안했다. 유능한 동생 한번 만나보고 싶다면서.

그래서 그렇게 했다. 결국 아즈나는 말 그대로 와인만 받아 갔지만 말이다. 들어왔다 가라고 권했는데 아즈나가 됐다고 했다. 내일 일찍 출근해야 해서. 그래서 아야네까지 셋이 딱 5분 정도, 선 채로 짧게 대화를 나눴다.

"헤어졌어." 아즈나에게 말했다.

"그랬어?"

"응, 차였어."

나는 어떤 일이 있었는지 간단히 설명했다.

니혼바시 카페에서 느닷없이 아야네가 헤어지자고 했다는 것. 스스로도 머지않아 그렇게 되지 않을까 어렴풋이 생각하고 있었다는 것. 아야네와 내 가치관이 조금 달랐다는 것. 그 결과, 아야네가 나한테 만족하지 못했다는 것까지.

이야기를 듣던 아즈나가 말했다.

"그럴 것 같더라."

"뭐?"

"한 번밖에 만난 적 없지만 그때 이미 느꼈거든. 그 사람 딱 봐도 보통이 아니던데. 이용할 수 있는 건 다 이용하고 필요 없어지면 버리는 그런 타입 아니야?"

"딱 한 번 보고 그걸 느꼈다고?"

"느낌이 오더라고. 대놓고 날 뜯어보던데? 애초에 그 사람이 나 부르라고 시킨 거 아니었어?"

"뭐, 그렇긴 했지."

"직접 보고 싶었겠지. 시누이가 될지도 모르는 사람이니까. 아, 내가 어떤 사람인지 파악하고 있구나. 눈빛만 보고 바로 알았어."

"그래서 그냥 간 거야?"

"그것도 있었지. 일단 만난 순간의 분위기부터가 별로였어. 오빠랑 나를 자기 멋대로 조종하려 들잖아."

"조종한다고?"

"그랬어, 그 사람. 와인만 해도 그래. 오빠가 주는 건데 마치 자기가 준비해서 주는 것처럼 굴고."

"흐음."

"헤어지길 잘한 거 같은데? 그 사람, 오빠가 감당할 수 있는 상대가 아니었어."

"그런 생각이 들었으면 말을 하지."

"동생이 오빠한테 여자친구랑 헤어지란 말을? 내가 뭐라고. 내가 무슨 여왕이야?"

웃음이 났다. 웃으면서 싱하 맥주를 꿀꺽꿀꺽 마셨다. 아니, 벌컥벌컥.

"갑자기 그렇게 들이붓는다고?"

"아니, 좀 놀라서."

"뭐에 놀라."

"아즈나 너한테."

"응? 뭔 소리야."

세 살 어린 여동생. 예전에는 참 귀여웠다. 내가 여섯 살이었을 때 고작 세 살이었다. 열두 살 때는 아홉 살. 그때까지만 해도 참 나를 잘 따라다녔는데. 말로는 따라오지 말라고 하면서도 동생이 날 쫓아다니는 게 기분 좋았다.

그렇지만 쫓아다니는 건 딱 그때까지였다. 여느 여자아이들처럼 빠르게 성숙해졌다. 속공으로 어른의 계단을 뛰어올랐고 나와 대화도 나누지 않게 되었다. 사이가 나빴던 건 아니지만 뭐랄까, 멀어졌다.

학교 성적이 좋다는 건 알고 있었다. 하지만 그렇게까지 좋은 줄은 몰랐다. 내가 공부를 더 잘한다고 오랫동안 믿고 있었다. 지원한 모든 의대에 떨어지고 나서야 진작에 나를 앞질렀다는 걸 알게 됐다. 놀랐고, 안도했다.

그때부터는 쭉 잘난 동생으로만 봐왔다. 흠잡을 데 없는 여성으로밖에 보이지 않았다. 실상을 몰랐다. 이제야 알게 됐다. 그것도 한꺼번에.

세상에, 아즈나.

1월의 요코오 세이고

여러 번 생각했다. 생각하고 또 생각한 끝에 결론을 내렸다. 그것은 마치 퇴고에 퇴고를 거듭하는 작업과 같았다. 그리고 마침내 이게 맞다고 확신했다. 초고가 완성됐다.

늘 함께 가던 맥주 바에 유미코를 불렀다. 긴자 2가에 있는 가게다.

저녁 일곱 시에 만나 카운터 자리에 앉았다. 맥주를 마시고 안주를 먹었다. 맥주는 둘 다 하프 앤드 하프. 안주도 늘 주문하는 구운 풋콩과 직화구이 시메사바다.

1월 중순. 성인의 날이 지나면 연초의 들뜬 분위기도 다

찾아들겠지. 그래도 1월 8일이 성인의 날이 되는 해는 아직 이지 않아?(일본에서는 성년의 날을 성인의 날이라고 하며 공휴일이다. 매년 1월 둘째 주 월요일로, 해마다 날짜가 달라진다— 옮긴이) 이런 대화를 나눴다.

두 잔째 맥주가 나왔고, 한 모금 마시고 나서 나는 말했다. 이런 말을 꺼내기에 완벽한 타이밍 같은 건 어차피 없겠지 싶어서. 그냥 질러버려, 하는 마음이 컸다.

"있잖아, 미조구치."

"응?"

"우리 같이 사는 거 어때?"

매번 앉는 카운터 자리라 그런가, 이런 말투가 되고 말았다. 이곳의 카운터는 곡선으로 되어 있다. 그런 만큼 양옆 손님들과의 간격이 좁다. 각도 때문에 서로가 시야에 들어오는 느낌이다. 바텐더에게도 우리 목소리가 들릴지 몰랐다. 그래서인지 결혼이라는 말은 차마 나오지 않았다. 우리 결혼할까? 이렇게는 이야기하지 않았다.

역시나 유미코는 놀랐다. 이쪽을 본다. 왼쪽에서 옆모습을 보고 있었는데 이제 그녀의 얼굴이 정면으로 보였다.

"뭐?"

"그러니까, 같이 살자고"

"무슨 소리야." 유미코는 아무렇지 않게 그 단어를 꺼냈다. "결혼하자는 말이야?"

바텐더는 이쪽을 보지 않는다. 옆자리 손님들도 이쪽을 보지 않았다. 아무도 듣지 못한 것 같았다.

"뭐, 그런 거지." 내가 답했다.

"갑자기 어떻게 된 거야, 요코오."

"어떻게 되긴 뭘."

"어떻게 된 것도 아닌데 그런 말을 한다고?"

"어쩌면 어떻게 된 건지도 모르겠네."

"대체 무슨 말을 하는 거야." 유미코가 웃는다. 다시 옆모습이다.

"저번에 그 얘기를 듣고 나서 계속 생각했어."

"아아." 이번에도 유미코는 확실하게 말했다. "암?"

"응."

"나 참, 그렇게 심각한 거 아니라니까. 진짜야."

"심각하지 않은 게 아니지."

"이렇게 술도 마시는데?"

"아무리 그래도."

"내 실수네. 말하지 말 걸 그랬다."

"아냐, 듣길 잘했어."

"듣고 나서 생각한 거야?"

"그래."

"그 결론이 이거였구나."

유미코가 맥주를 마신다. 나도 마신다. 유미코도 나도 두 번째 잔은 흑맥주다. 씁쓸하지만 맛있다. 유미코와 마시는 맥주는 언제나 맛있다.

"굉장하네. 두 번째라니." 유미코의 말에

"어?" 내가 물었다.

"프러포즈 받은 거 말이야."

"아아."

"일단 확인부터. 지금 나 프러포즈 받은 거 맞지?"

"받은 거 맞아. 내가 했으니까."

"나이 쉰에 두 번째, 상상도 못 했다. 그런 면에선 기분 좋네."

"그래서?"

"뭐가."

"어떠냐고."

유미코는 이번에도 역시 주저 없이 말했다.

"요코오한테 날 책임지게 할 생각 없어."

"딱히 그런 의미는 아니야."

"무슨 말인지는 알겠어. 그렇지만 결국 그런 얘긴 거야."

"그런 거야?"

"그래. 넌 착하니까 그렇게 생각 안 할지도 몰라. 그래도 난 그렇게 생각할 수밖에 없어. 요코오한테 짐이 되고 싶지 않아."

"짐 같은 거 아니라니까."

"어쨌든 난 그런 생각이 든다니까."

유미코는 시메사바를 한입 먹는다. 입에 넣고, 씹고, 삼킨다. 나는 왼쪽에서 그 모습을 보고 있다. 유미코는, 살아 있다.

"엄청난 발상이네. 역시 작가야. 요코오가 나한테 프러포즈를 하다니 굉장하다."

"어쩌면 지금껏 그 생각을 안 해본 게 신기한 걸 수도 있지."

"지금까진 안 해봤구나?"

"안 해봤지."

"나는 했는데."

"진심이야?"

"꼭 너라서라기보다 우리가 남자와 여자라는 점에서 말이야. 한 번쯤 생각하게 되잖아. 혹시 그렇게 되는 거 아냐? 같은."

"아아, 그런 생각이라면 나도 했었어."

구운 풋콩을 먹는다. 껍질은 그릇 위에 놓았다.

유미코와 같이 사는 것, 앞으로 함께 살아가는 삶에 대해 다시 한번 생각한다.

젊었을 때부터 같이 살지 않은 관계가 갖는 약점은 아마 있을 것이다. 그 시기에 고락을 함께한 부부라면 자연스럽게 갖게 됐을 특별한 유대감과 정을 쌓지 못했다는 점에서 그렇겠지. 그러나 이 나이에 함께 생활을 시작하는 사람들만의 강점 역시 있을 테다. 우리는 아마 좋은 의미로 서로를 배려할 수 있을 것이다. 서로를 잘 돌볼 수 있을 거야.

나는 유복하지 않다. 유복해질 확률도 별로 없다. 큰 작품을 쓰지 않는 내가 소설로 상을 받는 일도 없을 테니까.

그러나 그런 내 책 중에도 『기노카』만큼은 잘 팔렸다. 덕분에 어느 정도 되는 돈이 들어왔다. 사실 그 돈에는 거의 손을 대지 않았다. 생활비는 어떻게든 감당하고 있다. 여전히 학생 수준의 생활을 하는 것도 한몫하겠지만. 아무튼 그 『기노카』 저금은 저금인 동시에 보험 같은 것이다. 계속해서 글을 써나갈 수 있게 해주는 보험.

원룸 아파트에서 투룸 아파트로 이사하는 정도는 가능하다. 그래서 프러포즈도 할 수 있었다.

대화하는 사이 긴장이 풀렸다. 풀리는 느낌을 받고 나서야 나름대로 긴장했었다는 걸 깨달았다. 그리고 지금은 풀렸으니 말한다.

"역시 싫어?"

"싫은 건 아니야. 그래도 같이 살 필요까진 없지 않을까?"

"그렇구나."

"결혼하면 뭐가 달라져? 만약 암이 재발했다고 치자. 내가 요코오한테 도움을 청한다고 해보자고. 결혼한 사이가 아니면 안 도와줄 거야?"

"아냐, 그건."

"도와줄 거잖아."

"그렇지만 결혼을 안 하면 넌 나한테 도움을 청하지 않을 거야. 결혼 안 했으니까 나한테 아픈 얘기도 안 한 거고. 결혼한 사이면 당연히 말했겠지."

"앞으론 말할게. 도움받을 거야."

유미코는 구운 풋콩을 먹는다.

난 맥주를 마신다.

"난 요코오를 구속하고 싶지 않아. 너는 구속당하면 안 돼. 그런 일에 묶이면 안 된다고."

"그런 일이라니."

"요코오를 좋아하긴 해. 만났을 때부터 좋아했어. 근데 나도 나이를 먹었잖아."

"무슨 뜻이야?"

"달라지고 싶지 않아. 이렇게 좋아하는 채로 살고 싶어. 가끔 술이나 한잔하면서 바보 같은 수다를 떨고 싶어. 나도 이제 쉰이잖아. 아줌마도 보통 아줌마가 아니라고. 이제 곧 할머니고, 할머니가 돼도 지금처럼 지내고 싶어."

뭐랄까. 살짝 떨렸다. 저릿한 느낌이었다. 아아, 그렇구나. 나, 행복한 거였어.

"얼마 전에 요코오, 중년의 결혼 얘기했었지? 그 얘기 듣고 나도 찾아봤거든? 50대 독신 남성의 결혼 확률이 10퍼센트고 여성이 7에서 10퍼센트래. 웃기더라니까. 이렇게나 세세하게 나눠놓다니. 87퍼센트랑 90퍼센트라면 다를 것도 없겠지만, 7퍼센트에서 10퍼센트 사이의 1퍼센트는 크다는 뜻이겠지."

"남녀를 불문하고 10퍼센트 정도라는 거네."

"그렇게 생각하자고. 나랑 요코오가 결혼할 확률도 10퍼센트는 되는 걸로."

"고작 10퍼센트야?"

"또 모르지. 마음이 변할 수도 있고. 요코오 생각도 바뀔 수 있어. 어휴, 큰일 날 뻔했네, 하마터면 분위기 타서 결혼할 뻔했잖아, 막 이럴지도 모른다고."

"안 그래. 나라고 그냥 분위기 타서 이런 말을 할까. 죽을 만큼 고민했어."

"다시 말하지만, 내 나이, 이제 쉰이야."

"나도 그래."

"이제 주름이 자글자글하다니까."

"그렇지도 않아."

"그렇지도 않다니, 묘한 말이네?" 유미코가 웃는다.

흑맥주 잔을 비우고는 묻는다.

"한없이 거부에 가까운 보류, 이렇게 생각해도 될까?"

"거부라는 말은 좀 세다. 그럴 거면 그냥 보류라고 해."

"영원한 보류구나."

"영원한 보류. 이거 소설 제목으로 쓰지 그래?"

"멋없어. 영원이라니. 나 그런 말 소설에 한 번도 쓴 적 없는 거 같은데? 적어도 이렇게 무게 잡는 느낌으론 안 썼을 거야."

"바로 그게 요코오 소설의 좋은 점이지. 나, 요코오랑 모르는 사이였어도 네가 쓴 책은 읽었을 거 같아. 좋아했을 거야."

세 잔째 맥주를 주문했다. 필스너 타입이다. 유미코도 같은 걸 시켰다.

카운터 안쪽에 있는 서버에서 바텐더가 글라스에 맥주를 따른다. 시간을 들여 따른다. 천천히 따르면서 거품을 가라앉힌다.

유미코도 나도 그걸 지켜본다. 서빙되는 순간까지 글라스를 쳐다보고 있었다.

"오래 기다리셨습니다." 바텐더가 말하자

"감사합니다." 유미코가 답한다.

"고맙습니다." 나도 인사했다.

마신다. 세 잔째지만 여전히 맛있다. 세 잔을 마셔도 맛있는 맥주는 역시 맛있구나.

"요코오, 본인을 좀 더 후하게 평가하는 게 어때?" 유미코가 말했다.

"네가 생각하는 것보다 스스로 뭔가를 이루지 못하는 사람이, 이 세상엔 더 많다고."

"그런가?"

"그래. 요코오는 대단한 거야. 자기 살을 깎아가며 사람들을 즐겁게 해주잖아."

"딱히 살을 깎는 느낌은 없는데."

"그것도 대단하고. 그 무던함이 대단해."

"뭐, 나이 쉰에 원룸 처지니까. 어떤 의미로 깎긴 깎는 건가."

"요코오는 말이야,"

"응."

"작가야. 남들이 보기엔 대단한 사람이라고."

"작가가 대단할 게 뭐 있어. 대단한 작가도 있기야 하지만, 난 아니야. 그냥 할 수 있는 일이 이것밖에 없었던 거지."

"그런 건 상관없어. 작품을 쓴다는 자체가 대단한 거라고. 보통 사람들은 원고지 400장, 500장씩 되는 글 못 쓴다니까?"

"안 쓰는 것뿐이겠지. 쓸 일이 없거나. 써야 하는 상황이면 다 쓸걸? 대학 졸업 논문도 50장 정도는 쓰잖아."

"그래봤자 50장이잖아. 게다가 딱 한 번이고."

"그걸 쓸 수 있으면 책도 쓰지."

"요코오는 본인이 쓸 수 있으니까 그렇게 생각하는 거야. 졸업 논문은 일생에 단 한 번이야. 졸업은 해야 하니까 죽어라 덤벼서 꾸역꾸역 50장을 채우지. 보통은 다섯 장도 힘들다니까."

"다섯 장 정도는 중학교 때도 썼잖아. 독서감상문 같은 걸로."

"그야말로 억지로 쓰는 거지. 종이에 글자를 채우는 것뿐이라고. 선생님도 반 학생 전원의 글을 읽느라 고역이었을 거야. 무척 슬펐습니다, 읽느라 힘들었습니다, 그런 내용이 태반일 테니까."

"읽느라 힘들었다는 거야말로 진짜 감상이네. 독서감상문이 아닌 독후감상문."

"보통은 기껏 다섯 장짜리 쓰는 일에도 그렇게 된다니까."

"나도 독서감상문 쓰는 건 잘 못 했어. 아마 지금도 그럴걸. 다른 작가가 쓴 글에 해설을 써달라는 부탁을 받아도 꽤 고생할 거 같아. 정말 재밌었어요, 같은 내용이 될 가능성이 농후하지."

내 말에 유미코가 웃었다. 말한 나도 웃었다. 안심이 됐다. 평소의 우리로 돌아온 느낌이다. 쉰 살에도 시답지 않은 이야기만 하는 우리로.

"아이고," 내가 말했다. "안 해본 프러포즈 하느라 배가 다 꺼졌네. 오늘은 피자 같은 거라도 좀 먹을까?"

"좋지."

바텐더가 아닌, 마침 뒤쪽을 지나가던 점원에게 음식을 주문했다. 마르게리타 피자, 라고 발음하기가 왠지 머쓱해서 피자라고만 했다. 다만, 부탁드릴게요, 라는 말은 잊지 않았다.

점원이 사라지기를 기다리던 유미코가 말했다.

"요코오."

"응?"

"또 불러야 돼."

"뭘?"

"괜히 거리 두면서 술 마시자는 말도 안 하고 그러면 안 된다."

"아아, 당연히 부르지. 난 미조구치한테 거리 두고 그런 거 안 해. 그러니까 이 나이 먹고 프러포즈를 하지."

다시 한번 유미코를 바라본다. 왼쪽에서 보는 옆모습을. 유미코는 나를 보고 있지 않다. 그저 웃고 있을 뿐. 눈꼬리가 접혔다.

그렇게 의식하고 보니 유미코의 말대로 주름이 늘었다. 몸에는 수술 자국도 있다. 그러나 여전히 유미코다. 주름 이상으로 매력이 늘어난 50세의 유미코다.

내 인생에 다른 사람을 사랑하는 일 같은 건 없다고 생각했다. 그러나 사랑했던 것이다. 오래전부터.

그러고는 1월의 끝. 끝 중에도 끝이다. 31일. 생각보다 일찍 견본이 도착했다. 단행본 신간의 견본, 열 권이.

어제 나타네 군에게 메일을 받았다. 견본을 보내뒀습니다. 내일 오전 중에 도착할 것 같아요. 빨리 나왔네! 기다리고 있을게, 라고 답장했다.

그리고 아슬아슬하게 오전. 오전 열한 시 50분쯤에 택배기사가 왔다. 항상 이때쯤 오기 때문에 예상은 했다. 오전 배달의 경우 보통 열한 시 45분에서 열두 시 사이에 온다. 그래서 백엔숍에서 산 도장과 인주를 준비해놓고 기다렸다.

집 앞에 트럭이 멈춰 선다. 문을 여는 소리가 들린다. 걸어오는 소리가 이어지고, 인터폰이 울린다. 딩동.

준비를 다 해놓고 기다리고 있었다는 사실을 들키는 게 민망해서 3초 정도 사이를 두고 문을 연다. 낯이 익은 택배기사다. 도장을 찍고 상자를 받는다. 감사합니다, 하고 인사하기에 똑같은 인사를 돌려줬다.

현관에서 안으로 돌아와 박스를 연다. 이 순간은 항상 즐겁다. 시안 단계에서부터 이미지를 공유받았기 때문에 어떻게 생겼는지는 알지만, 실물로 보는 건 또 다르다. 종이책은 참 좋다. 전자책도 편리하긴 하지만 난 역시 종이책을 좋아한다.

보통은 이 단계에서 편집자에게 메일을 보낸다. 잘 도착했다는 보고 메일이다. 그러나 오늘은 생각을 바꿔 전화를 걸었다. 직접 말하기로 했다.

가지카와의 편집부가 아닌 나타네 군의 휴대폰으로 전화를 걸었다. 편집자들은 바쁘니까 한 번에 연결되지 않는 경우도 많다. 그런데 바로 받았다.

"여보세요."

"여보세요? 요코오입니다."

"안녕하세요, 고생 많으십니다."

"지금 통화 괜찮나?"

"괜찮아요."

"견본 잘 받았어. 고마워."

"무슨 문제라도 있으신가요?"

"아니, 그런 게 아니라. 그냥 전화로 직접 말하려고."

"그러세요? 다행이네요. 뭐 잘못된 거라도 있는 줄 알았어요. 작가 프로필 같은 게 잘못된 줄 알고."

"문제없어. 제목도 제대로 돼 있고. 이 단계까지 와서 '그치지 않는 비는 없다'라고 잘못 찍힌 걸 발견해도 나름 재미있었을 텐데, 정확히 '내리지 않는 비도 없다'로 적혀 있더라고."

"그런 실수를 했다간 제가 잘리죠. 그 정도면 저도 해고라는 벌을 달게 받을 겁니다."

"표지, 근사하네."

"그렇죠? 저도 그런 것 같아요."

"'토킹 블루스'가 생각보다 또렷하게 보여서 좀 웃기긴 했어."

"디자이너분한테 부탁했죠. 더 잘 보이게 해달라고요. 어떻게든 그 제목을 남기고 싶었어요."

"덕분에 멋진 책으로 완성됐네. 고마워."

"아뇨, 저야말로 감사드립니다."

"시작이 시작이었던지라, 솔직히 어떻게 될지 걱정했었어."

"저도요. 처음에는 불안하더라고요."

"설마 이렇게 빨리 내게 될 줄이야."

"너무 서둘러서 죄송했습니다. 정말 애 많이 쓰셨어요."

"아냐, 아냐. 내가 고맙지. 기회를 줘서. 나타네 군이 아니었으면 이렇게까지 순조롭지 못했을 거야. 일단 이런 이야기를 생각해내지도 못했을 테니까."

"저도 좋은 경험이 됐어요. 이런 일, 보통은 없잖아요. 내 얘기가 책이 되다니."

"책 많이 팔아줘. 영업 사원들한테도 밀어달라고 해. 나타네 군 본인이 주인공이니까 좀 부탁한다고."

"열심히 해볼게요. 근데 작가님,"

"응?"

"나타네 군이라고 부르는 건 이제 그만하셔도 되지 않을까요?"

"아아, 그렇지. 그렇다고 이제 와 새삼 호소가이 군이라고 다시 부르기도 좀 민망한데. 계속 나타네 군으로 만났었잖아. 오히려 호소가이 군이라고 부른 기억이 거의 없어."

"그러고 보니 그러네요."

호소가이 군. 호소가이 미쓰히토 군. 이구사 나타네의 모델이다.

『내리지 않는 비도 없다』를 집필하는 동안 호소가이 군을 나타네 군이라고 불렀다. 처음부터 그러기로 정한 것은 아니었다. 처음에는 장난삼아 불렀을 뿐이었다. 그게 자연스럽게 굳어졌다.

유복한 환경에서 태어난 남자. 그런데도 자신의 의지로 하려고 했던 일들은 하나같이 잘 풀리지 않았던 남자. 그런 남자의 이야기를 일인칭 시점으로 쓴다. 그렇게 정하고 쓰기 시작했다.

우선은 이름을 떠올렸다. 예전부터 쓰고 싶었던 나타네라는 이름을 드디어 쓸 수 있었다. 이구사 나타네뿐 아니라 출판사 관계자들이나 작가의 이름도 모두 가명이다. 일부터 십, 백, 천, 만이라는 한자가 들어간 성을 붙였다. 백, 흑, 적, 청처럼 색이 들어간 한자들도 썼다. 미도리綠 도키무네, 라는 펜네임을 붙였을 땐 스스로도 웃음이 났다. 무슨 이름이 이래? 싶었다.

다음으로는 동서남북을 썼다. 소, 중, 고, 대, 이렇게 교육 과정의 앞머리를 따기도 했다. 고야나기 다이小柳大라는 이름에는 소와 대 두 가지를 썼다. 뒤에 나올 나카마 다카히로中間高弘도 그렇다. 춘하추동도 이름에 쓰고 싶었지만 작품 속 등장인물로 나쓰메千秋, 지하루千春, 지아키千秋를 썼기 때문에 후유冬라는 이름밖에 쓰지 못했다.

다만, 복싱 체육관의 선수들만큼은 실명을 썼다. 도자키 마키오 관장이 그러기를 희망했기 때문이다. 소설에 나오는 건 선수 이름을 알릴 수 있는 좋은 기회이니 실명을 써달라고 했다. 내 소설에 나온 정도로 이름이 알려지지는 않겠지만, 굳이 이런 말은 하지 않고 실명으로 썼다. 그러니 나오이 렌지 선수, 고레나가 아리쓰네 선수도 실존 인물이다. 고레나가 선수는 은퇴하긴 했지만, 나오이 선수가 얼마 전 팬텀급 세계 챔피언이 된 세오 선수를 이겼다는 것도 사실이다.

챕터는 총 열두 장. 월별로 나눴다. 짝수 달은 모두 이구사 나타네의 일인칭 시점으로 4월의 이구사 나타네, 6월의 이구사 나타네, 8월의 이구사 나타네, 이런 식으로 장 제목을 붙였다.

또한 작품에 들어가기 직전에 아이디어가 떠올라 홀수 달은 모두 다른 인물의 일인칭으로 하기로 했다. 시작인 3월은 나. 3월의 요코오 세이고. 내가 원고를 퇴짜 맞은 시점에서 시작했다. 나머지 다섯 개의 홀수 달은 나타네의 여동생 아즈나, 아빠 마사즈미, 엄마 아유코, 그리고 여자친구인 이시즈카 아야네, 아즈나의 친구 후지타니 히카루. 다섯 명 각각의 일인칭이다. 여러 각도에서 나타네를 바라보는 형태로 만들었다.

이 구성은 흡족했다. 호소가이 군도 찬성했다. 이런 생각이 든 것은 그야말로 초안을 막 쓰기 시작한 시점에서였다. 지하철에서 무서운 기세로 클레임을 거는 남성을 발견한 후 유미코네 회사가 운영하는 카페에서 자, 이제 써볼까, 했던 바로 그때다.

이건 될 거야. 그 순간 확신했다. 이건 됐다. 지금도 확신하고 있다.

"저도 나타네가 될 수 있어서 좋았어요." 호소가이 군이 말한다. "원고를 읽을 때는 기분이 이상하더라고요. 세세한 내용에는 차이가 있지만 설정은 저니까요. 병원을 운영하는 본가 얘기나, 몬젠나카초에 산다는 내용도 그렇고요."

"『곁가족』의 후시미 집안도 오빠와 동생이고 얼마 전의 『3년 남매』도 오빠와 동생 얘기였잖아. 거기다 이번에 이구사 남매까지 등장했으니 사람들이 날 시스터 콤플렉스로 알지 않을까 걱정이야. 여동생은 있지도 않은데 말이야."

"독자들이 그런 생각을 하면 성공이죠. 그만큼 확실히 작품에 끌어들였다는 의미니까요."

"나타네 군의, 아니 호소가이 군의 제안을 받아들이길 잘했어. 아즈나를 타산적인 여성으로 설정하길 잘했어."

"이제야 드리는 말씀이지만 그것 때문에 고민 많이 했어요. 처음에는 저를, 그러니까 나타네를 타산적인 인물로 만드는 게 맞지 않나 싶었거든요. 고학력 프로 복서라는 이름을 앞세워 사회생활을 하려고 했으니까요. 하지만 결국은 아즈나를 그런 캐릭터로 만드는 편이 낫다고 판단했습니다."

"정답이었어."

"네. 근데 아즈나 캐릭터는 제가 상상한 것보다 훨씬 좋아졌어요. 저는 그냥 적당히 못된 동생으로 묘사돼도 상관없다고 생각했거든요. 그만큼 나타네의 캐릭터가 돋보일 테니까요. 하지만 작가님이 절묘한 인물로 만들어주셨죠. 타산적인 면이 있기는 하지만 사랑스러운 구석이 있는 아즈나. 빈말이 아니라요, 작가는, 아니 요코오 작가님은 정말 대단하구나 하고 살짝 감탄했습니다."

"살짝만?"

"아뇨, 그건 그냥 표현이 그런 거고요. 무척 감탄했어요. 감동에 가까웠습니다."

"그렇게까지 말하니까 되레 거짓말 같은데?"

"이러실까 봐 살짝 감탄했다고 한 거예요. 적당히 자제해서."

편집자를 쓴다. 가까이에 있는 사람을 쓴다. 시작은 그저 퇴짜를 맞은 이후에 떠오른 아이디어였다. 그야말로 퇴짜를 맞았기 때문에 할 수 있는 발상이었다. 하지만 나쁘지 않았다.

그리고 이해해보기로 마음먹었다. 무엇을? 편집자를. 입장이 다른 사람을. 그 입장에서 생각해보기로 했다.

이는 결과적으로 유미코를 이해하는 일로도 이어졌다. 가까운 사람을 제대로 바라보는 일로 이어졌다.

나와 유미코의 결혼은 현시점에서 영원한 보류 상태다.

그러나 호소가이 군이 스이레이샤의, 아니, 이것도 실제

출판사의 이름과는 다르지만, 아무튼 작중 도가와 후카로 등장한 세키도 나미에 씨와 결혼을 약속하게 된 일은 기쁘다. 두 사람 모두 나의 담당 편집자다. 그것이 인연이 되어 두 사람이 가까워졌다는 사실이 무척 기쁘다.

호소가이 군이 사귄 지 몇 달 만에 훌륭한 결단을 내렸다. 어지간히 잘 맞았던 모양이다. 이시즈카 아야네라는 이름으로 나왔던 전 여자친구와는 확실히 달랐다.

"작가님." 바로 그 호소가이 군이 말했다. "모처럼 전화 주셨는데 기다렸다는 듯 이런 말씀을 드려서 좀 그렇지만, 바로 넘어가시죠, 다음으로."

"응?"

"차기작이요. 바로 들어갔으면 좋겠어요."

"괜찮겠어?"

"괜찮습니다. 작가님이 구상만 해주시면 기획 회의에 가져갈게요. 통과시키겠습니다, 제가 어떻게든."

"오호."

"좀 건방진 말투 같긴 하지만 『내리지 않는 비도 없다』, 편집장님도 그렇고 편집부장님한테도 평이 좋아요. 이 작품은 진짜 잘 팔렸으면 좋겠다, 하는 기분 좋은 감상도 들었고요."

"그야, 출판사 사람들은 모든 책이 다 잘 팔리길 바라겠지."

"좋은 작품이니 많은 사람이 읽었으면 좋겠다는 그런 의미였어요."

호소가이 군은 편집자다. 어디까지가 사실인지는 알 수 없다. 편집자는 작가의 의지를 끌어올리고 엉덩이를 토닥여주는 사람이니까.

"이것도 지금이니까 말씀드리는 건데, 사실 전 『토킹 블루스』, 꽤 좋았습니다."

"그래?"

"네. 그래서 『내리지 않는 비도 없다』에서 『토킹 블루스』의 작법을 쓰지 않으셨으면 했어요. 어중간하게 써버리는 게 아까워서요."

"그래서 반대했던 거야?"

"분명히 더 제대로 쓸 수 있을 거예요. 가능하다면 다른 출판사에 넘기지 말아주세요. 나미에, 그러니까 세키도 편집자님한테도요. 다시 작업을 할지, 다소 형태를 다듬을지는 아직 알 수 없지만 제가 어떻게든 해보겠습니다."

"기쁜 소식이네. 부탁할게. 나도 그 작품이 좋거든."

"일단 그건 잠시 놔두고, 다음 작품 들어가시죠."

"그래."

다음.

호소가이 군에게는 아직 말하지 않는다. 조금 더 채워둔 후에 말해도 늦지 않으니까.

다음 작품의 내용은 이미 정해두었다. 이번 책에서 호소가이 군의 이야기를 썼으니, 다음에는 나의 이야기를 쓸 생각이다. 작가가 아닌, 나 스스로에 대한 글을.

장편소설 『달은 밤을』. 달과 밤을 그린다. 등장인물은 쓰키오月夫와 마요真夜. 쓰키오 일인칭으로 쓸지, 쓰키오, 마요 두 사람의 일인칭 시점으로 쓸지는 아직 고민 중이다.

플롯은 짜지 않았지만 시작과 끝은 정해져 있다.

시작은,

달은 밤을 조금이나마 밝혀준다.

끝은,

달은 밤을 조금이나마 밝혀준다. 밝힐 수 있다.

이 처음과 마지막을 바탕으로 이야기를 만든다. 할 수 있다. 확신이 있다.

이 글은 꼭 써보고 싶다. 그러기 위해서는 이 기획의 가치를 호소가이 군에게 인정받아야 한다. 이거 말고는 없을까요? 이런 말을 들어선 안 된다.

이제 두 번 다시 퇴짜를 맞고 싶지 않다. 퇴짜 놓게 두지 않을 것이다.

  오래전부터 쉬지 않고 썼다. 내게는 글자가 있고, 유미코가 있다. 둘 다 어느 때보다 가까운 곳에 있다. 앞으로도 계속 쓸 것이다.

  나는 먹고는, 자고 쓴다.

2월의 이구사 나타네

잘 팔리는 책이란 뭘까.

니즈가 있는 것.

좋은 책이란 뭘까.

오래 남는 것.

좋은 책이 항상 잘 팔리는 것은 아니다. 허나, 잘 팔리는 책을 좋은 책이라고 말할 수는 있다. 그렇게 말해도 된다고 생각한다. 그저 일시적인 인기라 할지라도 많은 이들의 마음을 사로잡은 것은 자명한 사실이니까. 좋은 책이라 인정하지 않을 수 없다.

그렇다면 좋은 편집자란 뭘까.

마케팅 능력과 사무 처리 능력을 동시에 갖춘 사람. 어떤 주제가 시의성이 있는지, 적당한 때가 언제인지를 꿰뚫을 수 있는 사람.

편집 일을 시작한 지 5년이 다 되어가는 지금, 서른 살의 나는 이렇게 생각하고 있다. 옳은지는 알 수 없다. 나이를 더 먹으면 관점이 바뀔지도 모른다. 그러나 지금은 이렇다.

마침내 요코오 씨의 『내리지 않는 비도 없다』가 출간되었다. 사전에 서점마다 프루프를 돌리며 어필한 것도 한몫하여 출간 직후의 판매는 그럭저럭 괜찮다. 개중에는 전면적으로 홍보해주는 서점도 있다. 눈에 잘 보이는 평대에 진열해준 곳도 있었다. 서점 직원들이 팩스로 보내준 리뷰는 하나같이 호의적이었다.

정식으로 서점을 방문하는 일은 영업부 업무에 해당하지만 따로 찾아가는 일은 편집자가 스스로 조정한다. 오늘도 그랬다. 요코오 씨와 함께 서점 몇 군데에 들렀다.

오늘 방문하겠다는 연락을 어제 했다. 급작스러운 방문인데도 직원들은 반가워했다. 그분들을 보면 진심으로 책을 사랑하는 마음이 느껴진다. 그러지 않고서야 업무 중간에 교정지나 프루프를 읽고 감상평을 보내는 수고스러운 일은 하지 못할 것이다. 손글씨로 쓴 감상문을 볼 때마다 생각한다. 이런 글을 쓰려면 30분은 족히 걸릴 텐데. 휴식 시간에, 혹은 집에서 틈을 내 써줬겠구나.

유가쿠야서점의 롯카쿠 후사오미 씨는 우리를 사무실로 안내해 차를 대접해줬다. 미노리도서점의 히가시자카 후유 씨는 차뿐 아니라 케이크까지 준비해줬다. 딸기 타르트였다. 맛있었다. 요코오 씨도 이런 디저트를 먹어본 지 2, 3년은 된 것 같다며 기뻐했다. 나는 아야네를 떠올렸다. 니혼바시 카페에서 헤어지자는 얘기를 꺼낼 때 아야네가 먹은 디저트가 바로 이거였으니까. 헤어진 지 반년이나 지났는데 아직도 이런 걸 떠올리다니, 스스로도 황당하다. 황당함 끝에는 웃음이 나왔다. 쓴웃음이기는 하지만 나쁘지 않은 쓴웃음이다.

서점마다 책에 사인해달라는 부탁을 했다. 물론 기꺼이 했다. 사인 받은 책은 반품할 수 없다. 그러니 서점에서 책임지고 팔아야만 한다. 그 대신 일반 책보다 판매가 잘 된다.

"내 사인본 같은 걸 갖고 싶어는 하나?" 요코오 씨가 내게 물었다.

"갖고 싶어 하죠"라고 답했다.

"사인을 받으면 중고로 내놓지도 못할 텐데."

"사인본을 산 사람이라면 중고에 팔진 않을 거예요."

"어쩌다 사인본인 줄 모르고 사는 사람도 있을 수 있잖아. 좀 충격받을 거 같아. 누가 '뭐야, 왜 사인을 해놨어?' 이러면."

"안 그럴 겁니다."

"뭐, 이런 걸로 책이 잘 팔리기만 한다면야 만 번이라도 하지. 기껏 사인해놨더니 서점에서 자기들은 필요 없다 그래서 9천 부 남고 그러는 거 아냐? 혹시 그렇게 돼도 나한테 되팔 생각 하지 마."

"안 해요. 만 부를 사인해달라고도 안 할 거고요. 만 부씩이나 찍지도 않았습니다."

"아, 그것도 충격인데." 요코오 씨가 웃는다.

재미있는 사람이다. 아니, 좀 이상한 사람일지도 모르겠다.

의대 입시 실패 후 나는 복싱을 선택했다. 글 쓰는 일을 택하지는 않았다. 문학부에 다녔으니 글을 쓴대도 이상할 게 없었을 텐데. 실제로 편집자 중에는 본인의 작품을 쓴 적이 있는 사람이 20퍼센트 정도 된다.

나는 그러지 않았다. 한 번도 그런 생각을 해본 적이 없다. 수백수천 권의 책을 읽기는 했다. 나한테 책이란 읽는 것이다. 역시 나는 쓰는 사람이 아니다. 설령 쓸 수 있다고 해도 요코오 씨처럼은 못 한다. 어느 순간 파탄이 났을 것이다.

요코오 씨와는 다른 방식으로 일하는 작가들도 있다. 다른 일을 병행하고 가정을 꾸리면서도 균형을 잘 잡아가며 집필을 한다. 어쩌면 그런 경우가 더 많을지 모른다. 그러나 만약 가능하다면 나는 요코오 씨처럼 글을 쓰고 싶다. 물론 생각뿐이다. 쓰지도 않을 거고, 쓸 능력도 없다. 다만 힘이 되어주고 싶을 뿐.

서점을 돌았던 그 주의 토요일, 나는 후쿠오카로 출장을 갔다. 신인 작가를 만나기로 했기 때문이다. 용건은 집필 의뢰였다.

고조 시즈쿠. 작년에 소설 스이레이 신인상을 받으며 데뷔한 작가다. 요코오 씨의 후배인 셈이다.

우선 스이레이샤의 도가와 후카 씨에게 연락을 했다. 이유를 설명하고 고조 씨와 연결해달라고 부탁했다. 고조 씨에게 허락을 받아 메일 주소를 전달받았고 그때부터는 직접 연락했다. 일단 한번 만나고 싶다고 했다. 기꺼이 그러겠다는 답이 왔다. 그럼 제가 후쿠오카로 가겠습니다, 라는 말에 고조 씨는 놀란 것 같았다. 아마 도쿄로 오라고 할 줄 알았던 모양이다.

도가와 씨와 이야기하다 처음으로 알게 됐는데 여자인 줄 알았던 고조 시즈쿠 씨는 남자였다. 필명인 줄 알았으나 본명이란다. 꽤 인상적인 이름이다. 이구사 나타네에 비할 만하다. 고조 씨는 스물네 살. 후쿠오카에 있는 작은 식품회사에 근무하고 있다. 후쿠오카에서 나고 자랐으며 그곳에서 사립대학을 졸업했다.

수상작의 제목은 『다람쥐도 짐승』. 초식계였던 주인공이 대학 진학을 계기로 육식계 남성으로의 변신을 꿈꾼다는 이야기다. 화려하진 않지만 재미있는 작품이었다. 유감스럽게도 큰 이슈가 되지는 못했고 많이 팔리지도 않았다. 뭐, 흔히 있는 일이다. 신인상 수상작이 잘 팔리는 경우는 매우 드물다. 수상작이라는 보증은 있지만 어쨌거나 신인은 신인. 작가로서의 보증과 브랜드 파워가 없기 때문이다.

후쿠오카까지는 노조미 신칸센을 타고 갔다. 다섯 시간쯤 걸렸는데 느긋하게 원고를 읽을 수 있으니 시간이 아깝지는 않다. 비행기보다 낫다.

실제로 만나본 고조 씨는 작은 체구의 온화한 사람이었다. 저는 완전 초식계예요, 라고 본인 입으로 말했다. 육식계로의 변신을 꿈꾼 적은 없습니다.

마음에 든다. 예상컨대 자신이 경험하지 않은 일도 쓸 수 있는 사람일 것이다.

지금은 스이레이샤와 수상 이후 첫 작품을 집필 중이다. 그다음 예정은 없다. 다른 출판사에서 연락을 준 것은 나, 그러니까 가지카와가 처음이라고 했다. 무척 기쁩니다, 고조 씨는 말했다. 다음 작품 아이디어는 갖고 계신가요? 내가 던진 질문에 깔끔하게 답했다. 없습니다.

아직 신인 작가다. 이렇고 이런 책을 써보자는 제안은 하지 않는다. 출간 시기도 언급하지 않았다. 뭐든 아이디어가 떠오르면 연락 주세요. 발상 단계라도 괜찮으니까. 이런저런 방법으로 만들어가보죠. 이렇게 전하고 헤어졌다.

그게 토요일 오후 네 시였다.

그 후 일곱 시까지 시간을 때우다 약속한 카페로 향했다. 정확히 말하면 시간을 때운 건 여섯 시 30분까지였다. 약속 시간 30분 전에 미리 카페에 도착해 있었다. 먼저 가서 마음을 가다듬고 싶었다.

만나기로 한 상대는 일곱 시를 5분여 넘기고 나타났다.

"아, 미안 미안. 오랜만이네."

"괜찮습니다. 저도 방금 왔어요."

"이쪽엔 어쩐 일이야. 볼 일이 있었어?"

"네. 일 때문에요."

미스 구니아쓰 씨. 후쿠오카에 사는 유명 작가다. 『앙금』,

『휘몰아치다』 등을 쓴 사람. 그리고 신입 시절의 내가 부주의한 제안으로 화나게 만들었던 사람.

고조 씨를 만나는 것이 목적이기는 했지만 실은 이쪽 만남도 중요했다. 어쩌면 더 중요할지도 몰랐다.

미스 씨는 안쪽 자리에 앉아 점원에게 킬리만자로를 주문했다. 그리고 내게 말했다.

"결국 그쪽에서 살 것 같아서 좀 싼 걸로 시켰어. 원래는 블루 마운틴 마시는데."

"아, 그럼 블루 마운틴으로 드세요."

"아냐, 농담이야. 사실이긴 하지만 농담. 그래서 무슨 일이야? 아카미네 씨가 다시 자리 옮긴다는 얘긴 아니겠지?"

"아뇨, 아닙니다. 지금도 문예 1팀에 계세요."

그렇다. 미스 씨의 담당 편집자는 아카미네 씨다. 2팀에서 1팀으로 이동은 했지만 담당은 바뀌지 않았다. 미스 씨는 엔터테인먼트 소설과 순문학을 넘나드는 작가이니 담당을 바꿀 필요는 없다는 것이 야와타 가즈오키 편집부장의 판단이었다. 미스 씨 본인도 그러길 원했다.

"오늘 작가님을 뵙는다고 미리 얘기는 해놨습니다."

"아, 그랬어?"

"네."

서론은 여기까지. 나는 곧바로 머리를 숙였다.

"그때는 정말 죄송했습니다."

"응?" 미스 씨가 묻는다. "뭘?"

고개를 들고 답했다.

"주제넘게 실례되는 제안을 했습니다."

미스 씨가 의아하다는 표정으로 나를 본다. 컵에 담긴 물을 한 모금 마시더니 말했다.

"아아. 설마 내가 화났었다고 생각하는 거야?"

"아, 그게 아니라."

"혹시 그래서 담당이 아카미네 씨로 바뀐 줄 알았어?"

"꼭 그런 건 아닐지도 모르지만"이라며 횡설수설해버렸다.

"뭐 나도, '대체 뭐야?' 정도의 말은 했을지 모르지만 그게 다야. 딱히 화가 나진 않았어. 담당을 바꿔달라고 요청한 적도 없고."

"아, 그러셨나요?"

"지금까지 쭉 내가 화난 줄 알고 있었어?"

"그런 건 아닙니다만."

"맞는 거 같은데? 그러니까 지금 이렇게 사과하는 거잖아." 미스 씨가 웃으며 말했다.

실제로 어땠는지는 알 수 없다. 아마 미스 씨가 불쾌했던

2월의 이구사 나타네

건 사실일 테다. 강한 어조로 말한 것도 맞다. 그러나 얘기를 듣자 하니, 담당을 바꿔달라는 말까지 한 적은 없는 모양이다. 배려 차원에서 회사가 먼저 움직였겠지. 그것도 모르고 난 미스 씨가 요청한 일이라 믿고 있었다.

만약 그게 사실이라면 지금이라도 알게 되어 다행이었다. 오길 잘했다. 정말 잘됐다.

후쿠오카의 비즈니스호텔에서 하룻밤 묵은 후, 다음 날 아침 노조미 신칸센을 타고 도쿄로 돌아왔다. 숙박비는 사비로 냈다. 미스 씨를 만나는 일은 회사 업무를 가장한 사적 용무이기 때문이다. 고조 씨와의 만남에 숙박까지는 필요치 않았다. 그렇게 판단했다. 나 스스로.

일요일 오후. 집에 잠시 들렀다 본가에 갔다. 부모님께 『내리지 않는 비도 없다』를 건넸다. 두 사람에 한 권이 아닌 한 명당 한 권이었다.

표지를 본 어머니가 말했다.

"요코오 세이고? 잘 모르는 사람이네."

책장을 쓱쓱 넘겨보던 아버지도 말한다.

"웬일이야. 우리한테도 책을 다 주고."

나는 두 분께 답했다.

"좋은 작품이 나왔으니까."

그러고는 두 권 더 맡겨둔다.

"아즈나랑 히카루한테도 전해줘. 여기에 맡겨뒀다고 말해놓을 테니까."

출간한 지 2주쯤 됐을 때였나. 나카마 다카히로 씨의 서평이 석간신문에 실렸다. 나카마 씨는 쉰다섯의 저명한 평론가다.

우선 흥미로운 구성을 칭찬했다. 주인공의 일인칭과 다른 여섯 명의 일인칭이 교차하는 방식. 그러나 혼란스럽지 않게 잘 읽힌다는 내용이었다. 이것은 작가 역량에 관한 이야기라 할 수 있다.

주인공의 캐릭터에 대해서도 언급했다. 지금 이 세상을 살아가는 일은 쉽지 않다. 어쩌면 스스로 편하게 산다고 느끼는 사람은 한 명도 없을지 모른다. 설령 유복한 생활을 한다고 해도 사람은 누구나 흔들리며 살아간다. 이 나이 청춘들의 고뇌를, 작품은 유려하게 짚어내고 있다.

별점 4점. 5점은 아니다. 그러나 다른 책 중 4점은 한 권, 3점이 두 권이었다. 최고점이긴 했다.

그 후로 일주일이 더 흐른 2월 말.

오랜만에 복싱을 보러 갔다. 장소는 고라쿠엔홀. 마침 나오이 렌지의 경기가 있었다. 2연패 후 한동안 쉬었다 다시 뛰는 시합. 이른바 복귀전.

관전에 동행한 사람이 있었다. 여성. 스이레이샤의 도가와 후카 씨였다. 내가 고조 씨의 연락처를 묻고 며칠 뒤, 이번에는 도가와 씨에게 전화가 왔다.

"이구사 씨, 복싱하셨었죠?"

"아, 네. 누구한테 들으셨어요?"

"요코오 작가님이요."

"아아, 그러셨군요."

"책에 나오기도 하고요."

"하긴 그렇죠."

"그래서 말인데 복싱에 대해 좀 가르쳐주실 수 있어요?"

"네?"

"저도 찾아보고는 있는데 워낙 문외한이라 뭘 공부해야 할지 모르겠더라고요."

"복싱은 뭣 때문에요?"

"실은 이번에 시라토 작가님이 저희랑 책을 내거든요. 시라토 로만 작가님이요."

"『영주님의 볼란치』 쓰셨던?"

"네. 『영주님의 볼란치』를 쓰시면서 본인이 잘 모르는 스포츠 이야기를 쓰는 일에 매력을 느끼셨나 봐요. 다음 작품은 복싱이 좋겠다면서."

"그러셨군요."

"언제 한번 취재를 나가려고 하는데 그전에 어디서 얘기 좀 들을 수 없을까 하다, 이구사 씨가 생각났어요."

"그런 일이라면 알겠습니다."

"정말요? 다행이다. 죄송해요, 다른 회사 직원인데."

"아니에요, 저도 고조 작가님 일로 도움받았잖아요."

말로 설명하기 전에 일단 시합을 직접 보는 게 어떠냐고 제안했다. 좋아요! 도가와 씨도 흔쾌히 동의했다. 마침 나오이 선수의 복귀전이 있었다.

내가 티켓을 구하고 JR 스이도바시역에서 만나기로 했다. 모처럼 왔으니 첫 시합부터 보기로 했다.

도가와 씨가 말했다.

"펀치 소리가 엄청 크게 들리네요. 땀방울이 튀는 것도 확실히 보이고요. 굉장해요. 시라토 작가님한테도 직접 보라고 해야겠어요."

네 번째 시합 후 휴식 시간에 잠시 대화를 했다.

"어때요? 힌트 좀 얻으셨어요?" 내가 묻자,

"힌트 정도가 아니에요. 너무 큰 도움을 받았습니다" 하고 도가와 씨가 답했다.

"다행입니다. 괜히 죄송하네요, 저까지 즐겨버려서."

"저도 즐거워요."

"즐거운 취재라, 그거 좋네요."

"진짜 그래요. 이런 말 하기 좀 그렇지만 별로 하고 싶지 않을 때도 있잖아요."

"있죠."

"근데 정확히 말하면 오늘은 취재 스타일의 데이트예요."

"네?"

"이구사 씨가 여자친구분이랑 헤어졌단 얘기도 요코오 씨한테 들었거든요. 물론 요코오 씨가 먼저 꺼낸 얘긴 아니고요. 제가 넌지시 여쭤봤어요."

"넌지시?"

"네. 요코오 작가님을 디딤돌로 이용했죠."

"디딤돌이요."

"네, 훌륭한 디딤돌이 되어주셨어요."

"너무 왜소하셔서 디딜 곳이 마땅치 않을 거 같은데요."

"디디면 큰일 날 거 같긴 하죠?" 하고 웃으며 도가와 씨가 말을 이었다. "죄송해요. 너무 신경 쓰지 마세요. 취재 스타일 데이트란 말도 그냥 저 혼자만의 생각이니까요."

"아뇨, 기분 좋은데요. 이런 얘길 해주실 줄은 상상도 못

했네요."

"저도 제가 이런 말을 할 줄 상상도 못 했어요."

"나오이 선수 경기 끝나면 술이라도 한잔하러 갈까요?"

"가요. 딱히 흥볼 것도 없을 테니까 같이 요코오 작가님 칭찬이라도 하죠. 편집자 둘이 담당 작가를 너도나도 칭찬하는 괴상한 술자리 한번 가져봐요."

상상도 못 한 도가와 씨와의 취재 스타일 데이트.

복싱의 경험을 제대로 살렸다. 이렇게 생각해도 되겠지.

그렇게 생각해도 돼. 스스로 결론을 내린다.

그치지 않는 비는 없다.

내리지 않는 비가 없듯.

앞으로도 쉬지 않고 읽어나갈 것이다.

나는 먹고는, 자고 읽는다.

오늘도 먹고 자고, 씁니다

초판 1쇄 인쇄 2025년 6월 11일
초판 1쇄 발행 2025년 6월 18일

지은이 오노데라 후미노리
옮긴이 황국영

책임편집 주소림
디자인 weme design
책임마케팅 최혜령, 박지수, 도우리
마케팅 콘텐츠IP사업본부
해외사업 한승빈
경영지원 백선희, 권영환, 이기경, 최민선
제작 재영P&B

펴낸이 서현동
펴낸곳 ㈜오팬하우스
출판등록 2024년 5월 16일 제2024-000141호
주소 서울시 강남구 테헤란로 419, 11층(삼성동, 강남파이낸스플라자)
이메일 info@ofh.co.kr

© 오노데라 후미노리

ISBN 979-11-94930-36-5 (03830)

모모는 ㈜오팬하우스의 출판브랜드입니다.

- 이 책은 저작권법에 따라 보호받는 저작물이므로 무단전재와 무단복제를 금지하며, 이 책 내용의 전부 또는 일부를 이용하려면 반드시 저작권자와 ㈜오팬하우스의 서면동의를 받아야 합니다.
- 책값은 뒤표지에 표시되어 있습니다.
- 잘못된 책은 구입하신 서점에서 바꿔드립니다.